S

Jean Cayrol

Im Bereich einer Nacht

Roman

Aus dem Französischen
von Paul Celan

Mit einem Nachwort
von Ursula Hennigfeld

Schöffling & Co.

Titel der Originalausgabe: *L'espace d'une nuit*
Paris: Éditions du Seuil, 1954

Erste Auflage 2011

Die deutsche Erstausgabe erschien 1961
im Walter Verlag, Olten
Satz: Reinhard Amann, Aichstetten
Druck & Bindung: Pustet, Regensburg
ISBN 978-3-89561-165-0

www.schoeffling.de

Im Bereich einer Nacht

François wollte auf die Uhr sehen, aber es hatte zu regnen begonnen, feiner Regen stäubte nieder und hinderte ihn, die Zeiger zu unterscheiden; das Glas war naß.

François zuckte die Achseln. Wozu auch! Die Nacht kam rasch in diesem Herbstbeginn, wie verschämt. Ein Versuch der Sonne, sich zu zeigen und den Horizont zu überglühen, war mißglückt. Die Dämmerung rückte näher und fraß sich mehr und mehr in das Blau der Rauchfahnen. Fern, in satter Schönheit, hoben sich die geschmeidigen Umrisse der Hügel ab: wellig, in weiten Abständen, schartig mitunter. Das bereits spärliche Laub in den Pappelwipfeln warf Licht in die Landschaft; Falbes meldete sich darin. Ein Gehöft nahm die Gestalt einer Festung an; eine Baumgruppe verdichtete sich zu Undurchdringlichem. Nur das Zitronenlicht der Pappeln flimmerte noch. Eine dünne Vogelstimme ließ sich vernehmen, dann nichts mehr. Die Sonne verschwand hinter übereinandergeschichtetem, flachem Gewölk. Der Wind stand vom Westen. Ein böses Rot lagerte sich über die Gegend.

Mit dem September war es nun bald vorbei; die schlechte Jahreszeit war früh angebrochen. Hinter dem dünnen, wind- und regenzerpflückten Laubnetz zeigte sich schwärzliches Gezweig.

Die Katzen waren von den Mauerrändern heruntergeglitten, hatten ihre Verstecke im Rankenwerk verlassen, flohen vor dem säuerlichen Geruch der Dahlien und hielten Ausschau nach Bäumen mit winterbeständigem Laub.

›Idiotisch von mir, aus dem Zug zu steigen und zu Fuß weiterzuwandern. Ich finde mich nicht mehr zurecht, bestimmt wird die Nacht mich überraschen. Ich mag das nicht.‹

François pfiff vor sich hin, obwohl es ihm gar nicht danach zumute war. Er trug einen Rucksack und schob hin und wieder die Hände unter die Tragriemen, um seine schmächtigen Schultern zu entlasten.

›Bloß weil ich nicht abgeholt werden wollte ... Vater mit seiner Umarmung Nummer eins, für die Öffentlichkeit bestimmt, kenne ich ja ... Wo bin ich überhaupt?‹

Hinter einer altersschwachen, von Japanfirnis zerfressenen Thujahecke verbarg sich ein verfallenes Gebäude. Eine kleine Gartenpforte hing an einem Drahtring. François stieß sie auf.

Vor ihm ragte grabhügelförmiges Buschwerk aus der Erde. In der Mitte, umgeben von zahllosen Gewächsen mit zottigen, tierohrenähnlichen Blättern, fröstelte eine Tamariske. An der Backsteinwand zog sich die Kordel eines Klingelzugs hin. Auf einer Emailplatte stand ein Name zu lesen: ›La Joyeuse‹. Jenseits des Wiesengeländes, das ihm den Ausblick versperrte, wob noch ein Lichtschein – ein zartes, kränkliches Licht. François bückte sich und las einen Apfel auf; er war hart und sauer, und François schleuderte ihn mit aller Kraft gegen eine Dachluke; die Scheibe zersplitterte.

›Anheimelnd, diese Heimat!‹

Durfte er klagen? Er selbst hatte sie ja gewollt, diese Reise. Niemand hatte ihn gezwungen, dieser Landschaft gegenüberzutreten, die nun sacht seine Kindheit zu umschließen begann, diese Landschaft, die in jedem Baumstamm ihre Greisenhaftigkeit bekundete, die unter einem riesigen Haufen von Efeu und verwilderten Pflanzen ein erschöpftes, aus ein paar Steinen bestehendes Dorf verbarg. Die Straße war aus Schieferresten und Ziegelsteinen gefügt; sogar ein paar von Kaminsimsen stammende Marmorsplitter waren dabei.

›Hätte ich das geahnt, ich wäre bestimmt nicht vor Sainte-Veyres ausgestiegen.‹

François erinnerte sich, daß der Krieg hier vorbeigezogen war, ein Krieg, der es nicht eilig gehabt und sich hier ein paar Stunden aufgehalten hatte, ein kleines Stückchen Krieg. Die Beute war wohl mager ausgefallen in diesem Schierlings- und Brombeerreich.

›Vater hatte nie davon gesprochen. Etwas von seinem Mut von neunzehnvierzehn lebte noch in ihm fort. Was hätte eine Bombe seinem Haus auch anhaben können? Es sei denn, daß sie die Langeweile getötet hätte, die von ihm ausging ...‹

Die Zigarette zwischen seinen Lippen war matschig geworden und stank, er schleuderte sie fort. Welch ein Einfall, die Straße zu verlassen, welch ein Einfall vor allem, von Juliette fortzugehen und von Paris, wo die Jahreszeiten einem nur ein mildes, respektables Gesicht zukehrten, wo die Erde einem nicht an den Sohlen kleben blieb! Er verzieh es sich nicht, diesen Streifzug durch das unfreundliche, frostige Trümmergelände unternommen zu haben.

›Und all das nur, um Vater einen Besuch abzustatten!‹

Auf einmal hörte er ein kratzendes Geräusch, das aus einem riesigen, von einem eingefallenen Kellergewölbe gebildeten Loch zu kommen schien. Er trat hinzu, bückte sich über den Rand der Öffnung. Ein schwacher Lichtschein wurde sichtbar, Schatten, die sich bewegten.

»Was macht ihr da?«

Es gab Getuschel, Getöse, dann Schweigen. Man beobachtete ihn wohl.

»Was macht ihr da?« wiederholte er.

»Polypen suchen wir.«

Er vernahm Kindergelächter; das Licht erlosch, flammte wieder auf. Ein ungemein starker Geruch von Kräutertee, der von den regendurchquollenen Blättern stammte, überflutete den Garten; ein Geruch von Abgelebtem, Leichenhaftem.

»Vorsicht mit der Lampe, Jacquot.«

»Wieso seid ihr noch nicht zu Hause?«

Eine harte, viel zu hohe Stimme antwortete ihm.

»Sie wollen hier wohl herumspionieren? Schön, dann berichten wir eben, daß hier einer in der Gegend herumstrolcht.«

Die Schläge einer Spitzhacke wurden hörbar.

»Da hier, sag' ich dir, nicht da drüben ... da, wo's hohl geklungen hat, neben den Flaschen, du Arschloch!«

Der Regen hatte sich verflüchtigt, aber die Feuchtigkeit hatte alles durchtränkt: Kleider, Zweige, Steine. Ein riesiger Wassertropfen fiel regelmäßig von einem Sims.

»Sagt mal, Jungens, wie komme ich denn am besten nach Sainte-Veyres?«

»Wissen wir nicht. Geben Sie sich bloß keine Mühe, uns anzuquasseln. Kein Redebedürfnis vorhanden.«

François hatte Lust, in das Loch hinunterzusteigen und sich mit den Buben auseinanderzusetzen, aber nirgends war eine Leiter zu erblicken. Vermutlich hatten sie die mitgebrachte Leiter wieder fortgeschafft. Er erinnerte sich, wie es früher einmal sein eigener, unbändiger Wunsch gewesen war, auf alle im Haus befindlichen Leitern zu steigen. Es war meine Lieblingsbeschäftigung, die Räume, in denen ich hauste, aus der Höhe zu betrachten. Eines Tages beschloß Angèle, den großen Lüster im Salon blankzuputzen, der für mich eine Art Kristallsprudel darstellte. Ich hielt ihr die Leiter und überließ mich meinen Träumen. Endlich, so stellte ich mir vor, stand ich in Verbindung mit dem Himmel. Ich hatte eine wunderbare Geschichte gelesen, in der von einer Riesenbohne die Rede war, die sich in einer einzigen Nacht bis ins Paradies hinaufgerankt hatte. Arglistig wartete ich nun, daß Angèle wieder herunterkam, damit ich selbst hinaufklettern und oben die Augen schließen konnte. Eines Tages überraschte Vater mich in dieser Stellung. Ich wagte nicht hinunterzusteigen. Ich sah die dichte Masse seiner Haare, den Scheitel, den er seitwärts trug. Er hatte die Arme emporgereckt, und beim Anblick dieser Geste packte mich die Angst; auf einmal fühlte ich, daß ich mich in Gefahr befand: mehr wollte er ja auch nicht. Weinend kam ich aus meinem Paradieswinkel herabgestiegen, um vor meinem Richter zu erscheinen. ›Du hättest dir sehr weh tun können‹, sagte er in eisigem Ton. ›So leicht, wie du dir das vorstellst, erhebt man sich nicht über die anderen.‹ So wurde mir die Leiter zum Inbegriff der Lüsternheit, zum Sinnbild einer Welt, die ich nie und nimmer erreichen würde. Vater mochte es nicht, daß man die Augen erhob; gesenkt mußte man sie halten, immerzu gesenkt ... Und dann die Geschichte mit der Kirschbaumleiter! Stundenlang hatte man mich gesucht; unterdessen kauerte ich droben in dem mit verbotenen, saftigen Früchten gespickten Blätterdickicht. Aber mit der Dunkelheit bemächtigte sich meines Baumes auch die Kälte; die Früchte verloren ihren Glanz, ihr feuriges Glühen. Der Vogelbalg, den man zwischen zwei Ästen ausgespannt hat, um die Amseln zu verscheuchen, erfüllte mich mit Entsetzen. Eben noch war er mein Freund und Gefährte gewesen, und nun war er mir plötzlich feind. Ich betrat eine Welt des Todes, der Reglosigkeit. Dann kam Wind auf, die mit einem Bindfaden festgeknüpften Flügel strafften sich und erzeugten dabei ein schmerzhaftes Geräusch: es war, als ob der Vogel aus seinem laubigen Gefängnis auszubrechen versuchte. Ich sah ein, daß es unmöglich war, aus eigenen Kräften glücklich zu werden: das war der kunstreich errungene Sieg meines Vaters, die harte Lektion einer knirschenden Mainacht ... Dann stürzte ich von der stehengelassenen Doppelleiter, stieß mit aller Wucht gegen eine Glaswand und betrachtete, ohne zu begreifen, was mir zugestoßen war, die herumliegenden Scherben. Man las mich dann auf, mit blutüberströmten Beinen, und mir wurde bange vor meiner ganzen Umwelt: aus lauter Scherben schien sie zu bestehen, es war unmöglich, sie anzusehen, ohne sich dabei weh zu tun. Und ich beschloß, mich fortan in acht zu nehmen vor meinen Träumereien, die ja stets nur dieses eine zur Folge hatten: meine Verurteilung.

»Machen Sie, daß Sie hier fortkommen, Sie nehmen uns die ganze Luft weg!«

François war wütend: er spürte, daß er gegen diese maulende Bande nicht anzukommen vermochte.

»Wenn ich hinunterkomme, kriegt ihr was zu sehen, ihr Höhlenforscherknirpse!«

»Kommen Sie nur!«

»Ich bin von der Polizei.«

»Wir auch.«

Aufs neue Gelächter, schallender noch als zuvor. Die unterirdische Arbeit ging weiter; einer der Jungen, den die übrigen anfeuerten, schien tüchtig ins Zeug zu gehen. »Spaß beiseite, wie komme ich am besten nach Sainte-Veyres?«

Ein dröhnendes ›Scheiße‹ beantwortete seine Frage. Die Hacke hatte sich vom Stiel gelöst.

»Kannst du nicht aufpassen, du Idiot!«

»Ist ja nichts wie Stein!«

»Und du nichts wie Nudel!«

»Soll ich euch helfen kommen?« François hatte seinen sanftesten Ton angeschlagen.

»Sieh mal an! Wir dachten, Sie wären viel älter. Nach Sainte-Veyres wollen Sie? Immer geradeaus. Sind aber noch vier Kilometer bis dorthin. Aber geben Sie acht, es gibt da nämlich Abzweigungen. Sie biegen erst ab, wenn Sie den weißen Pfeil auf der Straße sehen. Stammt vom Sonntagsrennen, der Pfeil. Halten Sie sich nicht daran, sonst landen Sie in Jouy. Sind Sie ortsfremd?«

»Ein bißchen.«

Die unvermutete Liebenswürdigkeit der Kinder überraschte ihn. Er bedankte sich.

»Zigarette?«

»Wird nicht abgelehnt.«

Schon stand ein Junge hinter ihm, den Pullover auf dem Hinterteil, die Ärmel vorn zusammengeknotet. In dem Fuchsbau unten schien es recht heiß zu sein.

»Wo kommst du denn heraus?«

Der Bengel antwortete nicht; er streckte seine Hand aus, forderte, was ihm gebührte.

»Drei Zigaretten genügen.«

François gab sie ihm; seine Hand zitterte.

»Angst?«

»Nein, ich friere nur.«

»Wir nicht. Zum Glück sind wir mehrere. Das läßt keine Angst aufkommen.«

Der Kleine war redselig geworden.

»Kein Wetter heute zum Zelten. Im Sommer haben wir auch gezeltet, an der See. Ferienkolonie an einer Flußmündung. Flußmündung und Meer kommt auf dasselbe. Gestunken hat's da! Und wer baden wollte, mußte sich erst mal einen Weg durchs Schilf bahnen.«

Ihm, François, waren nie derartige Abenteuer vergönnt gewesen. Vater sprach vom Meer wie von einer Frau, die einen lockeren Lebenswandel führt. Es war immer die gleiche Geschichte. Das Meer, das herangaloppiert kam ... ›Stellt euch mal ein scheu gewordenes Pferd vor‹, sagte er. Und schon war alles verschwunden. Kein Strand mehr, keine saumseligen Badegäste. Er erzählte uns von seiner Reise zum Mont-Saint-Michel, vom Aufkommen der Springflut. Er ließ mich nicht schlafen. Mir erschien der Ozean als die verkörperte Strafe; er nahm die grausamen Züge des Scharfrichters an, für den es weder Gnade noch Erbarmen gab. O – dieser Mont-Saint-Michel, den eine Schlagwelle zu überfluten versuchte! Kaum daß wir ein Stückchen Landschaft zu sehen bekamen, mußten wir auch schon auf der Hut davor sein; und ebenso waren wir gehalten, uns ja nicht irgendwelchen goldenen Ferienträumen zu überlassen. Wiederholt sah ich in meinem unruhigen Schlaf, wie sich das Meer bis Sainte-Veyres heranwälzte, wie seine wütigen Fluten gegen die Mauern unseres Hauses brandeten. Es war köstlich und entsetzlich zugleich. Ich glaubte sterben zu müssen. Ich sah Vater seltsame Manöver befehligen, sah ihn das Haus zum Wald hinsteuern, es am ältesten Nußbaum festmachen. Und wenn ich dann mitten in der Nacht aufs Klosett ging, konnte es vorkommen, daß ich Vater begegnete: völlig angekleidet stand er da, auf alles gefaßt – so schien es mir zumindest. Ganz leise stellte ich ihm eine Frage: ›Steht das Haus auch fest, Vater?‹ Er setzte seine strengste Miene auf und sagte in feierlichem Ton: ›Geh schlafen, mein Sohn, ich wache. Und alle Toten wachen mit mir.‹

»Ich weiß nicht, ob wir das Ding zu fassen bekommen.«

Der Junge rückte an seiner Baskenmütze herum – eine viel zu große Mütze, gebläht wie ein Krapfen. Die eine seiner Waden blutete. Er hatte einen Finger mit Speichel befeuchtet und wischte nun das geronnene Blut weg.

»Sonst geht nämlich der Strumpf kaputt.«

»Sucht ihr etwas?«

»Können wir nicht sagen.«

»Einen Schatz vielleicht?«

»Woher wissen Sie das?«

François antwortete nicht: der Schleier des Geheimnisses, der seine Entdeckung umwehte, brauchte nicht gelüftet zu werden. Zufällig hatte er ins Schwarze getroffen. Auch er hatte als Kind nach einem Schatz gegraben, unermüdlich, zusammen mit seiner Schwester. Ich hatte neben dem Brunnen geschürft, wo es eine natürliche Grotte gab, halb verborgen unter immergrünen Farnkräutern. Ein herbes Regengrün. Vater hatte uns dabei überrascht. Wo immer man hintrat, man blieb in seinem Schatten. Er war blaß vor Zorn, seine Stimme klang wie ein Peitschenhieb. ›Schüttet das Loch da zu, ich befehle euch, das Loch da sofort zuzuschütten ... Wollt ihr wissen, was darunter ist, wollt ihr's wirklich wissen? Tote, nichts als Tote, und eure Mutter zuoberst.‹ Wir waren fortgerannt, Adrienne und ich. Wir getrauten uns nicht mehr, den Boden mit unseren Schuhen zu berühren, aus Angst, gegen etwas zu stoßen, gegen irgend etwas, gegen den Ellbogen meiner Mutter vielleicht oder gegen die viel zu weit vorstehende Kinnlade meines Großvaters, der uns unter einem entsetzlichen, langgezogenen Pfeifen zu küssen pflegte. Tagelang spannen wir nun Trübsal, hockten wir auf dem Zementboden irgendeines Hinterhofes herum oder auf den Steinfliesen der Küche. Das Berühren der nackten Erde war uns untersagt, und ebenso hatte sich auch der Himmel in ein verbotenes Revier verwandelt, das den irrenden Seelen, den Wetterunbilden und den Katastrophen vorbehalten blieb. Ich kann mich noch an den Hagel erinnern, der eines Tages auf unser Haus niederprasselte. Wie eine riesige Trommel erdröhnte es, das Haus. Die Hagelkörner zertrümmerten die Fensterscheiben, sprangen auf dem Dachboden herum, und sämtliche Zimmerdecken bebten wie unter schweren Schritten. Wir mußten Vater ins Freie hinausfolgen und dem tobenden Unwetter beiwohnen. Der Hagel prallte gegen unsere Köpfe, wir schrien und zeterten – während Vater unter seinem Regenschirm Gebete murmelte. Angèle beschimpfte ihn nach Strich und Faden – umsonst, Vater zuckte mit keiner Wimper. ›Geht jetzt hinein, Kinder‹, flüsterte er endlich. ›Ich denke, ihr seid jetzt abgehärtet. Man stirbt nicht am Hagel; auch nicht am Gewitter; man stirbt nur an seinen Sünden.‹ Seit jenem Tage hielt ich den Himmel für unbewohnt, und manchmal verwandelte er sich in eine riesige Fabrik, in der die Bedrängnisse hergestellt wurden, die Kriege und Vaters Zorn.

Der Junge zupfte François am Ärmel.

»Sie haben noch immer nicht geantwortet ...«

François schien in Gedanken verloren zu sein.

»Es ist der Schatz der Miliz«, fügte er hinzu. »Sie war hier einquartiert. Sind Sie auch bei der Miliz gewesen?«

»Gar nichts war ich im Krieg«, gab François schroff zurück.

»Auch Rommel ist hier vorbeigekommen. Ganz tolle Fressereien hat's da gegeben, mit Truthahn, ganze Nächte lang. Mein älterer Bruder meinte, der Schatz sei im Garten vergraben worden, und Mutter meinte dann, ich solle mal hingehn und nachsehn. Wir sind übrigens nicht die ersten.«

Aus dem Keller brüllte eine Stimme herauf:

»Quasselst du immer noch mit dem Kerl? Mach Schluß!«

Der Junge steckte die Zigaretten ein.

»Bißchen kühl heute ... Auf Arbeitssuche?«

»Klar.«

»Kommen Sie in ein paar Tagen wieder vorbei. Wenn wir die Barren gefunden haben, fällt auch für Sie was ab.«

»Wie alt bist du?«

»Zehn Jahre.«

Er schwieg eine Weile, dann fügte er verächtlich hinzu: »Im elften Lebensjahr vielmehr. Wiedersehn. Und nach Sainte-Veyres geht's geradeaus, aber aufgepaßt auf den weißen Pfeil!«

Der Junge war davongehumpelt ... Die Schläge der Spitzhacke hatten wieder eingesetzt, in größeren Abständen als vorher, dafür aber heftiger. François durchquerte den wuchernden, vom Regen aufgeweichten Garten, rieb sich die Schuhe an der dichtbewachsenen Grasböschung ab und nahm seinen Weg wieder auf.

Die Straße, von schimmernden Kastanien gesäumt, führte jetzt durch einen ausgedehnten, stark gelichteten Wald. Der Wind trieb hier ungestört sein Wesen, tausend Luftströme verliehen dem Gehölz etwas Lebendiges, Unwirtliches, Bewohntes. In den kurzstämmigen, gedrungenen Eichen hing noch Laub: verwittertes, von der Feuchtigkeit der Luft völlig entfärbtes, kränklichweißes Laub.

François liebte sie nicht, die Wälder, hatte sie nie geliebt. Eines Tages kam ich vor einen vereinzelten Baum zu stehen, der mir den Weg, auf dem ich gerade vorwärtsschritt, versperrte. Ein morscher, seit langem abgestorbener Baum, dessen Äste abfielen, lautlos, nach und nach, ohne ersichtlichen Grund einer unbekannten Last nachgebend. Der Wipfel war schon abgefallen, nur die untersten, bedrohlich gespreizten Äste waren noch übrig. Ich war stehengeblieben, traute mich nicht vorbei. Absichtlich schien er sich hier aufgepflanzt zu haben: vor dem Eingang meines Vaterhauses. Ein riesiger Ameisenhaufen werkte an seinem Fuße. Ich stieß ein Aststück in das Gewimmel, und zugleich packte mich die Angst: nun würden sie alle meinen Stock heraufgekrabbelt kommen, diese Ameisen, in dichten, hitzigen Kolonnen, auf der Suche nach meinem Gesicht. Wie gebannt stand ich vor dieser kleinen Pyramide, die unter den Baumrinderesten in immer helleren Aufruhr zu geraten schien. Seither bin ich außerstande, mit Menschen oder Dingen durch längere Zeit beisammen zu bleiben: jedesmal gerate ich an diesen toten Baum mit seinem kleinen, filigranartig durchrieselten Erdhügel, der mir den Zugang zum wahren Leben des anderen verwehrt. Ein Glück, daß es Juliette gibt, ohne solche toten Bäume, ohne Ameisen, meine gute Juliette, die mir das Grauen meiner Kindheit vor Augen geführt hat; sie war der Sauerteig, den ich brauchte. Jetzt begreife ich auch, warum ich nie Romane zu lesen vermochte; alle diese Schriftsteller ahmen das Leben nur nach, sie gestalten es nicht neu, mit ihrer Feder rühren sie an den Tod. Wir sprachen eines Tages davon, Juliette und ich, später, als ich ihr zeigte, was ich selber schrieb. Nächtelang konnte sie keinen Schlaf mehr finden. ›Du schreibst, um von mir fortzugehen‹, sagte sie immer wieder. Ich schreibe besser, seitdem ich sie liebe. Ich will es ihr sagen, an ihrem Geburtstag, auf ihren Mund.

Wieder so ein abgestorbener Baum! Nicht geborsten wie der Baum seiner Kindheit. Seine Mooswülste verliehen ihm etwas Ehrwürdiges, er wirkte wie ein altes Möbel. Ich war über Wurzelwerk gestrauchelt und hingefallen; als ich dann die Augen wieder öffnete, stand ein Jäger vor mir, der mich anlächelte: ›Ich habe dich ganz gewiß nicht töten wollen, der Schuß ging von selber los.‹ Das war es also gewesen, dieses Pfeifen dicht an meinem Ohr ... Von den Erklärungen des Jägers glaubte ich kein Wort. In seinem Zorn hatte der Baum auf mich geschossen.

Den Stamm umschreitend, ging er jetzt eine stattliche Allee entlang. Offenbar setzte diese einen Park fort, denn er mußte über eine schwere, tiefhängende Kette hinüber. Vom Herbst angeknabberte Weißbuchen faßten sie ein, überwölbten sie. Ein paar hundert Schritt weiter stieß er auf dürres Heideland. Es war ein Holzschlag; auf dem Boden lagen noch Stämme mit verschrumpftem Laub. Über einen dieser quer über seinem Weg liegenden, von üppigem Unkraut überwucherten Stämme mußte er jetzt hinwegsteigen.

Ergriffen ging er durch die Stille, die hin und wieder vom Niederfallen einer Eichel oder eines welken Blattes unterbrochen wurde.

›So, jetzt hast du dich aber schön verfranzt!‹ Hinter ihm wurde plötzlich ein atemloses Rennen hörbar. Ein Tier. Er riß den Mund auf, blieb stehen. Wo kam es wohl her? Neuerliches Schweigen. Aus den Bäumen troff es auf ihn nieder. Seine Hosenaufschläge waren schon durchnäßt, er spürte das durchgesickerte Wasser. Das Laufen begann von neuem. Deutlich hörte er das Geräusch zerreißender Seide, das es begleitete. Ein kleines Feuer schwelte am Wegrand. Wenn schon kein Mensch, dann wenigstens dieses qualmende Feuer … Geruch verschimmelten Holzes umfing ihn. Die Reiser knackten, knatterten. Er erblickte einen Haufen Glut, aber keinen Menschen. Auf dem Boden lag ein alter Brotsack. Wieder begann der Wald, dichter als zuvor.

Es hieß weitergehen, solange die Nacht noch einigermaßen hell war. Der ganze Wald lastete auf seinen Schultern. Er schlug den Kragen seiner Jacke hoch. Die Rückkehr des Verlorenen Sohnes hatte er spielen wollen! Wo es doch so einfach gewesen wäre, mit dem Zug bis Sainte-Veyres zu fahren! Dort wäre er, wenn niemand ihn abgeholt hätte, in das immer bereitstehende einzige Taxi gestiegen und auf den finsteren, schlammbedeckten Wegen bis vor das Tor seines väterlichen Hauses gefahren. Statt dessen hatte er dem Wunsch nachgegeben, endlich die ihm bisher verborgen gebliebene Umgebung seines Hauses kennenzulernen, dieses ganze Niemandsland mit seinem Gestrüpp, seinen wuchernden Farnen, seinen halb verwitterten Bäumen, das er als Kind nicht hatte betreten dürfen. Er mußte diesem verkommenen Haus seinen ursprünglichen Rahmen wiedergeben, die unberührte Landschaft, das besänftigte Blau ihres Horizonts, den Gürtel von Feldern mit den Raben- und Starenschwärmen darüber. Wer weiß, ob Vater nicht vergessen hat, daß morgen mein dreißigster Geburtstag ist. Wie lange ist es eigentlich her, daß ich nicht mehr hier gewesen bin? Das letztemal war's wohl, wie der kleine Ludovic zur Welt kam. Unheimlich, dieses Kind, bei dessen Anblick man nicht die leiseste Spur von Bewunderung aufzubringen vermochte. Sogar Simone, der Mutter, war es nicht ganz geheuer, dieses Gesichtchen, dessen Falten sich nicht glätten wollten, diese ersten Härchen, die auch schon wieder ausgefallen waren, dieser winzige Körper, den ihre Lippen nicht zu berühren wagten, aus Angst, ihm weh zu tun. Simone war meine Milchschwester, ich mochte sie gerne. Ich hatte eingewilligt, Taufpate zu sein. Warum man gerade mich dazu ausersehen hatte? Im Dorf hätte man ohne weiteres Leute genug finden können, die diese Rolle mit Freuden übernommen hätten. Armes Wurm! Es hatte schlecht angefangen. Zwischen zwei Krankheiten hatte man es getauft, verstohlen, in aller Eile. Der Vater hatte befürchtet, die allzu vorgewölbte Stirn seines Sohnes könnte unter dem Weihwasser erstarren; er bat um lauwarmes Wasser. Das hatte zur Folge, daß der Pfarrer ihm eine regelrechte Szene machte: ›Weihwasser hat noch niemand umgebracht!‹ Der Kleine hatte die Taufe gut überstanden, ich nicht. Die Gäste waren richtig krank. Und dann der Taufschmaus! Vater hatte abgesagt: er sei in Trauer. Arme Mutter, wie ein Unglücksvogel hatte sie über dieser Festtafel geschwebt! Seit fünfzehn Jahren versäumte Vater keine einzige Gelegenheit, aus Mutters Tod soviel als möglich herauszuschinden. Sie war die Schutzwand, hinter der sich sein mysteriöses Leben abspielte. Beim Nachtisch hatte niemand zu singen gewagt. Um jene Zeit bereitete ich mich gerade für einen jener merkwürdigen Wettbewerbe um die Aufnahme ins Pariser Verwaltungswesen vor. Als ich dann in die Prüfung stieg, stellte sich heraus, daß ich Blut und Wasser geschwitzt hatte über lauter unnützem Zeug. Auf hundert Bewerber entfiel nur ein einziger freier Platz. Am zweiten Prüfungstag fiel ich in Ohnmacht. Übrigens erfuhr ich auch, daß Vater das Schulgeld ratenweise bezahlte, weil er angeblich unter allerlei Lasten zu stöhnen hatte. Ob Vater wohl reich ist? Ich weiß es nicht. Gar nichts weiß ich. Zum Taufschmaus hatte er Wildbret mit einem immerhin schon etwas bedenklichen Hautgout beigesteuert. Mein eigener Beitrag hatte aus Zuckermandeln bestanden, einem Rest aus dem Kolonialwarenladen. Verschrumpelte Mandeln, deren Zuckerguß im Munde nicht zergehen wollte. Und am Abend fing es dann wieder von vorn an, das Gelage. Nochmals kam derselbe mayonnaisestrotzende Braten auf den Tisch. Bei dieser Gelegenheit verliebte ich mich zum erstenmal. Meine Tischnachbarin war eine kleine Stenotypistin. Sie hatte Pariser Manieren, wie man sagte. An jenem Abend trug sie unverständlicherweise ein Ballkleid. Noch nie hatte ich Frauenschultern aus solcher Nähe gesehen. Ich war selig. Sie erzählte mir von ihren Reisen an die Riviera, wo sie sich an irgendwelchen Fachwettbewerben zu beteiligen gehofft hatte. Unversehens befand ich mich in einer fleischlichen Welt, die sich übrigens auf die Bewegungen ihrer nackten Schultern beschränkte. Ich sah ihren ein wenig zu schweren Busen, ihr gepflegtes Haar, ihre kleine, runde, ungemein rege Unterlippe, die sich hin und wieder unter einem unvermuteten, hemmungslosen Lachen straffte. Beim Nachtisch küßte sie mich, und ich lief davon, um das brennende Mal auf meinem Mund aufzubewahren. Wenn ich bedenke, daß ich nachher weder essen noch mich waschen wollte, bloß um mir diesen

Kuß zu erhalten ...! Ich verbarg meine Lippen hinter meiner Hand, aber das sollte nicht von langer Dauer sein. Vater hatte es natürlich bald heraus. Worauf er sich dann in einer derartigen Schilderung der Frauen erging, daß ich in Tränen ausbrach. Welch eine Szene! Es hatte den Anschein, als ob Vater sich auf diese Weise an meiner Mutter rächen wollte oder an irgendeiner anderen Frau, deren Erinnerung ihn nicht losließ. Dann, ich erinnere mich noch genau, improvisierte er eine seiner so erstaunlichen Unglücksmienen und sagte in unverschämt sanftem Tonfall: ›Vergiß deine Mutter nicht, nur ihr darf deine Liebe gelten, deine stille Sohnesliebe. Jede Versuchung, in die du gerätst, fällt um so schwerer in die Waagschale, als deine Mutter uns ja alle mit sich in den Himmel genommen hat, ein für allemal.‹ Zum erstenmal in meinem Leben bot ich ihm Trotz. Nein, schrie ich, nein, nein, nein. Ich flüchtete mich auf mein Zimmer und schrieb meinen ersten Liebesbrief an meine Tischnachbarin. Sie sollte ihn nie erhalten. Vater, ruppig wie er war, ließ nichts durchgehen. Aber wechseln wir lieber die Platte. Ein paar Monate später kaufte ich meinem Patenkind in aller Heimlichkeit einen Baukasten. Man gab mir zu verstehen, daß es damit noch zu früh sei. Im darauffolgenden Jahr begnügte ich mich damit, ihm eine Karte mit einem rotflitterigen Weihnachtsmann zu schicken. Dann kam mir der Kleine völlig aus dem Sinn. Jetzt geht er wohl schon zur Schule. Ich will ihm eine Schultasche mit Querriemen schenken, Kinder lieben sowas. Natürlich, es ist ein Jahr her, daß ich nicht mehr bei Vater gewesen bin – bei diesem Überwitwer. Arme Mutter, nie habe ich sie anders gekannt als angeschmiedet an ihren Tod. Vater hatte sie eingekerkert, eingesargt in einem unzugänglichen Kummer. Niemand durfte ihrer gedenken. Nur auf seinen Wink hin durften die Tränen fließen und die Seufzer laut werden. Er gehörte ihm und nur ihm allein, dieser Tod. Nur er hatte über diesen Schmerz zu gebieten, der das Haus von allen Seiten her bedrängte, es zu Boden drückte, zermalmte: ein Musterschmerz. Und diese schwarzen Handschuhe, die stets aus seinen Fäusten hervorstarrten! Und dabei hatte Mutter wahrhaftig Besseres verdient als diesen Übereifer im Leidtragen. Ein kümmerliches Glück war ihr Teil gewesen, unauffällig hatte sie dahingelebt, im Schatten, und nun bot Vater ihr diesen unglaublichen Aufwand an Schwärze und Trauer. Er ließ es nicht zu, daß sie sich in unserer Erinnerung aufrichtete, zart und leidenschaftlich wie sie gewesen war; er hielt sie nieder auf ihrem riesigen Katafalk, verbot ihr, auf einem ihrer sanften Wege zu uns zurückzukehren. Ausstaffiert mit Schweigen, aufgetakelt mit Gebeten, so erschien sie uns, eine Art düsteres, schwarzes Idol, das Vater alljährlich hervorholte: eine jener spanischen Madonnen, wie man sie beim gestrengen Licht der Kerzen und des Novemberhimmels zu sehen gewohnt ist. Er hatte sie unseren fiebernden Händen entrissen und verwahrte sie nun, eisig wie Marmor, hinter dem Schleier seiner Worte.

›Mutter.‹ François wiederholte dieses Wort mehrere

Male. Aber nein, er durfte es nicht fortsetzen, dieses gefährliche Spiel, das sein Vater gewiß mißbilligt hätte. Diese Tränen, die ihm jetzt kamen – er durfte sie seinem Vater, dem beglaubigten Verwahrer des Familienschmerzes, nicht entwenden …

Neben ihm stand ein Hund, der ihn erwartungsvoll beäugte. Ein kaffeebrauner Köter, mit ungleichmäßig hingepflanzten Ohren, plumpem Hintergestell, kurzen Pfoten. Die feuchtkalte Schnauze in seiner Hand hatte ihn geweckt. Er war auf einen Baumstamm zu sitzen gekommen, dessen Rinde sich weich anfühlte. François nahm wieder seinen Weg auf; der Boden war völlig aufgeweicht, klebte an seinen Sohlen. Mit gespreizten Beinen mußte er gehen, die Füße auf den Grasnarben am Wegrand. Das Gehen wurde immer beschwerlicher.

»Hast du Hunger?«

Der Hund jaulte; ein langgezogener, kehliger Laut.

»Du sollst sagen, ob du Hunger hast!«

Der Hund schwieg, wedelte mit dem Schwanz.

»Scher dich zum Teufel – oder sag lieber, ob der Weg da nach Sainte-Veyres führt!«

Sein Tonfall schien dem Tier zu behagen, denn es gab jetzt ein ungemein sanftes Knurren von sich.

»Schon gut, du Opernsänger!«

François ließ sich sämtliche ihm bekannte Hundenamen wieder einfallen – der Köter lief hinter ihm her, verschwand hin und wieder in einem Gebüsch, kam brav wieder herangewackelt. Erstaunt sog François den Graphitgeruch ein, den die Bäume ausströmten.

»Jetzt aber zu deinem Herrn zurück, wie ich!«

Der Hund war nicht loszuwerden; er beschnupperte François' Schuhe, sprang zaghaft an seinen Beinen hoch, entfernte sich mit eingezogenem Schwanz.

Der Weg wurde breiter, nahm das Ausmaß einer befahrenen Straße an; zwei tiefe Radspuren durchfurchten ihn. Wenn er doch endlich aus diesem Wald hinausgelangte, der wie eine kalte, feuchte Zunge vor ihm herleckte! Je weiter er kam, desto schärfer wurde die Luft, das offene Feld konnte nicht mehr weit sein. Den Hund, der immer noch hinter ihm herlief, begleitete jetzt ein schwarzes Tier mit hängenden Zitzen. François erinnerte sich, daß das verfallene Dorf, durch das er soeben gekommen, von seinen Bewohnern verlassen worden war ... Richtig, stammte nicht Angèle aus diesem Dorf, das alte Kindermädchen? Ein mürrisches, menschenscheues Wesen, diese Angèle. Völlig verlaust war sie, als sie zu uns kam, man mußte sie erst darüber belehren, daß man sich ja auch waschen konnte. Meine Schwester schenkte ihr eine Korallenkette, die sie dann unter ihrem Strohsack versteckte, neben allerlei Krimskrams. Eines Sonntags ging sie aus, in geblümtem Kleid und mit nackten Armen, kehrte völlig entgeistert zurück und schlüpfte sofort wieder in ihr grobes Waisenkleid. Wenn sie Fleisch aß, bediente sie sich nur ihrer Eckzähne, wie ein Tier. Aber wenn sie sang, war es so schön, daß ich sie lieben mußte. In ihrer Nähe fühlten wir uns geborgen. Das Komplizierteste ging ihr spielend leicht von der Hand. Eines Tages lief sie fort, zurück in ihr

Dorf: sie konnte nicht leben, ohne nachts die Stimmen der Tiere zu hören. Und außerdem hatte Vater ja auch alles getan, um sie zu verscheuchen: wenn sie ihm im Flur begegnete, floh sie wie vor einem Gespenst. Er ertrug es nicht, daß neben ihm ein Wesen lebte, das zu schweigen vermochte, das sich in ein persönliches Schweigen einmauerte, an dem er nicht teilnehmen konnte. Angèle barg die Stummheit der Bäume in sich, die Stille nächtlicher Erwartung. Aber Vater war nicht der Mann, sich vom Warten etwas Gutes zu versprechen.

Dann war der Krieg gekommen; das Dorf wurde mit bayrischer Einquartierung bedacht und bald darauf mit irgendwelchen Stoßtrupps, die in dieser friedlichen Gegend nicht einmal zum Einsatz kamen, dafür aber das Dorf bis aufs Blut aussaugten. Bei Kriegsende war das Wasser fort; das Grundwasser, die Hauptsorge der Einwohnerschaft, war ausgetrocknet, ohne daß man sich's versah; Pflanzen und Tiere verdursteten, gingen ein. Die von der Präfektur requirierten Tankwagen hatten es alsbald satt bekommen, dieses überdurstige Dorf; mehr als einen vorübergehenden Beistand konnte man ihm nicht gewähren; für Nöte, deren Dauer die vom Gesetz vorgesehene Frist überschritt, waren die Behörden nicht eingerichtet. Die letzten in ihren Häusern verschanzten Einwohner packten ihre Habseligkeiten zusammen, luden Matratzen und Bettgestelle auf ihre bereits vollgepfropften Fuhrwerke – und eines schönen Tages war das Dorf menschenleer. Ich erfuhr es aus den

Zeitungen. Ein paar Hunde waren zurückgeblieben, ein paar Katzen – und da sind sie nun wieder.

François beschleunigte seine Schritte; beim Gedanken, diese den ehemaligen Haustieren überlassene Zone durchqueren zu müssen, wurde ihm recht unheimlich zumute. Konnte man denn wissen, ob eines dieser Biester inzwischen nicht tollwütig geworden war? Hund und Hündin blieben ihm auf den Fersen. Eine breiige Nebeldecke schleppte sich am Boden fort.

Wenn ich diese Geschichte in Paris erzähle, wird alle Welt mich auslachen. Juliette dagegen fände diese Szene ungemein romantisch. Ich hätte sie mitnehmen sollen. Sie ist einfach herzerfrischend bei solchen unsichtbaren Gefahren, erstickten Geräuschen, beklemmenden Situationen. Wohingegen ich ja von Vater einen reichlichen Vorrat an Angst mitbekommen habe; überhaupt war Vater ein wahrer Rutengänger, wenn es galt, Angst aufzuspüren; in wenigen Minuten konnte er sie hervorzaubern, sie aufkeimen lassen wie eine Pflanze aus der Feuchtigkeit. Ein geborener Künstler in allem, was zum Unheimlichen gehört. Er war der Zeremonienmeister des Dorfes, der oberste Leichenstratege, in allen diesen Belangen war er tonangebend. Ich höre jetzt besser auf, sonst stellt sich wieder die alte Erbitterung ein, die ich auf diesem unvorhergesehenen Heimweg weiß Gott nicht brauchen kann. Lassen wir Vater, wo er ist. Ich kann ihn ja jederzeit in meine Kindheit zurückholen, wie einen Monarchen, den man aus dem Exil zurückruft, weil man ohne das Sakrale, ohne Zeremonien und

Feierlichkeiten nicht leben kann. Dabei lebte es sich so gut ohne Vater, mit Juliette; er war wie ein in einem Tempel vergessener Gott; Angst konnte man nur den Neugierigen einflößen, denen man gestattete, ihn zu betrachten; meine Erinnerungen fingen schon an, ohne ihn auszukommen, seine Gegenwart durchschauerte sie nicht mehr, sie blieben unbehelligt von all seinen Gesten und Gebärden.

Meine Zukunft war jungfräulich, unberührt, lag außerhalb seines riesigen Schattens. Will er jetzt auf seinen altgewohnten Platz zurückkehren, mich wieder in seinen Griff bekommen?

In einem Jahr wollen wir heiraten, Juliette und ich. Sie wünscht sich wirkliche Hochzeitsgäste, solche, die mit dem Herzen dabei sind, nicht mit dem Magen. Monat und Tag sind schon anberaumt. Wer weiß, bis dahin hat sich Vater vielleicht schon für immer von uns empfohlen. Aber nein, er ist einfach unverwüstlich. Im gleichen Schritt durchmißt er die Jahreszeiten, im gleichen Anzug aus schwarzer Serge, mit demselben unbeirrten Blick. Was das Haus in Sainte-Veyres betrifft, so haben wir damit bereits unsere Pläne. Freilich, Juliette kennt es nur flüchtig. Eines Tages, wir zelteten gerade in der Nähe, in aller Heimlichkeit, führte ich sie bis an seine Mauern heran. Mit dem Feldstecher beobachtete sie den Garten. Wir blieben nicht lange, mir war dieses Spiel zuwider. Eines Morgens brachte ich sie dann in einer Zwergtanne unter, von wo aus sie die strengen Mauern mit den unverhältnismäßig kleinen Fensteröffnungen sehen konnte. Sie geriet in Entzücken über das große Bullauge über dem Tor, wollte durchaus hingehen und läuten, aber ich hielt sie zurück. ›Ich sage einfach, ich hätte mich verirrt, ich sei eine gute Bekannte von Herrn François, gar nicht unbemittelt übrigens, schließlich sei ich ja Modezeichnerin … Jawohl, sie stammen von mir, die Modelle in den Modejournalen. Die Falten? Keine solche Hexerei … Immer dieselben an Busen, Vorderseite und Ellbogen. Bring' ich im Schlaf fertig.‹ Ich hatte sie fortgezerrt von diesem altertümlichen Garten mit seinen viel zu hohen, nie beschnittenen Bäumen. ›Wo hieltest du dich am liebsten auf? Zeig mir doch die Stelle, wo du versucht hast, deine Schwester zu erwürgen! Und diese Grotte neben den Spindelbäumen dort, die hat deine Mutter wohl der Grotte von Lourdes nachbilden lassen …?‹

François blieb stehen: er hatte Seitenstechen. Die Nebelschicht glitt weich durch die Stämme. Vor ihm lief der Weg querfeldein. Mattes Mondlicht fiel auf ein zaghaft gewelltes Hügelgelände. Jetzt waren es bereits drei Tiere, die dicht hinter ihm herliefen. Ein kurzpfötiges Kätzchen mit ausgefransten Ohren war hinzugekommen. Er besaß nichts, was er ihnen hätte geben können, nicht die winzigste Brotkrume. Er durchstöberte seine Taschen, fand zwei Minzpastillen, eine halbe Erdnuß; das war sein ganzer Proviant. Auch er hatte Hunger. Bei Vater angelangt, will ich gleich eine Konservenbüchse stibitzen; der Keller ist sowieso voll davon. Bei meinem letzten Besuch entdeckte ich sogar einen Steinkrug mit irgendwelchen uralten Eiern darin. Aus lauter Neugier zerschlug ich eines davon: eine dickflüssige, schwarze Masse rann heraus. Und dann diese Regale mit Eingemachtem, das wie Bernstein aussieht! Jetzt habe ich aber Hunger, das steht einmal fest. Fort mit euch, ihr Biester! Wo ich jetzt hingehe, gibt es keine anständige Behausung, weder für euch noch für mich. Hoffentlich ist Adrienne da, meine so würdevolle Schwester! Adrienne, mit ihren unvergleichlichen Gesprächsthemen, die sich in unserem verrauchten Salon schon so oft bewährt haben. Ob man die Narbe am rechten Knie wohl noch sieht, die sie mir verdankt? Wenn sie bloß ohne ihren Mann kommen könnte! Aber konnte sie denn überhaupt noch rechtzeitig verständigt werden? So ein Einfall, einen Berufsoffizier zu ehelichen! Übrigens bin ich sicher, daß er sie verführt hat. War ja auch kinderleicht, dieses vor Erwartung vergehende Mädel zu entführen. Der erste beste hätte sie erobert. Sie glühte ja förmlich vor Liebe, ohne jeden Grund, seit Jahren schon, man konnte es an ihrem rot-und-weißen Gesicht ablesen, an ihren Kugelaugen. ›Paß auf deine Augen auf‹, sagte ich ihr, ›sie kollern dir noch davon!‹ Ein bißchen feierlich war sie, hatte derbe Züge, dicke Nasenflügel. Mein Vater war dagegen, daß sie sich Dauerwellen machen ließ; infolgedessen flocht sie sich die Haare zu Zöpfen, die zwei große Ringe um ihre Ohren bildeten. Armes Mädel!

Ich hatte die beiden überrascht. Jawohl, sie schlich sich zu ihm aufs Zimmer, zu diesem jungen Kriegsgott, der einen Kopf hat wie ein Ei, wie ein kernweiches Ei –: einmal mit dem Messer drangeschlagen, und ab ist's, das Eierhütchen! Und diese rötlichen Haare! Auf den letzten Krieg kam er übrigens nur selten zu sprechen, und wenn, dann nur mit größter Zurückhaltung. Er war nicht der seine, dieser Krieg, er war ihm nicht gut genug. Nur für den von neunzehnvierzehn hatte er etwas übrig, den hatte sein Vater nämlich mitgemacht, und überhaupt war damals von seiten seiner Familie ein großartiger Blutzoll entrichtet worden: Brüder hatten geblutet, Vettern, Onkel und so weiter ... Mit den Toten des letzten Krieges pflog diese Heldensippe keinen Umgang.

Einem ernsten, schwärmerisch veranlagten jungen Mädchen hatte Sainte-Veyres nicht viel zu bieten, und überdies hatte es Vater damals auch so bestochen, daß der schmucke Herr Offizier immer präsent war, wenn irgendein General außer Dienst zu Grabe getragen wurde. Seinem eigenen Hochzeitszug war er gewohntermaßen mit gesenktem Kopf vorangeschritten; gelächelt hatte er lediglich aus Nettigkeit dem Photographen gegenüber ... und um seine Braut ein wenig zu vertrösten, die seinem Gesicht einen Schimmer von

Zufriedenheit abzubetteln versuchte. Jetzt wird in Poitiers gelebt – gebridget vielmehr, zwischen zwei Manövern, zwei hastig heruntergewürgten Mahlzeiten. Mit einem Wort: ein Paar, dessen Herzen gleich hoch schlagen, wenn ein ›Drei-Sans‹ angemeldet wird. Armes, zerbröckeltes Schwesterchen! Sie war zu weich, die Krume, aus der du sie gemacht hast, Vater …

Nacht und Mondschein waren miteinander verwoben. François war stehengeblieben; die Tiere hüpften um seine Beine, die Katze mit gewelltem Schwanz; Hund und Hündin schnappten sich nach den Lefzen. Glückliche, sorglose Viecher … Daß ihr nicht auskommen könnt ohne einen Herrn! Statt froh zu sein, daß ihr frei herumlauft auf dieser Erde, die für mich nur Botmäßigkeit bedeutet! Eure Familie sucht ihr euch selber aus; ins Büro braucht ihr auch nicht zu gehen wie ich; nur Liebes- und Magensorgen habt ihr … An eurer Stelle würde ich mich bloß um meinen Hunger und meinen Durst kümmern. Liebt ihr ihn wirklich so sehr, diesen Menschengeruch? Was mich betrifft, so komme ich ganz gut auch ohne euch aus. Habt ihr je meinen Vater gerochen? Einen faden Geruch muß er haben, wie von reingeschrubbtem Fleisch, wie eine Haut, an der nichts haften bleibt, nicht mal Zwiebelgeruch. Und wenn er krank ist, riecht er vermutlich nach zerkochtem Blumenkohl oder irgendwie säuerlich, wie Aspirin.

Plötzlich begann er die Straße, die hier eine Krümmung machte, hinunterzulaufen. Die Tiere blieben ihm auf den Fersen; stumm, ohne auch nur das leiseste Knurren oder Miauen von sich zu geben, preschten sie hinter ihm her, unentwegt, die Schnauze am Boden. Er war vor einem Gehöft mit überhängendem Dach angelangt; der runde Taubenschlag glich einem mittelalterlichen Turm. Durch einen weiten, leicht geschwungenen Torbogen erblickte er einen Innenhof. Eine ehemalige Leprastation, hätte man meinen können. An welchen dieser geschlossenen Fensterläden anklopfen, um nach dem Weg zu fragen? Er blickte sich um – die Tiere waren fort: es gab hier wohl irgendeine nur ihnen bekannte Grenze, über die sie sich nicht hinwegwagten, für die Krieg und Tod keinerlei Sinn besaßen und die unglaubliche Treue, die sie ihrer ersten Begegnung mit den Menschen bewahrten, nicht zu zerstören vermochten.

Der Hof war mit schlammbedeckten großen, halbwegs ineinandergefügten Steinplatten und winzigen Kieselsteinen ausgelegt; lange Spuren von aufgeweichtem, scharf riechendem Stroh zogen sich bis zu den Eingängen hin. Immer wieder ausgleitend, als ginge er über Algen, gelangte er vor die Tür des Hauptgebäudes, das vermutlich als Wohnung diente; auf der Treppe zur Türschwelle, die ein paar kümmerliche, in alten Suppenschüsseln untergebrachte Geranien zierten, lag ein Stapel Holzpantinen. Nicht weit davon, in einer grasdurchwachsenen Regenpfütze, spiegelte sich der Mond.

»Niemand da? Ich möchte nur eine Auskunft.«

Natürlich, alles blieb zu, schlafumfangen. Die Leute waren wohl Frühaufsteher. Warum nur hatte er den Rat dieser Bengel befolgt und einen Weg eingeschlagen, auf dem sich wohl nur die Einheimischen zurechtfanden! Er kehrte zum Tor zurück, sah auf die Straße hinaus, die, wie es schien, zuerst an einer Umzäunung entlanglief, dann einem Steineichengebüsch auswich und sich schließlich in Weideland verlor, von wo der Geruch von niedergetretenen Halmen und Hornvieh herüberwehte. Sollte er kehrtmachen, wieder den Wald durchqueren, wo die Tiere vermutlich auf einen neuen Herrn warteten? Nein, das nicht. Wie spät mochte es sein? Verdammt, jetzt ist meine Uhr stehengeblieben. Dabei habe ich Juliette doch gesagt, daß sie sie nicht am Handgelenk tragen soll. Alle Uhren macht sie mir kaputt mit ihren nervösen Händen. Genau wie meinen Füllfederhalter. Seit jenem idiotischen Preisausschreiben für den schönsten Verzweiflungsbrief, an dem sie sich beteiligt hat, ist die Feder futsch. Dabei sind alle diese hochtrabenden Abschiedsphrasen so gar nicht ihre Sache. Verzweifelt ist sie nicht die Spur, dafür aber versessen auf Preisausschreiben, besonders seitdem sie dieses tolle Bügeleisen gewonnen hat, das schwer ist wie ein Tank: ein Athlet müßte man sein, um damit zu bügeln. Gutgläubig wie immer hatte sie brav auf alle diese verfänglichen, nichts übergehenden Fragen geantwortet – ein kleines Jüngstes Gericht, das sie da über sich ergehen ließ. Den Brief, es war ein Abschiedsbrief, hatte nicht sie, sondern ich abgefaßt. Krankgelacht haben wir uns damals bei all diesen komischen Wendungen! ›Wieso weißt du das überhaupt?‹ fragte sie beunruhigt. ›Weil ich alles, was mir durch den Kopf geht, gern zu Papier bringe.‹ ›Und all das geht dir also durch den Kopf? Du könntest mich also schon verlassen?‹

Den Schluß hatten wir nur so hingeschludert. Unsere Liebe war ja damals noch im Werden; mitunter spielten wir die Verliebten; uns war noch bange vor dem nächsten Schritt.

Endgültig wurde unsere Bindung erst später: durch das Gesichtchen auf dem Krankenhausbett, nach dem Unfall. Ein Radfahrer, der die Straße herabgesaust kam, hatte sie angefahren. Nie werde ich dieses Gesicht vergessen, die Haare, die am Kopfkissen klebten und noch nach Straße rochen, nach Regen, nach frischem Schweiß. Zum erstenmal erlebten wir gemeinsam Schweigen und Hoffnung. Es gibt, ich bin davon überzeugt, tragische Ereignisse, die einem zu Hilfe kommen, die einen keineswegs zerstören, sondern sicherstellen, was einer noch zu leben hat, tragische Begebenheiten, die uns ein unversehrtes Glück aufbewahren. Erinnerst du dich noch, Juliette, welche Mühe es mich damals gekostet hat, ein Lächeln zustande zu bringen?

Eine entsetzliche, durch nichts gerechtfertigte Angst überkam ihn: Wie, wenn er nie mehr zurückkehren sollte? Diese Nacht schien es auf ihn abgesehen zu haben, sie wuchtete auf ihn nieder – reglos wie eine Schildwache erstarrte er vor dem stummen Gehöft. Warum bellten eigentlich keine Hunde, warum hörte man keine Hähne? Was habe ich überhaupt zu suchen bei meinem Vater? Und Juliette habe ich allein gelassen, obwohl sie über dieses Frösteln im Rücken klagte – ein böses Zeichen. Jetzt hat sie sich ins Bett gelegt und weiß nicht, wie sie mich benachrichtigen soll. Wenn sie es nur über sich gewinnt, einen Arzt zu rufen! Aber ich kenne sie ja, sie wird die Portiersfrau um irgendein Kräuter- oder Gemüsemittel gebeten haben. Oder sich irgendsoeinen Umschlag aus gekochten Karotten auf die Brust gelegt haben. Im Nu hat man den Arzt im Haus, wie die Mikroben. Ich hätte das Zimmerfenster abdichten sollen. Und dabei hat sie eine so empfindliche Haut. Hast du wenigstens meinen Vater anrufen lassen, Juliette, sag, hast du ihn anrufen lassen? ›Bestellen Sie ihm bitte, daß ich nicht ganz wohl bin. Nein, er braucht sich wirklich keine Sorgen zu machen, ich bin in guten Händen. Die Miedermacherin von nebenan kümmert sich um mich, ihr Mann macht mir warme Getränke.‹ Was, dieser vertrottelte Säufer? Juliette, um Himmels willen, werde nicht krank, bevor ich zurück bin. Ich habe mich verirrt; genau wie damals, weißt du noch, als wir uns kennenlernten … Wer hätte mich denn auch ansprechen sollen auf jener Bank wenn nicht du? ›Ihr Halstuch, Monsieur.‹ ›Danke vielmals. Sie haben recht, die Luft ist eigentlich kühl, aber das Leben im Grunde ja auch, nicht wahr? … Doch irgendwie schwül hier – finden Sie nicht auch? Außerdem schließen die Anlagen jetzt.‹ Worauf ich dich dann nach einer Straße fragte, der ersten besten, die mir einfiel. ›Die Rue Servandoni? Zwei Schritt von hier!‹ Ebensogut hätte ich dich nach der Rue Gambetta oder der Avenue Victor-Hugo fragen können. ›Wenn man so bedenkt, daß man jetzt wieder Monate zu warten hat, bis sich wieder Blätter an den Bäumen zeigen …‹ Ich schlage vor, wir gehen jetzt was Warmes trinken … Unter deinem aufgeknöpften Mantel sah ich deinen Körper, prall unter dem Stoffkleid, klein, wärmeverheißend, zärtlichkeitsbedürftig. – ›So, jetzt gehen wir aber einen Kaffee trinken.‹ Hinter uns, in den Kulissen sozusagen, wurde ebenfalls ein Gespräch geführt; es waren Arbeiter, und wir mußten lachen bei den Worten, die da fielen: ›Mensch, mir scheint, bei dir ist das Oberstübchen mit 'nem Liegestuhl möbliert …‹ Angeblich hattest du auf eine Freundin gewartet. Ich natürlich auch. Kein wahres Wort daran. Den Vorstadtzug hattest du verpaßt. Vor uns lag Zeit, massenhaft viel Zeit; Zeit, um wieder und wieder zu erröten, Zeit, Worte zu machen, Worte, die genauso müde waren wie wir selbst. Eine Frist wurde uns gewährt, eine Zeit, in der es kein Zuspätkommen gab, keine Verschämtheit, keine Familie: eine Nimm-sie-oder-nimm-sie-nicht-Zeit.

Sein Blick fiel auf einen langen, verbogenen Draht neben dem Tor. Eine Klingel offenbar. Die Hand fand den herabbaumelnden Griff, zog ihn nieder. Das Glöckchen gab einen verrosteten Ton. Ganz wie die Glocke, von der wir sprachen, als ich dich damals nach Hause brachte. ›In Paris macht es einem gar keine Freude mehr, andere Leute zu besuchen. Du drückst auf einen Knopf, die Tür geht auf – niemand, der dahinter steht und dich erwartet.‹ Das erinnert mich an ähnliche

Abende. Abende – im Grunde sind sie alle einer wie der andere: feucht und mit diesem ewigen Bademantelgeruch. Vor zwei Jahren, als ich aus Nizza zurückkam, fand ich mich in der Dunkelheit viel besser zurecht als heute. In Nizza war ich Strandwärter gewesen. Bei Einbruch der Dunkelheit hatte ich den Strand reinzufegen, die Strandkörbe zurechtzurücken, die Papierreste aufzulesen; dabei stieß ich ab und zu auf schlafende Pärchen. Ich war der große Sand- und Wellenmeister. Erst wenn morgens der erste Badegast erschien, begab ich mich zur Ruhe. Himmel und Meer waren mein. Ich dachte, ich wäre nun vertraut mit den Dingen, die mir nicht gehören – aber heute abend ... Ich habe Hunger, im Grunde kommt alles nur davon, daß ich Hunger habe. Leer der Magen, leer die Brieftasche – so kann ich auf keinen Fall vor meinen kummer- und einsamkeitssatten Vater treten ... Ich halte das bestimmt nicht durch, wenn er mich wieder einem dieser scheinbar ungezwungenen Verhöre unterzieht, auf die er sich so glänzend versteht ... ›Glaub bloß nicht, daß ich dir etwas abverlange; mit dem Geld, das du von deiner Mutter hast, kannst du machen, was du willst; vergiß bloß nicht, daß es von einer Toten kommt und daß er dieser Toten teuer zu stehen kam, dieser ... diese Niete von einem Sohn. So, nun ist's heraus, nichts für ungut, François.‹

Immer heftiger zerrte er am Klingelzug, als wollte er nicht nur dieses nachtverlorene Gehöft wachrütteln, sondern zugleich auch seinen Vater wecken mitsamt all den halbverglommenen Seelen in dessen Innern. Vergebliche Mühe. Soll ich hineinrufen? Ist das nicht einfach unerhört? Es könnte ja sein, daß ich krank wäre, daß ich Hilfe brauchte, daß irgendsoein Kerl hinter mir stünde ... »Wer sind Sie?« Hinter einem Mauervorsprung bewegte sich eine Gestalt. »Antworten Sie, oder ich schieße!«

Etwas hüpfte über die Steine auf dem Weg – ein Vogel. Muß eine Elster sein. Der Vogel unternahm einen Flugversuch, mußte aber sogleich wieder landen – jetzt rührte er sich nicht mehr.

»Finger weg davon!«

Ein Mann kam auf ihn zugeklappert, zögernden Schrittes – die offenbar zu großen Holzpantoffel an seinen Füßen schienen ihn im Gehen zu behindern. Die eine Pantine abstreifend, rieb er sich das Bein mit der bloßen Sohle.

»'Tag allerseits!«

»'Tag. Was wollen Sie von mir?«

»Ich?«

»Jawohl, Sie.«

»Heimgehn tu' ich.«

»Sie wohnen also hier?«

»Ja und nein.«

»Sie wohnen also nicht hier?«

»Kommt drauf an.«

Der Mann, der unterdessen ein unförmiges, in Wachstuch geschnürtes Bündel abgesetzt hatte, kramte aus seiner Tasche eine kleine Blechdose hervor, entnahm ihr

Zigarettenpapier, begann mit langsamen Bewegungen eine Zigarette zu drehen, leckte mit der Zunge darüber, klemmte sie sich zwischen die Lippen, seufzte.

»Noch diese eine, dann wird gepennt. Auch eine?«

»Danke.«

Der Mann sah harmlos aus. Wie alt er wohl sein mochte? Er trug eine Tellermütze, flach, wie über Schilfrohr gespannt. Auch ein dichter Schnurrbart ließ sich unterscheiden.

»Irgendeiner hat da wohl Wegweiser gespielt, wie?«

»Wieso?«

François wußte nicht recht, was er von dieser halb gemütlichen, halb feindseligen Erscheinung wirklich halten sollte.

»Komm, komm, du hast's bestimmt von einem der Schnitter ...«

»Ich bin nicht von hier.«

»Klar.«

»Ich habe den Weg verloren; ich möchte nach Sainte-Veyres.«

»Klar, nach Sainte-Veyres, versteht sich. Und der Weg nach Sainte-Veyres führt natürlich hier vorbei ... So siehst du mir aus! Immer nur so weiter, mein Junge ...«

»Wenn ich Ihnen aber sage, daß ich nach Sainte-Veyres will!«

»Arschloch, blindes, du siehst doch, daß hier kein Weg weiterführt!«

»Total verirrt also.«

»Nein wirklich? Lauter Lügen.«

»Aber ich lüge ja gar nicht!«

»Komm, komm! Hast die Bude da anzünden wollen, wie? Und was, wenn ich jetzt hingeh' und dich verpfeif'?«

François blieb stumm, abwartend; auf alle Fälle hielt er die Faust geballt. Sein Leben war unsanft genug mit ihm umgesprungen, als daß er nicht gewußt hätte, daß man mir nichts, dir nichts einem Feinde gegenüberstehen konnte und daß es in solchen Fällen vor allem darauf ankam, so lange ruhig Blut zu bewahren, bis der andere sich eine Blöße gab.

»Hinter dem Mädel her, was? Gar nicht so übel in ihrem Tüllkleid, die Kleine ... Nebenbei, mir kann sie gestohlen bleiben. Das Postfräulein ist auch nicht ohne, mit der mach' ich sowieso, was ich will. Das Fräulein Tochter kommt schon noch mal dran, früher oder später. Krieg' ich sie nicht, kriegst halt du sie oder sonst wer – Hauptsache, einer kriegt sie. Keine Sorge, ich werd' schon reinen Mund halten. Galoche heiß' ich, merk dir's bloß, Galoche. Stell dir vor: rausgeschmissen haben die mich! Mich haben die rauszuschmeißen gewagt! Na, die werden lange suchen müssen, bis sie einen Kerl finden, der ihnen die Tiere so betreut wie ich. Verlaß dich auf mich, ich krieg' sie hier schon noch frei, die Tierchen. Sind sowieso viel zu gut für das Pack. Ein Pferd haben die da im Stall, sag' ich dir! Krepiert bestimmt, wenn es mich nicht hat. Die Kruppe solltest du dir mal ansehen! Seide, sage ich dir, knisternde Seide. Und dann das Auge!

Muß man gesehen haben. Kannst du mal suchen gehen bei den Weibern in der Gegend! Arme Viecher, sie verrecken ja fast alle in dem Hundeloch ... Mit denen machst du nicht einfach, was du willst; da mußt du schon machen, was *sie* wollen. Der Ton macht die Musik, verstehst du. Die spüren das nämlich, wenn man zu ihnen grob ist. Von mir haben sie nie ein grobes Wort zu hören bekommen, das schwör' ich dir!«

François fragte sich, was dieser Wortschwall bedeuten sollte. Hatte der Mann irgend etwas zu verbergen, war er nicht allein, war sein Spießgeselle gerade am Werk? Der Mann sprach mit dem gleichen Wohlbehagen, mit dem er rauchte. Nur sekundenweise, beim Aufglimmen der Zigarette, zeigte sich sein Gesicht. François stellte fest, daß er einen uralten Überrock mit riesigen Aufschlägen trug. Von Zeit zu Zeit zog er die Schultern in die Höhe, als sei der Mantel ihm zu schwer.

»Jetzt gehst du sicher hin und erzählst, daß ich bei den Tieren penne?«

»Gar nichts erzähle ich. Ich gehe nach Sainte-Veyres.«

»Richtig ... Frühmorgens, wenn die andern aufwachen, hau' ich wieder ab. Dabei ahnst du gar nicht, wie nervös er wird, der Gaul, wenn ich nicht da bin. Er hat's nämlich mit den Dahlien, mußt du wissen. Dafür bekommt er auch jedesmal einen vollen Sack davon vorgesetzt. Und dann die Schafe ... Gib schon zu, du hast hier übernachten wollen ... Bloß daß ich dir dann die Augen verbinden muß; wo ich 'reinschlüpfe, ist nämlich mein Geheimnis.«

»Besten Dank. Ich muß vor allem nach Sainte-Veyres.«

»Wenn du grad aus dem Kittchen ausgerückt bist – keine Sorge, ich kann schon dichthalten.«

François brannte der Boden unter den Füßen.

»Wie spät ist es eigentlich?«

»Neun, denk' ich. Die machten die Kneipe gerade zu, wie ich fortging. Nichts los in dem Kaff da. Kostet 'ne Stange Geld, und dabei hat man nicht mal was davon.«

François stieß einen Seufzer aus, reckte sich, ließ die Arme in die Luft schnellen, machte ein unbeteiligtes, schläfriges Gesicht.

»Lassen Sie's gut sein! Jetzt muß ich aber weiter ... Muß ich da erst mal wieder denselben Weg zurück?«

»Klar. Fünfhundert Meter am Wald entlang, dann die erste Straße links. Aber aufgepaßt, bei Nacht sind alle Straßen grau.«

»Ich find' mich schon zurecht. Danke sehr.«

»Beim Wärterhäuschen biegst du ein. Sieht wie 'ne Kapelle aus, das Ding.«

»Nochmals besten Dank. Gute Nacht.«

»Gute Nacht. Und wenn du mal wieder vorbeikommst, schmeiß ich 'ne Runde. Aber Augen auf, das Fräulein wird streng bewacht. Ich weiß da Bescheid, ich habe nämlich das Klavier hierherkutschiert, das der Herr Papa ihr gekauft hat. Die spielt dir sämtliche Modeschlager auswendig, Ton für Ton. Kann was, die Kleine.«

François befand sich bereits in einiger Entfernung; langsam, mit den Schritten eines müden Spaziergängers, war er davongeschlendert. Hinter sich hörte er ein Messer aufklappen – besser wandte er sich jetzt nicht um. Der Mann holte einen Brotkanten hervor, schnitt sich ein Stück davon ab. François pfiff vor sich hin.

Er bekam es nun allmählich satt, in dieser unwirtlichen, unwegsamen Nacht herumzuzigeunern. Eine schöne Heimkehr – deutlich stand sie ihm vor Augen: Vater, bereits im Schlafanzug, zwischen zwei Küssen ein Gähnen unterdrückend. Ich hätte Juliette mitnehmen sollen, das hätte ein bißchen Wärme ins Haus gebracht, Vater wäre ein wenig aufgetaut, die Fenster nach dem verwilderten Garten wären endlich wieder einmal geöffnet worden. Und dabei hatte ich's so gut in Paris. Morgen hätten wir eine nette Fresserei veranstaltet, mit Freunden. Gaston wäre natürlich allein gekommen, ohne seine Frau, um mir ein Geschenk mitbringen zu können; alles, was er tut, tut er ohne ihr Wissen; auf diese Weise glaubt er sich seine Freiheit zu wahren. Juliette hätte Hors d'œuvres eingekauft, massenweise, vor allem mein Lieblingsgericht: gefüllte Oliven. Ein kostspieliges Menü, in allerletzter Minute noch vermittels eines knusprigen Backhuhns vorteilhaft ergänzt. Anders geht es ja wohl kaum. Mittags um zwölf verläßt sie das Büro; um zwei muß sie wieder zurück sein; Schluß gemacht wird erst um halb sieben; eine Küche haben wir nicht, gekocht wird im Badezimmer auf einem Spirituskocher. Während der Mahlzeit ist das Zimmer voller Dampf, ein regelrechtes Schwitzbad. Juliettes Bruder wird immer gleich böse, wenn er bei uns zu

Gast ist: ›Bei euch scheint ja das Essen zu den Sieben Weltwundern zu gehören!‹ Durchaus. Bei jedem Gericht muß zuerst genauestens auskalkuliert werden, wie lange es die Flamme beansprucht. ›Was kommt zuerst dran, das Beefsteak oder die Bohnen?‹ Ein fortwährendes Hin und Her zwischen dem Tisch im Zimmer und dem Kocher im Bad, diese Mahlzeit. Nicht so einfach, bei uns Gast zu sein. Juliette ißt stehend, wie früher die Frauen auf dem Lande, um die Speisen in der Küche überwachen zu können. Und dabei hätte ich so gerne jederzeit ein Haus voller Gäste, um dauernd Flaschenkorken knallen zu lassen und nie dagewesene Desserts zu servieren! Aber wie soll ich das bewerkstelligen mit dem Klapptisch, den wir da stehen haben, mit dieser sogenannten Couch, die trotz ihrer Verkleidung ein einfaches Bett bleibt, ein Bett, jawohl, mit dem Abdruck zweier Körper, die immerhin recht gut miteinander auskommen, ohne Zwischenfälle, ohne Grausamkeiten. Manchmal bringe ich Juliette Blumen mit, weil es mir Spaß macht, ihr zuzusehen, wenn sie Blumen in den Händen hält. Sie wird ein kleines Mädchen, das nicht weiß, wie es sich da anstellen soll. ›Sind sie auch wirklich für mich?‹ fragt sie in einem fort. Dieser wunderbare Geberstolz, der mich dabei erfüllt! ›Für wen denn sonst, wenn nicht für dich?‹ Ihre Hilflosigkeit beglückt mich; sie sieht aus, als befände sie sich draußen im Freien, als wäre sie selbst umhergerannt, um diesen Strauß zusammenzupflücken. Ihre Wangen glühen; ihre Augen werden ganz winzigklein, dunkel, kleine

Flämmchen durchzucken die Pupille. ›Gefällt er dir wirklich?‹ Ich bin selig, daß sie jetzt während der ganzen Mahlzeit von nichts anderem als von meinem Geschenk spricht. Ich rücke sie hin und her, die kleine Vase mit den Großstadtblumen, bei denen man so gar nicht weiß, ob man das zusammengeschnürte Blumenherz je zu sehen bekommt. Für gewöhnlich rückt dabei ein Marmeladenglas in den Rang einer Blumenvase auf. Die Sträuße sind bald verwelkt in unserem trauten Heim. In Sainte-Veyres war es strengstens verboten, die verkümmerten, unfreundlichen Kletterrosen an der Häuserfront zu schneiden, diese abscheulichen, weinhefefarbenen Rosen mit dem riesigen Dornenschmuck. Nur die für den Friedhof bestimmten bärtigen Chrysanthemen erfreuten sich der Pflege. Juliette – sie ist einfach wunderbar. Ohne daß ich's merkte, ist sie in mein Leben getreten, ohne eine Spur von Koketterie. Nicht im mindesten waren wir erstaunt darüber, weder ich noch sie. Nicht der leiseste Versuch, den andern mit irgendwelchen vergangenen Bindungen zu behelligen. Kein Sterbenswörtchen über das Gewesene. Darf man den andern denn Dinge aufbürden, die man selbst nicht mehr erträgt? Sollte man vielleicht die Alpträume weiterträumen, die man endlich hinter sich hat? Unsere Vergangenheit liegt vor uns. Beide verdienen wir, was wir zum Leben brauchen, beide haben wir ungefähr das gleiche Gehalt. Eigentlich ganz nett, die kleine Firma, bei der ich arbeite. Keinerlei Schwierigkeiten. Pünktlich eingehaltene Arbeitsstunden. Nie wird man zurückgehalten wegen irgendeiner sogenannten Postarbeit. An den Chefs ist nicht viel auszusetzen, ab und zu spendieren sie sogar eine Runde und unterhalten einen mit ihren Witzen. Wenn ich mich jetzt nur an einen dieser Witze erinnern könnte – das würde mir wohl den Weg verkürzen.

François ist wieder einmal fort. Ich weiß jetzt, daß er mich angelogen hat bei seinem ersten Fortgehen. Er hat im September Geburtstag, am dreißigsten. Angeblich hat er sich zwei Tage Urlaub genommen, weil sein Vater ihn erwartet und weil er um jeden Preis zur Stelle sein will. ›Es geht um unser Glück, Juliette.‹ Kommt mir im Grunde gar nicht so ungelegen, ich verbringe die zwei Tage halt bei Mutter. An Lockungen hat sie's ja nicht fehlen lassen: auf meinem Bett liegt ein neues Kleid für mich bereit. Warum ein Hehl daraus machen, daß mich ein Zittern überkommt beim Gedanken, die Treppe mit dem roten Läufer hinaufzusteigen, auf den Klingelknopf an der eichenen Tür zu drücken, wiederzufinden, was ich zu vergessen hoffte: die Schublade mit Fernands Briefen. Sie müssen ins Feuer, gleich nach meiner Ankunft, ich kann François nicht hintergehen. Wie ich ihm vorhin vom Fenster aus nachschaute, wie ich diese windschiefe Figur sich entfernen sah, in der ewigen Sportjacke, mit diesem Sack auf dem Rücken – ganz jämmerlich war mir da zumute. Unten standen Leute, die lachten: ein Ausflügler um diese Jahreszeit, das kam ihnen offenbar nicht ganz geheuer vor. In unserer Wohnung hält schon die Kälte Einzug. Aber womit heizen, wenn man sich vor Gas fürchtet? Im Grunde haben wir wohl beide diese zwei Tage herbeigesehnt, um uns in unseren Elternhäusern am Ofen zu wärmen, um Wärme zu speichern für den Winter, der ja schon vor der Tür steht. Dieser lange Brief, den er von seinem Vater erhalten hat! Und dabei hätte ich ihn doch gerne endlich einmal kennengelernt, diesen Vater, wäre ich ebenfalls ganz gerne mit ihm am Kaminfeuer gesessen!

Offenbar will François dieses Glück allein genießen, in aller Heimlichkeit. Jetzt muß er bereits in Sainte-Veyres angekommen sein ... All die Umarmungen, die ihm da bevorstehen, die Hausmannskost, die ihn erwartet, die eigens geladenen Vettern, das Beste, das Küche und Keller zu bieten haben, eine Großmutter, ein ganzes Schock Tanten, die ihn gar nicht genug verhätscheln können ... Ja, er muß sie wohl vermißt haben, diesen heimatlichen Himmel und diese wohlbekannte, ereignislose Landschaft, wo er gerne seine alten Tage verbringen möchte. Eine wahre Kur an Wohlleben erwartet ihn jetzt, ich kann ihn mir deutlich vorstellen, wie er da mit seinem griesgrämigen Gesicht umherschlendert, begleitet von den bekümmerten Blicken all dieser häuslichen Geister. Ein wenig wie mein eigenes Zuhause, von dem er so gar nichts weiß. Soll ich ihm etwa erzählen, wie es bei Mutter aussieht? Soll ich vielleicht von ihren knurrigen Schoßhündchen zu schwärmen beginnen, von ihrem Appartement mit den tausend Lampenschirmen, von den erlesenen Gerichten, die sie sich in aller Heimlichkeit zu Gemüte führt? Oder gar von dem Porträt in Lebensgröße, das ihr ge-

genüberhängt, wenn sie tafelt? Und von dem Mann, der es gemalt hat und den sie erst nach seinem Tode zu lieben begann?

Verschweigen müssen wir sie uns, all diese Dinge, um unserer Liebe willen, um sie vor Enttäuschungen zu bewahren. Warum bist du fortgegangen, François? Armer François! Warum nicht einfach sein, wie wir eben sind? ... Hallo, bist du's Mutter? Ja, ich bin gleich da, zum Abendessen. Austern besorge ich unterwegs. Was? Was sagst du? Fernand wird da sein?

Wieder so eine Wegkreuzung!

François blickte an einem Pfosten empor, an dem es eine Tafel mit den Angaben geben mußte, die er benötigte. Unmöglich, auch nur das geringste davon abzulesen: nichts als rostzerfressene Buchstaben. Ihn fröstelte in seiner amerikanischen Windjacke. Erdrückt einen und schützt einen dabei gar nicht. Eigentlich könnte ich diesmal die Wollpelerine mitgehen lassen, die am Kleiderhaken im Vorzimmer hängt. Im Grunde gehört sie ja jedem. Vater leistet sie wohl sowieso keine Dienste mehr – höchstens, er legt Wert auf ihre Anwesenheit, ›damit alles beim alten bleibt‹. Einfach unvorstellbar, wie mich friert! Genau wie an dem Tage, als ich ausrückte, um ins Wasser zu gehen. Komisch, jetzt macht es mir gar nichts mehr aus, daran zu denken. Muß ich aber albern gewesen sein damals, daß ich so sehr an meinen Tod glaubte und so wenig an mein Leben! Daheim haben sich ja übrigens so ziemlich alle mit dem Gedanken herumgetragen, sich das Leben zu nehmen. Die alte Angèle, unser Kindermädchen, mit einbegriffen. Und was Vater betrifft, so stank er ja förmlich nach Selbstmord. Diese Familientafel, an der die gesamte Tischgesellschaft sich allemal über den komischen Beigeschmack ausließ, den die Suppe hatte. Steif und fest war man davon überzeugt, dauernd erging man sich in Betrachtungen über die diversen Spielarten der Giftmischerei. Kurz vor meinem Selbstmordversuch hatte die arme Adrienne sich umbringen wollen, mit Gas, in ihrem Waschkabinett. Ich überraschte sie dabei, wie sie sich den Gasschlauch unter die Nase hielt. ›Was machst du denn da?‹ Dabei hörte ich schon das Gas zischen. ›Ich? Nichts. Ich wollte nur nachsehen, ob der Schlauch nicht verstopft ist.‹ Ich fand nichts weiter dabei. Ob sie sich nun das Leben zu nehmen gedachte oder nur den Gasschlauch säuberte – ich erblickte da keinen nennenswerten Unterschied. Bei der gewitterhaft geladenen Atmosphäre im Hause war es durchaus denkbar, daß jede unserer Gesten unvermutet im Tode mündete. Ich entsinne mich noch genau, wie es war. Wir ließen einander nicht aus den Augen, lauerten auf irgend etwas Auffallendes in den Bewegungen der anderen, auf ein ungewohntes Schweigen, eine allzu lange Abwesenheit – so als strebte unser ganzes Dasein unaufhaltsam einem tragischen Ende entgegen. Kaum daß man in diesem rauhen, atemberaubenden Klima noch zu leben wagte – man geisterte nur so umher. Jetzt liegt jener Selbstmord weit zurück. Seitdem ich es auf meinen Lippen gespürt habe, in seiner ganzen, entsetzlichen Fadheit, liebe ich das Wasser. Und wenn ich jetzt zuweilen im Meer oder in Flüssen bade, so geschieht das, wie um das Wasser zu grüßen, es wiederzuerkennen, ihm seine Gefährlichkeit zu nehmen, seine verführerischen Reflexe auszulöschen, es zu besänftigen. Eigentlich sollte ich Vater mal davon erzählen. Aber weiß er es nicht schon längst? Ich hätte einen Unfall gehabt, hieß es damals ... Ja, und dann war da noch dieser Kerl im Schleppkahn, der mich retten wollte, und seine Frau, die ihn zurückhielt. Während ich Wasser schluckte, diskutierte man oben. Fische angelt man, Menschen fischt man heraus.

Die Felder verloren sich in unsichtiger Ferne. Der gleiche feine, kraftlose Regen setzte wieder ein, stäubte ihm das Haar. Am Himmel, in geringer Höhe, glitt ein Flugzeug vorüber, schraubte sich wieder empor, westwärts, mit regelmäßig blinkernden Lichtern. Etwa hundert Schritt weiter erreichte François einen kleinen, von dünnstämmigen Pappeln umstandenen Weiher. Er stieß auf Röhricht, vermochte nicht zu unterscheiden, wo das Wasser begann. Vorsichtig tastete er sich vor. Ein großer Vogel erhob sich schwerfällig aus dem Schilf, kreiste ein paarmal raubvogelartig um seinen Kopf, strich ab. François empfand keinerlei Zuneigung zu dieser Art, seine Gegenwart durch ein plötzliches Auffliegen zu bekunden, er mochte sie nicht, all diese im Verborgenen zuckenden Vögel und Tiere, diese jäh emporschnellenden Frösche. Als Kind war ihm kaum etwas anderes beigebracht worden als Angst; eine Angst, der man mit keinerlei Argumenten, mit keinerlei Mut beikam. Was denn sonst hatte man ihn gelehrt, als daß er sich zu ducken habe unter der Faust des Schmerzes, mit sich ins Gericht gehen müsse inmitten der Antwortlosigkeit und Entblößtheit seiner Seele? Abend für Abend versammelten wir uns, und Vater legte uns dann seine schriftlichen Fragen vor. Beim Nachtisch mußten wir ihm unsere Antworten überreichen, in Briefumschlägen, und dann kommentierte er sie. Wir wußten, daß für Vater ein Tag ohne Sünde einen Tag ohne Reue bedeutete; er duldete es nicht, daß wir vor seinem abweisenden, verdrossenen Auge mit sonn- und windgegerbten Gesichtern erschienen. Was habt ihr heute alles angestellt? Habt ihr euch auch bestimmt nichts vorzuwerfen? Habt ihr den Abend kommen sehen, ohne euch schämen zu müssen? Man hatte uns eine ungewöhnlich strenge religiöse Erziehung angedeihen lassen, die von Vater auf Schritt und Tritt durchgesehen und korrigiert wurde. Vom Bösen war dabei viel häufiger die Rede als von Gott. Dieses Frikassee von Teufeleien, das man uns täglich auftischte! Selbst der Pfarrer durfte da nicht dreinreden; Vater entriß ihm die Evangelien, um uns mit irgendwelchen Scheinlehren zu bedenken, die keine von Genezareth herwehende Brise erfrischen kam. Adrienne und ich hatten vereinbart, ihm auf ähnliche Weise zu erwidern. Wir dachten uns nun gemeinsam die Sünden aus, die wir begangen haben sollten, und variierten sie dann wie die Gerichte auf einer Speisekarte. ›Als Sünde haben wir heute den Zorn.‹ Verteidigen durften wir uns nicht; mit Ja oder Nein hatten wir zu antworten, wenn Vater uns verhörte. Solchen Mißbrauch trieben wir damals mit der Vorstellung des Bösen, daß wir heute kaum mehr wissen, was es für eine Bewandtnis damit hat. So, jetzt bin ich aber naß bis auf die Haut.

Er sah die Scheinwerfer eines Autos aufleuchten, stellte sich am Straßenrand auf, wartete. Wie, wenn ich jetzt den Verunglückten spielte? Er wickelte sich das Taschentuch ums Handgelenk, kehrte auf die Straße zurück, streckte den Arm aus. Der Wagen stoppte.

»Haben Sie sich verletzt?«

»Ich bin gestürzt, ich muß mir das Handgelenk verstaucht haben. Nichts Schlimmes.«

Am Steuer saß eine Frau. Vornübergebeugt, beide Arme ums Lenkrad gebogen, hockte sie in ihrem Sitz. Alles, was er wahrnehmen konnte, war eine Masse leuchtender Haare, eine lange, bäurische Nase.

»Wollen Sie mitfahren? Ich wohne zweihundert Meter von hier.«

François schien unschlüssig.

»Da drüben rechts, wo Sie die Baumgruppe sehen.«

François nahm auf dem Rücksitz Platz.

»Sie hätten sich ruhig zu mir setzen können. Geben Sie acht, Sie haben einen kranken Hund neben sich und außerdem noch ein paar Kisten. Langen Sie mir doch mal meine Handtasche herüber.«

Er kramte die Tasche unter sich hervor, reichte sie ihr. Die Dame hatte Vorsicht walten lassen; die Tasche war vollgestopft mit Banknoten.

Der Wagen fuhr los. Die Frau bekundete jetzt eine gewisse Nervosität; das Halten erfolgte ebenso ruckartig wie der Start.

»So, Sie können jetzt aussteigen. Nehmen Sie mir doch bitte mal das da hier ab, mit Ihrer gesunden Hand.«

Sie hielt ihm ein in Zeitungspapier gewickeltes Paket hin. Auf der losen Verpackung waren Blutspuren zu sehen. War nicht alles von ihr zu gewärtigen, von dieser Nacht, die wie eine Faust auf alle Wesen und Dinge niederfuhr? François konnte nicht umhin, sich ein großes Schloß vorzustellen, umgeben von feuchtem, schaurigem Gehölz, eine Freitreppe mit gesprungenen Steinvasen, Vorhallen, Salons mit munterem Kaminfeuer, unterwürfige Hunde, ungezwungen herumsitzende Leute, die Konversation machten.

»Nehmen Sie mal das Paket da. Es enthält Innereien; Hirn ist übrigens auch dabei.«

Als sie ihn unschlüssig dastehen sah, lachte sie auf. »Keine Angst, nicht von Menschen ... Ich kann nichts dafür, mein Mann handelt eben damit.«

Eine energische Frau, die übrigens Männerhosen trug und einen groben schottischen Mantel umgehängt hatte. Man fühlte, daß sie wenig auf Koketterie gab.

»Mein Mann bringt so was schnell wieder in Ordnung; er ist der geborene Heilkünstler.«

Am Eingang des niederen, langgestreckten Gebäudes angelangt, bedankte er sich.

»Ja, jetzt mache ich mich wieder auf den Weg.«

»In diesem Zustand können Sie doch nicht weiter, Sie haben ja eine Verletzung. Bei dem vielen Besuch, den wir hier kriegen, freut man sich, wenn man mal endlich wieder jemand zu sehen bekommt, mag es auch ein Verletzter sein.«

»Ich glaube, ich bin gar nicht verletzt. Im ersten Augenblick dachte ich, ich wäre es, aber jetzt geht es schon wieder mit dem Handgelenk. Eine leichte Sehnenverletzung vermutlich.«

»Wo wollen Sie eigentlich hin?«

»Nach Sainte-Veyres; mein Vater erwartet mich da.«

»Sainte-Veyres? Kenne ich nicht ... Warten Sie mal, meinen Sie nicht Chauvigny? Voriges Jahr haben sie es umbenannt, glaube ich. Der Ort hat wieder seinen ursprünglichen Namen erhalten ... Robert! Robert!«

Eine Gestalt näherte sich mit einer Lampe. Es war, als schälte sie sich aus der Nacht heraus.

»Ich dachte schon, du kommst überhaupt nicht mehr zurück. Brauchst du aber Zeit!«

»Der Herr da hat sich verletzt, ich habe ihn mitgenommen.«

Im Vorzimmer war das Licht angegangen. Die Frau hatte François hineingenötigt. Plötzlich gewahrte er durch die offenstehende Glastür die Nacht: dicht, undurchdringlich, regendurchschnitten. Es goß in Strömen. Der Mond war verschwunden. Ihn fröstelte.

»Wo du doch weißt, daß ich den Anblick von Verwundeten und Kranken nicht ertragen kann!«

Nichts zu sagen, das ließ sich ja recht schön an ... Seine nach Laub und Lehm riechende Jacke war zum Auswringen. Mit den am Schädel klebenden Haaren wirkte das Gesicht kleiner als sonst, abstoßend; ein Schauer überlief ihn; sein Taschentuch war völlig durchnäßt, obwohl er sich damit nur einmal über Gesicht und Nacken gefahren war. Der Regen drang ihm aus allen Poren, aus den Kleidern, aus den aufgequollenen Schuhen. Hundeelend war ihm zumute; er fühlte, wie er zu dampfen begann in der Wärme … Nicht mal mit der Zange anfassen tät' ich mich jetzt … Mit ihrem ganzen Gewicht lastete die Wanderung auf seinem ausgemergelten Körper; vergebens versuchte er, sich zusammenzureißen.

»Ich überschwemme Ihnen ja alles – entschuldigen Sie.« François hörte, wie eine flehende Stimme ihm etwas zuflüsterte:

»Bleiben Sie doch, bitte!«

Sich halb umwendend, bemerkte er ein junges Mädchen, das in einem Sessel eingenickt zu sein schien.

»Kommen Sie, wir wollen mal nachsehen.«

Ihm war warm, er fühlte sich geborgen in diesem Haus, das ihm mitten in der Nacht eine Zuflucht geboten hatte. Es roch nach frischem Gebäck. Man führte ihn in einen hell erleuchteten, in der Mitte durch eine Säulenreihe geteilten Salon. Unbeholfen stapfte er über den Teppich, blieb stehen.

»Geben Sie mir mal Ihre Jacke, ich hänge sie zum Trocknen auf. Ihre Schuhe ebenfalls.«

François zog Jacke und Schuhe aus; die Frau entfernte sich damit. Unterdessen war der Mann auf ihn zugekommen, hatte seinen Arm ergriffen, befühlte ihn.

»Nein, Sie haben wirklich nichts. Bevor Sie gehen, trinken Sie aber noch einen Kognak.«

Mit Freuden nahm er an. Wer weiß, es gab vielleicht auch einen Teller mit diesem Gebäck, das nach Vanilleteig und Eierglasur roch …

»Ich will nach Sainte-Veyres – der Ort scheint aber inzwischen umbenannt worden zu sein. Ich habe mich verirrt.«

»Kennst du vielleicht Sainte-Veyres, Alice? Jetzt haben sie's in Chauvigny umgetauft, die Herren Gemeinderäte. Die hatten so lange keine Ruhe, bis sie nicht aus dem Archiv irgend so etwas Historisches herausgekramt hatten. Die sind nämlich nicht umsonst so gebildet, die Herrschaften da drüben ...«

Das Mädchen war inzwischen näher gekommen. Er betrachtete sie. Blaß sah sie aus, übernächtig, hatte eine kecke Art, ihren Vater anzustarren – aus dunklen, wie Kastanien glänzenden Augen.

»Als ob Sie nicht wüßten, daß ich mich hier nicht auskenne!«

»Fang nicht schon wieder an, Alice.«

Den Kopf über die Armlehne des Sessels gelegt, in den sie zurückgesunken war, begann sie leise zu wimmern.

»Fang nicht schon wieder an, weil du jetzt Publikum hast!«

»Lassen Sie mich in Ruhe!«

»Der Herr soll dich wohl bemitleiden, wie? Du scheinst also noch immer nicht genug zu haben?«

Inzwischen war die Behoste wieder hereingekommen; in ihrem weitmaschigen Pullover wirkte sie noch unförmiger als zuvor; in der Hand hielt sie eine Ledertasche.

»Wollt ihr endlich aufhören! Als ob ich nicht sowieso

schon ganz kaputt wäre! Schinde dich und schufte und dann schlepp dich auch noch mit dem Familienkram ab! Das könnte euch so passen!«

François spürte, wie er allmählich trocken wurde – das war die Hauptsache. Es war lange her, daß er in einem sogenannten trauten Heim geweilt hatte. Mit Juliette war es ja etwas anderes. Sie waren ja nur zwei, Diskussionen waren bei ihnen nie von Dauer, kaum begonnen, hörten sie auch schon wieder auf, in Ermangelung eines Kampflustigen. Juliette – einen Mordsspaß hätte sie in diesem Salon gehabt. Wenn sie glücklich ist, kann ich sie nicht gut mitnehmen, wenn ich irgendwohin zu Besuch gehe, sie benimmt sich dann immer völlig verkehrt. Nur wenn sie sich unglücklich fühlt, wird sie höflich und zuvorkommend; der erste beste, der ihr dann über den Weg läuft, wird zum Zeugen ihres Unglücklichseins: der Fleischer, die Gemüsehändlerin, ein Hund oder eine Katze. Arme Juliette, wie es ihr gerade ums Herz ist, so benimmt sie sich auch. Manchmal weckt sie mich mitten in der Nacht: ›Was wäre, wenn mein Herz jetzt plötzlich aussetzte?‹ höre ich sie flüstern. Ich soll ihr den Puls fühlen, die Schläge zählen, genau ... Wir liegen nebeneinander, wie Schiffbrüchige auf einem Notfloß, dessen Stunden gezählt sind. ›Da, jetzt hat er bestimmt ausgesetzt, hör doch!‹ ›Wie soll ich hören können, wenn es nichts mehr zu hören gibt?‹ erwidere ich. Ich sei ein Unmensch, sagt sie, verlangt ein Glas Zuckerwasser, beklagt sich über meinen unausstehlichen Schlaf, schmiegt sich an mich, löst sich wieder aus meiner Umarmung. Sie flüstert etwas Unverständliches – ich frage sie, was sie da murmele.

›Nichts, ich spreche zu mir selber.‹ Ich beschwöre sie, mir doch zu sagen, woran sie denkt. Sie lacht jetzt: ›Was wäre, wenn mein Herz bei jedem sechzigsten Schlag läuten würde?‹ Meine Hände tasten nach dem seidigen Haaransatz an ihrem Nacken ... ›Kannst du einschläfern?‹ Ich bejahe es. Sie wendet sich mir zu, zieht die Beine an, streckt sie wieder. ›Dann schläfere mich jetzt ein.‹ Ich liebe ihre unvermuteten Küsse, ihren willigen Mund, den schwarzen Strom ihrer Haare, der mich zu überfluten beginnt ...

»Entschuldigung ...«

»Ich fragte gerade, ob Sie nicht einen Mantel geliehen haben wollen ...«

»Danke, mir ist nicht kalt.«

Ein schwarzer Hund mit Berlockenohren begann knurrend an seinen Beinen zu schnuppern.

»Kusch *du* dich wenigstens, Puck!«

Die Atmosphäre schien geladen.

»Willst du endlich dem Herrn etwas zum Trinken anbieten?«

Alice blickte auf und hob einen Arm schützend vor das Gesicht, als gewärtige sie eine Ohrfeige.

»Hör endlich auf, das Opferlamm zu spielen! Mach lieber, daß der Herr was Gutes zu trinken bekommt. Übrigens könntest du dir ein Beispiel an ihm nehmen; er ist gestürzt, hat einen wehen Arm und sagt trotzdem kein Wort. Ich nehme Sie zum Zeugen, Monsieur. Dieser Tage soll sie heiraten, aber sie verbietet mir, bei der Trauung mit dabeizusein, obwohl ich mit ihrer Mutter schon über zehn Jahre unter einem Dach lebe! Den Vater möchte ich sehen, der sie so behandelt hätte wie ich! Ein feiner Kerl, ihr Herr Papa, nichts zu sagen ... Ihre Mutter hat er geehelicht, weil er eine Krankenschwester benötigte ...«

»Selbstverständlich kommst du zur Hochzeit, Alter.«

Die Frau tätschelte ihm die Wange und öffnete dann eine mit Papierspitzen verzierte längliche Schachtel mit braunen Datteln, deren Anordnung an ein Fischskelett erinnerte. Sie reichte sie herum.

»Klebrig, aber gut. Araber essen das von früh bis spät.« François pflichtete ihr bei, während er heimlich die Kerne, mit denen er nichts anzufangen wußte, in die Hand spuckte.

»Tun Sie sie ruhig in den Aschenbecher.«

Alice betupfte sich unterdessen die Augen.

»Geh und wasch sie dir lieber!«

Alice rührte sich nicht. Der Mann packte sie am Arm und begann sie zu schütteln.

»Jetzt aber Schluß! Lauter Faxen um nichts und wieder nichts. Gott wird schon noch auf seine Rechnung kommen mit uns beiden. Keine Sorge, er stöbert schon nicht in unseren Existenzen herum, damit es zu einem Skandal kommt in seinem eigenen Haus. Du kriegst eine Hochzeit, wie es sich gehört, Alice, damit du später daran denken kannst.«

Alice begann jetzt erst recht zu heulen.

»Hör auf, sag' ich dir! Läßt sich ja lustig an, diese Hochzeit ... Wenn wir schon mal Besuch haben ... Ihretwegen können wir nämlich nie Gäste haben. Ein Dutzend Pfaffen bringt die Ihnen zum Heulen ... Man soll das Leben nehmen, wie es ist, meinen Sie nicht auch? Sie muß unter die Haube, das ist nun mal so. Unverheiratet bleiben geht immer schief aus; alle ein bißchen komisch, diese ledigen Leute. Dann schon lieber Kutte oder Schleier ... Die Familie ist das Fundament der Gesellschaft. Wenn du schon 'nen Bauch hast, dann soll auch wer drin wohnen ... Auch ich tät' gerne Kinder haben, jawohl, und nicht nur fremde. Nichts für ungut, Liebling, aber das ist ja nun mal so, du kriegst halt keine. Wann sollten wir auch? Wir sind wie die Künstler, wir müssen wählen: eins von beiden, Kroppzeug oder Broterwerb. Will was heißen, so ein Wurstladen, heikle Ware, diese Kutteln. Und dann erst der Bregen! Die reine Orchidee, sage ich Ihnen. Das will behütet sein! Keine Sorge, ich führe sie schon noch zum Altar, die Kleine da, und wenn sich alle anderen auf den Kopf stellen! Ich brauche mich nicht zu schämen. Wir zwei, Alte, wir heiraten schon noch mal. Ob Sie's glauben oder nicht, nicht mal am Sonntag kommt unsereins dazu, ein bißchen auszuspannen. Was den lieben Gott betrifft, so schaut er einem schon nicht so genau auf die Finger – Hauptsache, man macht ihm nichts vor ... Und außerdem sind wir ja schon mal verheiratet gewesen, jedes für sich. Zählt für allemal.«

»Fertig gepredigt, Dicker? Dann schenk uns mal einen Kognak ein.«

François wärmte das Getränk in seinen Händen an und begann es mit Wohlbehagen zu schlürfen. Sie schienen sich zwar dauernd in den Haaren zu liegen, diese Leute, aber im Grunde waren sie wohl gar nicht so schlimm, wie sie aussahen. Über ein kleines würde der Streit sich wohl wieder gelegt haben.

»Das Fräulein soll also in Kürze heiraten?«

»Sie können ruhig Alice zu ihr sagen, wie wir alle. Nächsten Monat. Um neun komm' ich mit meinem Lastwagen daher, vormittags wird Schicht gemacht und gehochzeitet, dann wird getankt und wieder loskutschiert.«

»Wenn sie nur ihr Glück dabei macht ...«

»Das mit dem Glück, wissen Sie, das wird sich nachher schon noch zeigen.«

François hatte Lust, aufzubrechen. Er mochte sie nicht, diese Abende, die einem ungewissen Ende zusteuerten. Wenn er mit Juliette ausging, ließ er sich nie auf Unvorhergesehenes ein; sooft sie ein ausverkauftes Kino oder ein geschlossenes Theater vorfanden, geriet er völlig außer Fassung. Er liebte es, sich einen Abend kommen zu lassen, wie man sich einen Aperitif bestellt, von dem man im voraus weiß, wie er schmeckt. Immer wollte er seine Zeit bis in alle Einzelheiten im voraus bestimmt wissen. Alles nahm er in Kauf – vorausgesetzt, daß er wußte, wann ungefähr er es zu gewärtigen hatte.

Ich bin gerne bereit, zu schweigen, wenn mir Unrecht geschieht, gerne bereit, ohne Widerrede alle nur möglichen Schicksalsschläge zu empfangen, aber ich muß wissen, daß sie mir bevorstehen; dann treffe ich meine Vorkehrungen, um schweigen zu können. Gewiß, ich wittere schon, daß sich hier etwas zusammenbraut. Wie Blasen in einem Teich steigt es allmählich an die Oberfläche. Mögen sie zusehen, wie sie miteinander fertig werden! Von Kutteln habe ich sowieso keinen blauen Dunst, und was diese Kleine mit ihrem Kummer betrifft, so hat die Natur mein Herz leider nicht dementsprechend ausgestattet. Kein ernst zu nehmender Kummer übrigens, da kenne ich mich schon aus. Ein zusammengestotterter Kummer, weiter nichts. Mag es sich nur zusammenbrauen. Ich frage mich, was Juliette in diesem Augenblick wohl täte, sie, die nur beim Lachen Tränen vergießt. Wenn sie Verdruß hat oder Sorgen, verhärten sich ihre Züge. Sie, die eben noch so füllig aussah, ist plötzlich ganz mager geworden; ihre vollen, runden Lippen kneifen sich zusammen; die Augen sind jetzt halb geschlossen, sie wird undurchdringlich. Rückhaltlos überläßt sie sich den Dingen, die ihr zustoßen. Ein glückliches Naturell im Grunde. Schließlich hatte sie ja auch keinen herrschsüchtigen Vater wie ich; ihre Mutter mußte kein Schattendasein führen wie die meine … Ihre Traurigkeiten wurzeln ausschließlich in ihr selbst. Sie hat zwar stärkere Hüften als Alice, dafür aber diese langen, nervösen Beine. Äugelchen macht sie mir jetzt, diese Alice im Kummerland … Was ihr jetzt wohl durch den Kopf geht? Was erwartet sie eigentlich von mir? Als ob ich nicht was Netteres finden könnte mit meinen dreißig Jahren!

Tu jetzt bloß nicht so, als wenn du wirklich ein solcher Don Juan wärst, François. Juliette, immerfort nur Juliette! Moment mal, Liebling; du siehst ja, ich muß mich jetzt um die Kleine da kümmern. Sieh doch mal, was für Augen sie hat: kleine Lagunen, möchte man sagen, perlgrau, mäuschengrau, stäubchengrau, richtige Flohäugelchen – aber was für Augen haben Flöhe denn überhaupt? Vielleicht doch eher katzengrau?

»Können Sie nicht zum Essen dableiben?«

Alice hatte diese Worte mit Ungestüm hervorgestoßen; sie wurde rot.

»Der Herr wird tun, was ihm beliebt ... Er wird wohl an passendere Essenszeiten gewöhnt sein.«

François bedankte sich.

»Jetzt muß ich leider aufbrechen. In einer knappen Stunde bin ich in Sainte-Veyres. Man erwartet mich da. Ohne Ihren Beistand hätte ich bestimmt nicht weitergekonnt; Sie haben mich wieder auf die Beine gebracht.«

Die Mutter war aufgestanden.

»Sie gestatten – ich muß jetzt in die Küche. So etwas von einem Nest, dieses Sainte-Veyres! Unmöglich, sich da durchzupressen mit dem Lieferwagen. Übrigens heißt es Chauvigny und nicht Sainte-Veyres. Ich nehme an, Sie kennen sich da aus?«

»Kaum, ich habe da immer nur hinter verschlossenen Türen gelebt.«

»In einem Internat wohl?«

»Nein, bei meinem Vater.«

Eine Weile schwiegen sie alle. Hoffentlich machten sie ihm jetzt nicht den Vorschlag, ihn im Wagen nach Hause zu bringen. Den Wunsch, zu einer noch irgendwie vernünftigen Stunde anzukommen, hatte er aufgegeben; seine Müdigkeit hatte jetzt eine Art Euphorie zur Folge, er befand sich in einer Irrealität, die ganz nach seinem Geschmack war; er zog es vor, seinen Weg allein fortzusetzen, ohne irgendwelche hilfsbereiten Begleitpersonen, die ihn im Grunde nur über sein Privatleben auszuholen gedachten. Diese Fettwänste da liebten es wohl, daß gleich das Allerintimste auf den Tisch kam; hier war es wohl Brauch, in eine Menschenseele hineinzufahren wie in eine Kalbsbrust: mit dem Metzgermesser.

Alice war verschwunden, ebenso leise, wie sie gekommen war.

»Dein Taschentuch, Alice! Immerzu verlierst du was, nur deinen Kopf nicht.«

François war aufgestanden, um sich zu verabschieden. Die Frau kam aus der Küche zurück, die Taschen vollgestopft mit noch warmem Gebäck, das sie ihm auf den Weg mitgab. Er bedankte sich nochmals für die Aufnahme, die er bei ihnen gefunden hatte: es beglücke ihn, Freunden begegnet zu sein, nicht Fremden.

»Haben Sie wenigstens auch Geld genug bei sich, junger Mann?«

François nickte. Er befand sich bereits draußen im

Garten. Die Luft war kühl, ohne scharf zu sein. Eine Allee durchschreitend, mußte er jetzt an einem riesigen, seines Laubes entblößten Baum vorbei, der mit seinem efeubehangenen Stamm einer wolleumwundenen Spindel glich.

Das Gatter gehorchte nur zögernd dem Druck seiner Hand. Draußen hatte jemand auf ihn gewartet; er erkannte den Wartenden: es war der Mann, den er vorhin auf dem abgelegenen Gehöft angetroffen hatte.

»Was wollen Sie von mir?«

»Ich? Nichts.«

François wandte sich zum Gehen, die Faust in der Tasche geballt. Die Gegend hatte wieder etwas Feindseliges; die Bäume luden ihre Regenlast auf ihn ab. Der Mond, ein verstörtes Gestirn, ließ sich widerstandslos von den dahineilenden Wolkenschollen überrumpeln.

»Kein Wunder, wenn Sie noch nicht in Sainte-Veyres sind; das gibt es nämlich gar nicht. Sie müssen nach Chauvigny fragen. Ich habe hier gewartet, um es Ihnen zu sagen. Übrigens gehen Sie immer falsch.«

»Wieso falsch?«

»Es gibt immer zwei Wege nebeneinander, einen falschen und einen richtigen. Und Sie – Sie schlagen immer nur die Wege ein, von denen kein Mensch etwas wissen will. Der richtige Weg läuft an den Gleisen entlang. Sie rennen da auf Wegen herum, als ob Sie auf Amseln aus wären, wie die Kinder.«

»Gute Nacht.«

»Wissen Sie jetzt wenigstens, wie Sie gehn müssen?«

»Ich finde schon den Weg, ich bin ja von hier.«

»So sehn Sie mir aus!«

»Wollen Sie endlich Ruhe geben!«

Er hatte sich kaum ein paar Schritte entfernt, als der Mann, der sich nicht von der Stelle gerührt hatte, ihn neuerlich anrief.

»Haben Sie Alice gesehen?«

François machte brüsk halt, wandte sich um. Der Mann lehnte an der Mauer; in der Hand hielt er eine dünne Rute, die er, wie zum Zeitvertreib, zerzupfte.

»Und wenn?«

»Interessiert mich eben.«

»Sie sind wohl der Zukünftige?«

Der Mann war herangekommen, packte ihn an den Aufschlägen seiner Jacke, begann ihn zu schütteln. Er roch nach Baumrinde, nach altem Baumstamm, wie Katzen, die auf einem Holzstoß geschlafen haben; ein scharfer Wildwuchsgeruch.

»Kann schon sein, daß ich der Zukünftige bin, kann schon sein ... Oder nicht, junger Mann? Weißt du, welches ihr Fenster ist? Natürlich weißt du's nicht! Da, schau, da oben. Jetzt hat sie Licht gemacht, guck mal, das ist das Zeichen. Sie winkt jetzt mit der Lampe, guck mal!«

Unmöglich, den Mann abzuschütteln.

»Jetzt hab' ich aber allmählich genug von Ihnen!«

Der Mann setzte seinen Monolog fort.

»Durch das Fenster da steigen wir bei ihr ein, mußt du wissen. Paß auf, jetzt läßt sie bald den Strick herunter. Jawohl, jetzt kommt der Strick. Warte mal, wer ist heute abend eigentlich an der Reihe? Kein Hof und keine Kneipe in der ganzen Gegend, wo die nicht einen Schatz hat. Nettes Zimmerchen da oben. Wenn du raufkommst, gibt's einen gedeckten Tisch, Obst, Kerzen, Musik. Nächste Woche bin ich an der Reihe. Jetzt steh' ich hier Schmiere für den, der heute dran ist. Die heiratet schon nicht, keine Sorge, da bauen wir schon vor. Sie gehört uns allen.«

»Schweinehunde seid ihr.«

François trat ihm kräftig auf den Fuß; der Mann schrie auf, bückte sich, griff nach dem schmerzenden Fuß, hüpfte auf einem Bein.

»Ich gebe dir jetzt drei Minuten zum Abhauen, drei, nicht eine mehr.«

Im Nu war der Mann auf und davon. Das Licht im Fenster war erloschen. Von einem Strick war nichts zu sehen. Achselzuckend machte François sich wieder auf den Weg. Ein paar Schritte weiter wurde er von einem mit aller Wucht geschleuderten Stein gestreift.

Welch ein Abend! Da kommst du nun von Paris, hast Juliette auf einem Bahnsteig stehenlassen, hast dieses altbackene, verschrumpelte Brötchen heruntergewürgt, aus dem sie dir obendrein den ganzen Schinken weggeklaut hat ... Ausgerechnet so was schmeckt ihr nämlich, so eine ranzige, kalte Schwarte. Da geht einer hin und bettelt seinem Büro achtundvierzig Stunden Urlaub ab ... Im Juli bekomme ich sie bestimmt abgezogen. Und jetzt landest du hier auf diesem verlorenen, verödeten Fleck Erde, in einer Nacht, in der die Wesen sich in nichts auflösen, sobald du dich ihnen näherst. Versteh' ich nicht, versteh' ich wahrhaftig nicht. Wenn Vater jetzt da wäre, würde er mir in seiner geschraubten Sprache auseinandersetzen, daß es eine verborgene Erklärung gibt, zu der Gott den Schlüssel in Händen hält, daß es keine einzige Begegnung gibt, von der wir nicht bereits schon gerichtet würden. Für ihn kommt alles Unerklärliche oder Befremdliche daher, daß der Tod sich ein wenig zu früh damit abgibt. Für ihn hat die Erde nur das Alter Jesu, nicht mehr. Infolgedessen ist die Welt unvollendet, kaum volljährig, zusammenhanglos; weil es ja an uns liegt, zu beenden, was begonnen wurde. Mir nichts, dir nichts überholen wir Gott. Kein Wesen, das unnütz wäre; kein Geheimnis, das nicht mehrere Erklärungen zuließe. Aber ich lasse solche Überlegungen jetzt lieber bleiben, obwohl ich früher einmal, bei meinem ersten Selbstmordversuch, daran vielleicht hätte glauben können.

Ich war durchgebrannt; ich kannte einen kleinen Teich nahe bei unserem Hause, einen schwarzen, unheimlichen Teich, an dessen Ufern es nach verschlammtem, fauligem Schilf roch. Als ich ankam, spülte eine auf Brettern kniende Frau ihre Wäsche im Wasser. Ich sah ihr zu, als käme ich zufällig vorbeigeschlendert. Sie hatte zu mir aufgeblickt, mir ihr sanftglühendes Gesicht zugewandt, mich angelächelt. Ich half ihr dann beim Auswringen der Hemden und Lappen. Ich ging völlig auf in diesem Spiel, ich lachte mit ihr. Als das letzte Handtuch ausgewunden war, wußte ich gar nicht mehr, was ich mit mir anfangen sollte. Keine Wäsche mehr, um mich der Lockung dieses kaum erwachten Wassers zu erwehren, durch das die Seife jetzt lange Schaumspuren zog. Der Teich war kein modriges, allen Seelennöten entgegenkommendes Todeswasser mehr. Unmöglich, mich jetzt noch in diese nach Wäscheseife riechende, sich bläulich färbende Flüssigkeit zu stürzen: der Teich war etwas Nützliches geworden; seine Bestimmung erfüllte sich an einem Taschentuch, an ein paar Windeln. Ich war ergriffen. Vierzehn Jahre war ich damals alt, fünfzehn vielleicht. Dann fing es zu regnen an. Bei Regen geht man nicht ins Wasser. Ich suchte Schutz vor dem Regenguß; mein tückisches Verlangen, mir das Leben zu nehmen, wich jetzt dem Wunsch, mich vor dem Wolkenbruch zu schützen; meine Verzweiflung löste sich in nichts auf; ich war bloß ein dem Unwetter preisgegebenes Kind, das gegen die Furcht ankämpfte, von einem Blitz getroffen zu werden. Eine größere Bedrohung als bisher erlebte ich jetzt, ich hörte nur noch das wilde Pochen meines Herzens. Ich denke an jene Frau zurück; wenn ich eines Tages einen Roman schreiben sollte, wird sie die Hauptfigur darin; ich binde ihr dann eine blaue Schürze um, aus grobem Tuch, praktisch fürs Gemüse, für Katzen und gemarterte Kinder. Mutter Mildherzig will ich sie nennen.

François wäre jetzt am liebsten wieder umgekehrt, hätte dieser trostlosen Gegend nur allzu gerne Valet gesagt, diesem mondübersponnenen, kaum gewellten

Flachland, diesem auf einem Acker stehengelassenen Karren mit seinen anbetend aufragenden Deichseln. Das einzig Lebendige war der Himmel über all dem. Ich wette, daß hier nie ein Bus vorbeikommt. Kommt jetzt einer, so steige ich gleich ein, gleichgültig, wohin er fährt. Auch so ein Einfall von meinem Herrn Papa, mich zu meinem Geburtstag hierherzukommandieren! Als ob er mir etwas Besonderes mitzuteilen hätte! Ob er sich vielleicht Gewissensbisse macht? Kaum. Sein Brief war genau so trocken wie sonst, im gleichen Kommandostil, auf dem gleichen schwarzumrandeten, vergilbten Papier. Daß er noch immer dieses entsetzliche Briefpapier benutzt! Wo das doch allgemein völlig aus der Mode gekommen ist. Da muß einer schon in so einem abgelegenen Winkel hausen, um diese langen, mit schwarzem Seidenpapier gefütterten Briefumschläge aufzustöbern ... Und dieser sonderbare Geruch, den die Dinge haben, die er anfaßt, dieser Geruch von schmelzendem Kerzenwachs!

Diese Nacht – sie verspricht genauso zu werden wie damals, als er mich aus der Polizeiwache herausholen kam. Ich habe ihn noch deutlich vor Augen, mit seinem kleinen Portemonnaie und seinen langfingrigen Handschuhen. Schwarz und Silber, das sind seine Farben; seine Gesichtshaut wird immer schwärzer, während seine Haare diesen unerträglichen Silberglanz annehmen. Ob es überhaupt ein Mittel gibt, sich die Haare weiß zu färben? Und diese angeblich tipptoppe Kluft, mit der er sich behängt! Diese dünnen Stoffe, die ihm am Körper zu kleben scheinen. Als er eintrat, fuhren sämtliche Polizisten von ihren Stühlen – im Nu hatte er sie erobert. Um ein Haar hätten sie ihn per Herr Ich-weiß-nicht-was angesprochen, hätten sie zu ihm Herr Präsident gesagt, Herr Generaldirektor oder so ähnlich ... Er wußte sich die Leute vom Leibe zu halten, schuf Distanz rund um seinen Reiherschatten. Mit seinen behandschuhten Fingern packte er mich am Ohr, zerrte mich an sich. Und dann, unter den gerührten Blicken der Polente, preßte er mich an seine Brust. Sofern man überhaupt von einer Brust reden kann bei so einer Zaunlatte ... Ich möchte bloß wissen, wozu all diese Stecknadeln an seinen Rockaufschlägen taugen. Anscheinend juckt es ihn immer in den Ohren, beim Nachtisch bohrt er in einem fort darin herum. Mich packte der Zorn. Vorbei die herrlichen Tage, wo ich seine heisere Stimme nicht hörte, mich außerhalb seiner Reichweite befand ... Wenn er gewußt hätte, daß ich um einen Friedhof umhergestreunt war, jawohl, um einen verschneiten Friedhof, der mich anmutete wie eine menschenleere Bahnhofgaststätte! Aus Gewohnheit wohl ... Denn unser Garten, mit seinen schnurgeraden Alleen, seinen wuchernden, nach Schwarzbeeren riechenden Gewächsen, seinem auch noch die unbesonnensten Vögel verscheuchenden Schweigen – sieht er einem Friedhof nicht zum Verwechseln ähnlich? Ich höre noch die Flüsterstimme des Polizeiinspektors: ›Wir haben ihn dabei betroffen, wie er ...‹ Aber Vater hatte ihn den Satz nicht zu Ende sprechen lassen. Wozu auch! Ich war ein Fundstück, das er abholen kam. Dann durchstöberte er, ohne jede Eile, meine sämtlichen Taschen. Auf einem Tuch lag nun mein ganzer Schatz ausgebreitet – und was für ein Schatz! Sogar ein Stück Kohle war dabei, das ich seiner metallischen Reflexe wegen so schön fand. Auf der Straße hatte ich alles Mögliche aufgelesen, obwohl ich mir über die Nützlichkeit des Ganzen keineswegs im klaren war. Als Vater ein Seidenband mit Metallschnalle entdeckte, verging mir Hören und Sehen. Es stellte sich nämlich heraus, daß dieses kleine, komische Ding zu einem Damenstrumpfband gehörte ...

Die sanft abfallende Straße lief zwischen zwei dichten Hecken hin. Seitab, inmitten von hellerem Grün als bisher, erhob sich ein kurzstämmiger Baum. Seine monddurchschimmerten Mistelbälle verliehen ihm eine seltsame Tiefe. In seinem Schatten schimmerte Geröll. Nicht immer hatte er so ausgesehen, dieser mißgestaltete, über und über mit Schuppen bedeckte Baum. Er haftete noch in seinem Gedächtnis, jener Nachmittag, an dem er hier gewesen war, zusammen mit seiner Schwester. Ausnahmsweise hatten sie die Erlaubnis erhalten, die gewohnten Grenzen zu überschreiten. Ja, da war er nun wieder, der Baum. Bekannte aus der Umgebung hatten uns in ihrem Wagen mitgenommen. Vater hatte schließlich nachgegeben: ›... obgleich wir in Trauer sind.‹ Zum erstenmal hatten wir Krabben gegessen und italienischen Wein dazu getrunken. Ganze Wolken von Mücken schwärmten um unsere Gläser.

Ich mußte an Mutter denken, die nicht da sein würde bei unserer Rückkehr. Aber wo war sie denn überhaupt?

Ich träumte von einer Mutter, die jung war, blutjung beinahe, zärtlich, ein wenig überschwenglich, einer Mutter, die plötzlich von rätselhaften Lachkrämpfen geschüttelt wurde, wenn sie uns Märchen erzählte.

François erklomm die Böschung und begann den unförmigen, jetzt noch umfangreicher wirkenden Baum zu umkreisen. Adrienne und ich hatten damals aus ganzem Herzen gewünscht, von diesen netten, lachlustigen Leuten entführt zu werden. Unser Vater, flüsterte ich ihr ins Ohr, ist nämlich gar nicht unser Vater, er hat uns gestohlen, bald kommt man und holt uns wieder. Wir hatten getrunken, und in unserer Begeisterung baten wir nun die Leute, mit ihnen gehen zu dürfen. Als wir wiederkamen, stand Vater da, wie der personifizierte Vorwurf: ›Eure Mutter ist tot, und ihr – ihr macht euch gute Tage. Von mir will ich ja gerne absehen …‹ In der Nacht mußte ich mich in einem fort erbrechen, aber ich bezwang mich und rief nach niemandem. Am Morgen erfuhr ich, daß es Adrienne genauso ergangen war. Eine schöne Miene machten wir beide!

François trat wieder unter dem Baum hervor, dessen Blätter im Wind zu schwirren begannen, eintönig, hart, wie die Flügeldecken von Insekten. Wieder nahm er seinen Weg auf. Ankommen, endlich irgendwohin gelangen! Nichts für einen Stadtmenschen wie mich, dieses Flachland. Sie verlieren sich nicht in irgendwelchen Ackerbeeten, die Straßen, an die ich gewöhnt bin, werden nicht zu Alleen und auch nicht zu Feldwegen, die bei irgendwelchen abgelegenen Häusern enden. Alle diese von ungefähr verflochtenen, grundlos sich verlaufenden Wege ringsum!

Plötzlich, ein paar hundert Schritt weiter, sah er Licht aus einem Haus kommen, Helligkeit – ein messerscharfer Strahl, der die Straße entzweischnitt. Er hatte zu laufen begonnen. Verflogen die Sorgen, verflüchtigt der Groll auf diesen unwirtlichen, kargherzigen Winkel Erde. Endlich eine Behausung, wo noch Leben war, wo der Abend noch keinem quälenden Dahindösen Raum gegeben hatte, wo noch kein mitleidsloser Schlaf die Gemüter umkrallt hielt, wo man vielleicht noch las, nähte, einen Apfel zu Ende schälte, den ersten in diesem Jahr, ein Haus mit ein paar vor Müdigkeit quarrigen Kindern darin –: eine anheimelnde, rege, heitere Wohnstätte. Nun hat es ein Ende, dieses Herumvagabundieren, dieses unvorstellbar vermessene Vorwärtshasten inmitten einer hinterhältigen Landschaft. Nun hatte sie endlich einen Sinn, die Nacht, ein Gesicht: ein Haus, das aus der Ferne herüberblinkte. Ja, das war sie, die Nacht: ein Lichtschimmer, unscheinbar, aber zählebig, an einer Wegkrümmung. Alles war wieder voller Zutrauen und Zuversicht. Es lebe die Nacht! Seine Wanderlust stellte sich wieder ein. Vergessen die Begegnungen, vergessen Hunger und Müdigkeit, vergessen der stechende Schmerz in seinem Herzen. Ein paar Minuten noch, und er würde vor einem offenen Fenster stehen. O du mein heiliges Licht, du mein kleines, mitfühlendes Licht! Ein Zeichen winkte ihm auf seinem Weg, ein verschwiegenes, wachsames Freundeszeichen. Seine Ängste, seine Unschlüssigkeit: sie belustigten ihn bereits. Morgen schreibe ich Juliette einen Brief, in dem ich ihr alles erzähle ... und gleichzeitig mit dem Brief treffe ich selbst ein. Stell dir vor, in Paris weiß man gar nicht mehr, was so eine richtige Nacht ist, eine stockfinstere Nacht, die sich noch nächtlicher gibt als sie ist, eine Nacht, die übertreibt. Du brauchst wirklich nicht so ungläubig mit den Achseln zu zucken, Juliette, es ist wahrhaftig so, wie ich's dir sage. Übrigens können wir den Weg ja nächstens zu zweit machen, und dann wollen wir uns zusammen verirren, spaßeshalber ... Wenn du nach einer Weile nicht schreist, als wolle man dir an die Gurgel, dann bist du aber verteufelt couragiert. Jetzt begreife ich es allmählich, dieses ganze Fabelgetier, das in den Dorfgeschichten herumspukt. Wie ich vorhin durch den Wald kam und diese Hunde mir auf den Fersen waren – alles hätte da passieren können, alles, glaub mir das! Ich hatte keine Ahnung, was da noch alles vor mir auftauchen konnte, und dabei mußte ich mir Gewalt antun, um mich nicht in einem fort umzuschauen. Ein kalter, trauriger Atem wehte hinter mir her. Nicht vor Landstreichern hatte ich Angst, nicht vor den Hunden – ich hatte Angst vor der Lautlosigkeit. Und dann – das Gehölz war ein milchweißes, schwimmendes Gespinst; das Reglose war bewegt – du brauchst wirklich nicht so zu lächeln! Ich hatte so ein verrücktes Sausen in den Ohren, als ob es irgendwo in einem Kessel brodelte; es war mein Blut. Nun ja, es fing wie ein Kriminalroman an, mit der Leiche meiner Mutter und meinem Vater, der sie nie bestatten wollte.

Im Licht, das jetzt auf die gegenüberliegende Seite der Straße fiel, zeigte sich fahl ein Schuppen, über dessen Tor man ein kleines, schwarzes Kreuz hingemalt hatte. Katzenaugen funkelten ihn an, er blieb stehen, traute sich wieder ein paar Schritte vor, das Tier leise anrufend.

Nicht *ein* Licht gab es, sondern zwei. Tafelnde Leute vermutlich, bei irgendeinem Festtags- oder Geburtstagsschmaus. Die Eingangstür stand offen. Ob er noch schnell einen Blick durch die halbgeöffneten Fensterläden riskieren sollte? Nein, das schien nicht gut möglich.

François war in einen kahlen, sonoren Flur zu stehen gekommen; er hörte sich über die Steinfliesen klappern, befand sich plötzlich vor einer Glastür.

»Ist da jemand?«

Haben es nicht eilig, die guten Leute; es scheint Vertrauen zu herrschen in diesem Hause. Spricht mich an. Ich werde erwartet. Der Auftakt zu meiner Geburtstagsfeier. Er brannte darauf, dabei zu sein; voller Rührung besah er die beiden Filzmatten, die für den Besucher bereitstanden, ›damit das Parkett nicht beschmutzt würde‹.

›Jemand zu Hause? Guten Abend, Herr Jemand, wie geht's denn, Herr Jemand, und wie geht's den kleinen Jemandlein?‹

Die Glastür öffnete sich widerstrebend. Ein kleiner Junge erschien, dem auch nicht eine Spur von Schüchternheit anzusehen war. Ein schmächtig wirkender Junge, mit geschwollenen, zerbeulten Knien, seidig gespannter Gesichtshaut, kleinen Augen, die wie Tollkirschen leuchteten. Er wackelte mit den Ohren. Wahrscheinlich hatte der Kleine Spaß an diesem Spiel, das auch er, François, als Kind getrieben hatte, sooft er aufgefordert worden war, sich einem Erwachsenen vorzustellen. In solchen Fällen hatte er für gewöhnlich rebelliert und seine Unabhängigkeit unterstrichen, indem er Ohren und Nasenflügel in Bewegung setzte.

»Guten Abend, kleiner Mann. Ich wollte nur fragen, ob der Weg da nach Sainte-Veyres, will sagen Chauvigny führt. Ich habe mich nämlich verirrt.«

»Wollen Sie nicht den Toten sehn?«

»Welchen Toten?«

»Den von heute morgen.«

Eine schwarzgekleidete Frau kam auf ihn zu; François wich einen Schritt zurück.

»Sie kommen wohl wegen des Verstorbenen? Im Zimmer nebenan. Für die Nacht haben wir zwei Kerzen angezündet.«

Ihn fröstelte. Das waren sie also, die aus der Ferne winkenden Lichter; Kerzen an der Bahre eines Toten waren sie, diese sanft lockenden Lichtschimmer. Heiliger Gott! Schweiß bedeckte seine Stirn. Heiß und kalt überlief es ihn jetzt: genau wie damals, als man ihn im Taxi in jenes entlegene Spital gefahren hatte. Es war ein Zustand, an dem er selbst irgendwie unbeteiligt blieb. Gerne hätte er jetzt einen Hut in der Hand gehalten, Handschuhe. Er fühlte sich nicht wohl in seiner Haut, wie er jetzt dastand, in seiner versauten Windjacke, mit geringelten Haaren, verdreckten Schuhen. Draußen goß es wieder in Strömen; er hörte, wie der Regen immer wütender gegen eine Glaswand prasselte.

»Entschuldigen Sie ... Ich wollte nur fragen, ob ich auf dem richtigen Weg nach Chauvigny bin; ich habe meine Ortskenntnis überschätzt.«

»Aber Sie sind ja kreidebleich! Wollen Sie sich nicht einen Augenblick setzen?«

Plötzlich sah er sich selber: ein kleiner Junge, der mit seiner Schwester von einer Radpartie heimkehrte. Es war schon dunkel, und Vater erwartete sie auf der Freitreppe. Wie er ihn so hatte dastehen sehen, kerzengerade, eine Fortsetzung des riesigen Schattens, der sich auf der Mauer abzeichnete, war er vom Rad gefallen und mit dem Kopf gegen einen Stein geschlagen. Mehrere Stunden war er bewußtlos geblieben – jedenfalls bei herabgemindertem Bewußtsein; er hatte sein Erwachen hinausgezögert. Und jetzt – jetzt fühlte er den gleichen Schmerz wie damals im Kopf. Sich ein wenig hinlegen können, wenn auch nur für ein paar Minuten ... Die Augen schließen ...

»Ich bin nämlich schon ziemlich lange unterwegs ... Ich bin das nicht mehr gewohnt.«

Das verstörte, menschenscheue Wesen dieser Frau, ihre geschwollenen Augen, ihre von Niedergeschlagenheit erfüllte Höflichkeit – all das verwirrte ihn, steigerte sein Unbehagen. Er unternahm einen Gehversuch, taumelte aber gegen die Wand zurück. Und da war nun dieses von Todeshand berührte Haus am Rande von Sainte-Veyres, zusammengekauert in Schmerz und Schweigen, das auf einmal dagestanden hatte, als sei es mit ihm verabredet; da war dieser feine, sich einschmeichelnde Regen, der ihm übers Gesicht rann, ihm die Augen ätzte, in seinen Mund drang, ihm die Wirbelsäule hinunterlief; und da, neben ihm, war seine Mutter, die mit riesigen Tüchern die tausend Rinnsale fortzuwischen versuchte; und außerdem all diese Leute, die dem Anschwellen des Wassers mit unzähligen Eimern, Lappen und Becken Einhalt zu gebieten suchten, diese Sintflut eindämmen wollten, die durch alle Fenster hereinbrach, durch alle Mauern sickerte; und dieser abscheuliche Geruch von Gips und schlammigen Kräutern ... Er hörte eine Stimme keuchen: »Ein Leck, es ist ein Leck auf Erden!« François dachte daran, daß er nicht über das Wasser dahinzuwandeln vermochte, daß dies dem Heiland vorbehalten war, daß sich hier kein Wunder ereignen konnte. Ein ertrunkenes Lamm stieß gegen seine Stirn – er erwachte.

Er lag auf einem Sofa. Ein junges Mädchen schaute ihn an. Er öffnete die Augen, und das Wasser trat wie durch Zauberspruch zurück.

»Wo bin ich? Was geht hier vor?«

Das Mädchen lächelte.

»Wir kennen das.«

»Habe ich die Augen verdreht?«

»Und wie!«

»Entschuldigen Sie, es tut mir furchtbar leid ... Sie haben sicher entsetzlich viel zu tun ... Unwahrscheinlich, wie ich mich benehme ...«

Er schwieg, wagte dann eine Frage:

»Einer von Ihren Angehörigen vermutlich?«

Sie antwortete nicht.

»Ihr Vater vielleicht?«

»Nein.«

François versuchte sich aufzurichten, aber die Anstrengung war zu brüsk gewesen: er sank zurück, zerschlagen, völlig entkräftet. ›Jetzt rächt sie sich an dir, die Wanderung.‹ Es war lange her, daß er eine ähnliche Erschöpfung erlebt hatte. Wie wohltuend sie doch gewesen waren, jene Anfälle von Mutlosigkeit, die er als Kind gehabt hatte, wenn Vater tagelang stumm geblieben war, um ihn für irgendeine belanglose, in aller Unschuld begangene Dummheit zu strafen! Gut fünfzehn Jahre bin ich nicht mehr ohnmächtig gewesen. Ich hielt das für endgültig überwunden, ich mutete mir Stärke zu… Eine aussterbende Familie sind wir, lauter klappernde Gerippe, einer wie der andere. Was haben unsere Vorfahren bloß getan, daß sie uns nichts zu vermachen hatten als dieses fortwährende Gefühl der Zerschlagenheit? Er ließ die Füße auf das Parkett hinuntergleiten, merkte, daß man ihm die Schuhe ausgezogen hatte: offenbar war sie nicht kurz gewesen, diese Ohnmacht… Endlich gelang es ihm, sich aufzurichten; er taumelte, die Wände schwappten wie Wasser.

»Sie sollten sich lieber noch ein wenig ausruhen, Mutter wird gleich da sein, sie bringt Ihnen ein wenig Fleischbrühe.«

Nebenan ließ sich eine ärgerliche Stimme vernehmen:

»Claire! So komm doch endlich. Man kann ihn doch nicht die ganze Nacht so alleine lassen.«

»Ich bin gleich da.«

François suchte nach einem Wort des Mitgefühls:

»Sie haben wohl großen Kummer…«

»Nicht mehr als andere auch.«

Was alle diese Worte wohl bedeuten mochten? Aber wozu nach ihrem Sinn forschen?

»Jetzt fühle ich mich wirklich besser. Ich kann wieder aufbrechen.«

Er wankte durch das Zimmer, mußte sich aber sofort wieder an das Mädchen klammern, das dastand und sich nicht rührte. Ein Zittern überkam ihn: ›Wie, wenn ich hier sterben muß?‹ Der Tod ruft den Tod herbei.

Nein, Blödsinn, ich lasse mich von der Stimmung hier anstecken. Er taumelte zum Sofa zurück.

»Sie müssen entschuldigen, Fräulein. Wie dumm! In Paris passiert mir so was nie. Ich bin eben zu lange umhergeirrt in dieser Gegend, die mir keine schönen Augen macht, wie man das so nennt.«

»Sie kommen aus Paris?«

»Ja ... Und ich muß nach Chauvigny – nach Sainte-Veyres vielmehr. Man erwartet mich da.«

»Sainte-Veyres, sagen Sie? Da haben Sie's gar nicht mehr weit, kaum zwei Kilometer. Da kommt auch schon Mutter. Sie dürfen ihr nicht verraten, daß ich keinen Kummer habe.«

Erstaunt blickte er sie an: selbst in seiner, des Fremden, Gegenwart blieben ihre Augen trocken. Er sah ihr Gesicht wie durch einen Dunstschleier. Ihre Hände ruhten auf ihrem Bauch.

Sich auf das Sofa zurücklegend, nahm er aus den Händen der Frau die dampfende Schale entgegen; es war dieselbe Frau, die ihn vorhin eingelassen hatte; er erinnerte sich, daß ihm keinerlei Fragen gestellt worden waren.

»Bleiben Sie liegen, und trinken Sie – aber langsam. Wollen Sie über Nacht nicht hier bleiben? Das Zimmer ist frei, Sie können hier ungestört ausruhen. Und morgen früh brechen Sie wieder auf.«

Wie selbstverständlich all das doch schien! Er war im Begriffe, sich inmitten dieser trauernden Familie ein warmes Plätzchen zum Schlafen einzurichten, eine Zufluchtsstätte, die irgendwie unangetastet blieb von aller Tragik ringsum. Geweint wurde hier nicht. Freilich, ein Toter war da, aber er befand sich hinter einer Scheidewand, in einer sonderbaren Unwirklichkeit. Er störte niemand, dieser Tote. Er bekam einen Platz zugewiesen, eine Nacht war für ihn bereit gehalten worden, eine Nacht, die jetzt wiedererlangte, was ihr von Rechts wegen zustand. »Aber ich will ... ich darf ja gar nicht ...«

Er spürte, daß er außerstande war, gegen das Wohlgefühl anzukämpfen, das ihn überkam. Warum eigentlich nicht? Eine Nacht weniger unter einem Dach mit Vater. Dieses entsetzliche Kopfweh. Den Wind draußen halte ich bestimmt nicht mehr aus.

»Sie sind hier bei einfachen Leuten. Was ich Ihnen anbiete, biete ich Ihnen in aller Einfachheit an.«

»Aber ich ...«

»Keine Sorge, Sie stören jetzt niemand mehr. Es ist zu Ende, ein für allemal.«

»Wenn ich Ihnen nur irgendwie behilflich sein kann ...«

»Versuchen Sie zu schlafen. Ich habe jetzt noch zu tun, ich bin nämlich Schneiderin. Morgen muß ich ein Brautkleid abliefern, jawohl, ein Brautkleid. Irgendwas muß daran noch gerichtet werden. Um sieben soll es abgeliefert sein, ich muß also die ganze Nacht aufbleiben. Die Arbeit kann nur nebenan gemacht werden, aber ich will so leise sein wie nur möglich. Jetzt bringe ich Ihnen noch eine Decke, für den Fall, daß Sie frieren. Die Heizung kann ich leider nicht anmachen, das kommt zu teuer. Ich warte, bis die anderen sich über die Kälte beklagen, dann will ich sehen, was ich tun kann. Inzwischen gibt es ja immerhin das Feuer in der Küche.«

François war allein geblieben. Wie wohltuend war er doch, dieser Kummer, der nicht in die Rechte des Lebens eingriff, der demütig wurde, hilfsbereit! Wenn es Vater gewesen wäre, welch ein Geplärre und Gejammer es da gegeben hätte! Ein nagelneuer Toter befand sich nebenan, und dieser Tote gab einem nicht mehr zu schaffen als ein Lebender; nichts hatte sich verändert; der Tote mußte sein Zimmer hüten und tun, als schliefe er. Wie mußte er doch geliebt werden, von Herzen geliebt, um auch jetzt noch teilnehmen zu dürfen am Dasein seiner Nächsten, ohne daß diese es als Behinderung empfanden. Der Tod – an diesem Ort gebärdete er sich nicht als unumschränkter Herrscher, trieb er nicht sein Spiel mit dem Leben der anderen. Diese sanfte, so ungemein wohltuende Andacht, die in jenem Zimmer waltete … Zwei kleine Lichter erhellten es, zwei Flämmchen, die wie ein Blick waren, der es nicht zu eilig hatte mit seinem Erlöschen. Und die Schatten drüben waren nur Schatten von Möbeln – wenn der Morgen hereindämmerte, blieb sie unangetastet, diese abgeschlossene Welt, die sich rings um einen kalten, befreiten Körper bildet.

Zum erstenmal zeigte sich ihm der Tod so ganz ohne jeden Aufwand und aus solcher Nähe. Wieviel Freiheit war doch um diesen Toten, wie wenig schien sein Andenken auf den Gemütern der Hinterbliebenen zu lasten!

Durch den Türspalt drang Getuschel zu ihm herein, Stimmen, die allmählich deutlicher wurden.

»Du hättest ihn wenigstens nach seinem Namen fragen können!«

»Keine Sorge, morgen wird sich schon herausstellen, wer er ist.«

»Allmählich wird es mir nämlich denn doch zu bunt, jeden Hergelaufenen ins Quartier zu nehmen.«

»Schweig lieber still, Marthe.«

»Das könnte dir so passen! Und morgen – hast du überhaupt schon an morgen gedacht? Hast du dafür gesorgt, daß ein Priester kommt?«

»Aber er hat doch immer behauptet, daß er nicht an Gott glaubt ...«

»Niemals hat er etwas Derartiges behauptet!«

Das Gespräch stockte.

»Erinnere dich, daß er freitags nie Fleisch aß.«

»Das beweist noch lange nichts.«

»Und ebensowenig hindert es, seinem Glauben im letzten Augenblick noch eine Chance zu geben, Raymonde. Hast du übrigens nachgesehen, ob er Geld bei sich hatte?«

»Jetzt hörst du aber gefälligst auf, Marthe!«

»Im Grunde können wir von Glück reden, daß er eines so natürlichen Todes gestorben ist. Nebenbei, eine Abschrift des Todesattests kann nicht schaden; man kann nie wissen, in einem Dorf wie dem da; so ein Toter kommt ganz von alleine ins Gerede.«

»Ich bitte dich, Marthe!«

»Und was gedenkst du deinem Mann zu sagen, Raymonde?«

»Was er ohnehin schon weiß ... So, jetzt bist du wohl beruhigt?«

»Und du – du merkst jetzt hoffentlich, wo du mit deinem verfluchten Liebesbedürfnis hingelangt bist ... In deinem Alter, Raymonde!«

»So, jetzt aber Schluß!«

»Ob du wohl in seinem Testament erwähnt bist?«

»Laß mich endlich das Kleid fertigmachen.«

»Bin ich deine Schwägerin, oder bin ich es nicht? Also habe ich wohl das Recht, dir deinen Lebenswandel vor Augen zu halten. Wenn wir jetzt im Dreck waten, so nur deinetwegen. Dabei habe ich dich rechtzeitig gewarnt ... Und überdies weißt du noch gar nicht einmal alles ...«

»Tu mir bitte den Gefallen und kümmere dich weder um mein Unglück noch um mein Glück.«

»Mir hat er nämlich auch den Hof gemacht, wenn du's wissen willst. Noch vor dir.«

»Als ob ich das nicht schon hundertmal zu hören bekommen hätte!«

»Wir müssen ihn nach Hause schaffen, so schnell als möglich, hörst du? Du hast gar kein Recht, bei ihm zu wachen.«

François war es endlich gelungen, sich ein wenig aufzurichten.

»Lang mir jetzt bitte mal die Schere herüber ... Nein, nicht die da, die große ...«

»Ich möchte bloß wissen, was du dazu gesagt hättest,

wenn ich es gewesen wäre. Erinnere dich doch mal, wie das Ganze überhaupt anfing.«

»Willst du wohl so gut sein und jetzt den unteren Saum fertigmachen, Marthe? Nie bekomme ich das Kleid fertig bis morgen früh ... Und noch dazu bei diesem Licht!« Das Gespräch verstummte; François sank zurück. Er fühlte sich völlig zerschlagen; ihm war, als setzten seine Fußmuskeln auch jetzt noch ihre Tätigkeit fort – er spürte ein unaufhörliches, kaum merkliches Zucken in den Beinen. Und doch war es irgendwie wohltuend, dem fortwährenden Knistern der Seide zu lauschen, dem stoßweisen Atmen der beiden Frauen nebenan, dem Klicken der Schere. Während er sich, nicht ohne darüber zu erstaunen, einem ungemein beruhigenden Halbschlummer überließ, spürte er, wie seine Phantasie sich aus ihrer Starre löste, sich auflokkerte. Im Zimmer nebenan ging jetzt der Wortwechsel weiter, flink wie Nadelstiche; François versagte sich jeden Kommentar dazu.

»Ich denke, ich gehe jetzt hinüber und verrichte eine Andacht.«

»Sag lieber, du hast keine Lust mitzuhelfen, Marthe.«

»Du könntest ruhig in einem andern Ton zu mir sprechen, Raymonde. Tote wollen, daß man bei ihnen wacht.«

»Es genügt, wenn Claire jetzt drüben ist.«

»Man weiß nicht mehr recht, was man tun soll.«

»So geh doch und beweine ihn! Das verschafft dir Genugtuung für den Rest deines Lebens.«

»Und du?«

»Wieso ich?«

»Nicht ein einziges Mal habe ich dich mit roten Augen gesehen seit heute morgen. Ich möchte bloß wissen, woraus dein Herz ist ...«

»Sprich nicht so, Marthe, sprich lieber überhaupt nicht. Ich denke, das wird die beste Art sein, diesen Toten zu ehren. Mein Herz, sagst du? Ihr habt es überansprucht, jetzt habe ich keines mehr. Bist du nun zufrieden? Du siehst, du hast dich durchaus nicht getäuscht ... Wenn ich jetzt den Stoff hier ein wenig raffe, meinst du, daß er dann besser fällt?«

»Ein wahrer Unmensch bist du, Raymonde.«

»Dank deiner Fürsorge. Euch allen habe ich es zu verdanken, wenn ich nicht wiederzuerkennen bin.«

»Aber schließlich hast du ihn ja geliebt, Raymonde!«

»Gib mir bitte das weiße Garn da drüben ... Du berührst es mit dem Ellbogen ... Danke sehr.«

Alles, was François noch zu hören vermochte, war ein langer, wie zwischen den Zähnen hervorgestoßener Seufzer. Merkwürdig, diese Art, einen Toten zu betrauern. Und er, er selbst? Auf Zehenspitzen war er mitten in diese Geschichte hineingelangt, die sich wohl seit Jahren fortspann und die der Tod weder abzureißen noch zu entwirren vermochte. Freilich, Juliette und ich, wir beschäftigen uns nicht im geringsten mit unserer Vergangenheit, wir nehmen sie einfach nicht zur Kenntnis. Kein Ruhmesblatt übrigens, meine Vergangenheit; und die ihre läßt wohl ebenfalls einiges zu wünschen übrig. An unsere Kindheit kommt man nur heran, indem man sich über sie lustig macht. Und außerdem setzt das Leben auch heutzutage keinerlei Bindungen an Dinge voraus, die vor uns da waren, ohne uns. Ich lebe nur da, wo ich bin, alles andere erlebe ich nicht, akzeptiere ich nicht mehr. Aber da, wo ich bin, will ich voll und ganz leben, allein, ohne fremdes Zutun. Man lebt sozusagen bei geschlossenem Schalter. Ich weiß, eines Tages passiert etwas, das alle unsere Türen sprengt, aber ich will es nicht wahrhaben, ich weise es von mir; ich wende mich ab von der Welt, die in ihren Fundamenten erbebt, in ihrem ganzen Gelände, ihrer ganzen Zukunft – von einer Welt, die imstande ist, sich einer anderen, gefährlicheren, entgegenzuwerfen wie ein Fluß dem Meer. Ja, wir knausern mit unserem Glück, wie wir mit unserer Hoffnung knausern. Wir wollen nicht auffallen. Eines Tages fragte ich Juliette, ob sie an Gott glaube. ›Würde dir das Freude machen?‹ gab sie zurück. Wenn wir Gott bejahen, so stimmen wir auch der Zerrissenheit der Welt zu, und das will ich nicht. Ich lerne, nach Art der Menschen zu lieben, und dann erst will ich lernen, es nach der Art Gottes zu tun.

Zu haben bin ich nur für das, was ich Tag für Tag inmitten dieses Gedränges und Gepuffes am Ausgang des Krieges erlebe. Sie haben noch lange nicht aufgehört, mich zu beunruhigen, all diese Dinge. Dabei soll ich ja das Zeug in mir haben, zu reüssieren, wie irgendein Herr Professor einmal zu mir sagte. Wie Juliette sich wohl benehmen würde, wenn sie jetzt hier wäre? Vermutlich falsch, aus lauter Schamhaftigkeit. Vater hat mich dazu erzogen, nie etwas nachzuverlangen, wenn mein Teller leer ist. Nein, ich reklamiere es nicht, mein Leben, ich proklamiere es, ich tue ihm Ehre an – selbst wenn mein Teller leer ist. Gibt es keinen Wein mehr, trinke ich Wasser. Wo ist sie doch, jene wunderbare Hochzeit zu Kana? Oft habe ich an jenen Wein gedacht, den die Trauben nicht hergeben wollten und den man sauer werden ließ, nachdem man ihn gekostet, sauer werden ließ aus Angst, sich die Lippen damit zu benetzen. Wenn mein Vater doch Bescheid wüßte um seinen Sohn, wenn er um all die armen Gedanken wüßte, die ihm durch den Sinn gehen! Vater – *er* war der vollendete Gast. *Er* hätte den Hochzeitswein gewiß nicht ungetrunken gelassen am nächsten Tag. Mit Gott geht er um, als hätte er bei ihm eine Forderung, ein Guthaben an Mirakeln und Seelenruhe. Zusammengefaltet in seiner Brieftasche bewahrt er ihn auf: links das Familienbuch, rechts das Gottesbüchel. Jawohl, der vollendete Gast bei allen gesellschaftsfähigen Traueranlässen. Seine eigene Trauer dient ihm dabei als Sesam-öffne-dich. Angetan mit seinem Glanzseideunglück, von perfektem Schnitt, gibt er einen Gast ab, mit dem man sich sehen lassen kann. Es wird ihm überlassen, das Zwiegespräch mit dem Tode weiterzuführen; ihm, den Dingen Ehre zu bezeigen, die man selber gern zum Fenster hinausschmisse; ihm, den Vater aller abzugeben, den Hinwegtröster, den Würdenträger von Todes Gnaden ... Morgen läßt er es sich bestimmt nicht nehmen, so zu tun, als trüge er einzig mir zuliebe eine farbige Krawatte. Mutter – wer war sie denn eigentlich? Die Photographien, auf denen sie lächelte, hat Vater zerrissen; nur ein einziges feierlich-steifes Bild hat er aufbewahrt. Und trotzdem weiß ich genau, daß ihre Wangen rund waren, daß sie lachen konnte. Eines Tages muß ich mich endlich um sie zu kümmern beginnen, allein, ohne Vater, muß ich meinen Anspruch auf ihr Lächeln geltend machen. Nein, diese flüchtige Gestalt mit den verborgen bleibenden Händen – das ist nicht Mutter, das ist die Frau jenes Mannes, der auf den entzükkenden Namen Léon hört. Wegradiert hat er sie, nur im Aufriß ließ er sie bestehen, als Schema. Aber nicht wahr, Mutter, du warst stark und voller Nachsicht, wie die Frau, die ich im Zug gesehen habe, die Augen, die belustigten, sprühenden Augen auf eine Gruppe von jungen Leuten gerichtet, die in einer Ecke miteinander stritten. Warum trägt Vater dich auf den Armen wie eine Leiche? Ich will, daß du lebst.

»Ich möchte mit dir sprechen, Léon.«

»Als ob du Redeverbot hättest, Germaine!«

»Die Kinder sind in den Betten.«

»Sollten wir nicht ihrem Beispiel folgen?«

»Hör mich doch an, Léon, ich bitte dich drum!«

»Seit unserer Heirat tue ich ja kaum etwas anderes … Und was bekomme ich zu hören? Wehklagen über dich oder mich. Vier Jahre bin ich im Krieg gewesen – lange genug, damit du vergißt, wie ich früher war, und mich endlich so siehst, wie du wolltest, daß ich sei.«

»Sprich lieber nicht vom Krieg.«

»Ich bin aber Kriegsteilnehmer, ich gehöre sogar dem Verband an, und zwar genau seit dem elften November neunzehnachtzehn.«

»Soviel ich weiß, war Bayonne kein besonders gefährdeter Ort.«

»Ich ging dorthin, wo ich mich nützlich machen konnte, wo ich dir am nützlichsten sein konnte, Germaine. Du solltest die Päckchen nicht vergessen, die ich dir schickte, die spanische Schokolade zum Beispiel ...«

»Hör auf, Léon, ich bitte dich drum!«

»Gute Nacht, Germaine.«

»Nein.«

»Hast du mir noch etwas zu sagen? Es wird spät.«

»Wir müssen auseinandergehen, Léon.«

»Auseinandergehen?«

»Jawohl, auseinandergehen. Oder glaubst du, wir können auch nur noch ein einziges Mal zusammen bei Tisch sitzen, mit gesenktem Kopf und zusammengepreßten Lippen, und diese Elternkomödie weiterspielen? Offenbar hast du noch gar nicht gemerkt, daß die Kinder kein Wort mehr an uns zu richten wagen ... Diese ewige Kopfhängerei, diese ausweichenden Blicke, diese Blässe in ihren Gesichtern – hältst du das für natürlich in ihrem Alter?«

»Kann ich etwas dafür?«

»Das kann nicht so weitergehen, Léon; du bist einfach unmöglich geworden. Wo gehst du nur immer hin? Was treibst du überhaupt? Wen lächelst du an, wenn du lächelst?«

»Wie ich damals nach Kriegsende heimkehrte – hast du da mal in einen Spiegel geschaut und gesehen, was du für ein Witwengesicht machtest? Es kam dir recht unerwartet, dieses Wiedersehen. In was für süßen Hoffnungen mußt du dich gewiegt haben, während ich im Lazarett lag und mich vor Schmerzen krümmte ...«

»Lästere den Schmerz nicht, Léon. Du hattest eine empfindliche Leber, das war alles. Sag doch endlich, daß du mich nicht mehr liebst. Sei endlich aufrichtig.«

»Wenn ich eine kranke Leber hatte, so schließlich nur darum, weil ich an der Somme jenen Schlag mit dem Gewehrkolben weggekriegt hatte ... Ich war verwundet worden.«

»Es gibt nur *eine* Verwundete in diesem Hause: mich. Schau sie dir doch an, deine Frau, schau, was du aus ihr gemacht hast. Hast du meine Haare gesehen? Meine Augen?«

»Wieder so eine Einbildung von dir, von der du nicht loskommst, meine Ärmste. Wenn du über Nacht alt geworden bist, so mach das mit dir selber aus. Als ob ich hier Runzeln und graue Haare austeilte! Ich sehe, du willst mich zum Äußersten treiben ...«

»Offenbar ...«

»Sieh dich vor! ... Wenn ich bleibe, so nur aus Pflichtbewußtsein.«

»Wenn du bleibst, so nur zu deinem Vergnügen. Du hältst dir eine niedergezwungene, niedergetretene Frau – sie stellt deinen Sieg dar. Du hältst dir kränkliche, schwermütige Kinder – sie stellen deinen Sieg dar.

So sieht er nämlich aus, dein Krieg: zu Hause fichtst du ihn aus, tagtäglich, zwischen Kommen und Gehen, zwischen zwei Besuchen bei deinen Mätressen … Weshalb nur hast du mich geheiratet, Léon? Was wolltest du eigentlich an mir rächen?«

»Beruhige dich doch endlich, Germaine, du weckst ja die Kinder!«

»Ja, und ich werde sogar hingehen und sie holen. Damit sie es sich mit ansehen, wie es um die Harmonie ihrer Eltern bestellt ist; damit sie sich ein Bild machen von der Zärtlichkeit, mit der ihre Eltern einander bedenken.«

»Du bist von Sinnen, Germaine. Komm, wir gehen in dein Zimmer.«

»Nicht eher als bis wir über unsere Scheidung übereingekommen sind. Das wäre übrigens das erstemal, daß wir über etwas übereinkämen.«

»Weshalb sollten wir uns denn trennen? Hast du einen Liebhaber? Zwei vielleicht?«

»Genug jetzt, Léon!«

»Du hast dich einfach nie davon erholt, daß ich aus dem Krieg zurückkam.«

»Genug, sage ich dir.«

»Ich werde dich behalten, Germaine. Mitsamt deinem Haß, mit allen deinen Runzeln und weißen Haaren. Bis zuletzt.«

»Ein letztes Mal, Léon: gehen wir auseinander.«

»Weshalb denn? Sind wir nicht schon genug auseinandergeraten?«

»Du brauchst mich, um dich meiner als Schutzmantel zu bedienen, damit du ungestört deinen Abenteuern nachgehen kannst – in aller Würde und Unbescholtenheit. Es kommt dir gelegen, mein verwelktes Gesicht; es lenkt die Blicke von dir ab – auf die Jammergestalt an deiner Seite. Du brauchst sie, diese Jammergestalt, damit jedermann dich bemitleidet. Ich bin dein Leumund, dank meines Vorhandenseins bleibst du der Ehrenmann. Und dann brauchst du mich auch, um dein Altern und deine Gehässigkeiten auf mich abzuwälzen; ich bin dein Ebenbild, mit dem du im Kampf liegst. So, jetzt habe ich dir alles gesagt, Léon. Wir müssen auseinandergehen.«

»Willst du endlich aufhören, wie irgendein unglückliches Weib zu reden! Mein Bestes habe ich dir gegeben; alles, was dir mißfiel, habe ich für mich behalten. Ist das meine Schuld?«

»Spiel nicht mit Worten. Es ist das letztemal, daß ich zu dir spreche, Léon. Nachher werde ich dir nur noch antworten.«

»Auf morgen, Germaine.«

»Nein, nicht auf morgen.«

»Auf wann also? Germaine, du solltest endlich zum Friseur gehen; du trägst dein Haar wie eine Zigeunerin.«

So, jetzt haben sich auch Kopfschwindel und Brechreiz eingestellt. Die Damen nebenan sind ja inzwischen recht einsilbig geworden – wie, wenn ich sie hereinriefe? Seit langem war mir nicht mehr so speiübel. Ich kehre in meine Kindheit zurück, auf die stupideste Weise, die es gibt, über die Krankheit … Meine alte Gebrechlichkeit meldet sich jetzt wieder; dieselbe Blässe, dieselben schlotternden Knie. Ein Dorf ist das, dieses Sainte-Veyres – pardon, dieses Chauvigny! Durch und durch feucht! Überall kommt etwas hervorgesickert in diesem sandigen Boden. Alle Häuser sind vollgesogen mit Wasser, alle Wände fahl – kein Stein, der noch seine ursprüngliche ansprechende Farbe besäße. Überall sind Moos und Salpeter am Werk. Merkwürdige Gegend. Gastlich und trocken scheinen hier nur die Keller zu sein. Warum Vater wohl immer dagegen war, daß ich mein eigenes Zimmer hatte? Warum dieses ewige Kabinett mit dem falschen Bett darin, das sich allmorgendlich in einen riesigen Lehnsessel zurückverwandelte? In keinem der Häuser, die ich seither bewohnt habe, gab es soviel Geräusche wie daheim. Immer gab es da irgendeinen Balken, der ächzte, irgendeine Treppe oder Wand, die wehklagte. Auch nicht eine einzige Tapete, die an der Wand haften blieb; alle mußten sie abblättern, sich ablösen und herunterhängen wie Platanenrinde. Das ganze Haus war wie von ungefähr, mit lauter zwecklosen Korridoren, die sich wie Taue um die Zimmer herumwanden, um Zimmer mit einer Unzahl von Möbeln darin, die alle vollgestopft waren mit Stößen von Briefschaften – mit unserer Ahnenkorrespondenz!

Es war verboten, diese Briefe zu lesen, aber ich tat es trotzdem – ohne auch nur ein Wort zu verstehen von all dem. In unserer Familie führt man eine traurige Feder. Und dabei stapelten sie sich wie Matratzen rings um uns, diese vergessenen, längst verjährten Briefschaften – aus sämtlichen Schränken und Kommoden quollen sie hervor. Unzählige Schachteln, angefüllt mit Notizblocks, Merkbüchern und Taschenkalendern! Denn in unserer Familie mußte alles aufgeschrieben werden, vermerkt: man benötigte schriftliche Beweise dafür, daß man lebte. Und dann unser Dachboden, in dem winters die Sparren festzufrieren pflegten, so daß er voller toter weißer Eulen zu hängen schien! Und der Geruch der Spindelbäume, die mir so verhaßt waren, weil ihr Laub sich so welk anfühlte – genau so welk wie Vaters Hände … Und alle die Aktenstöße: oberflächlich zusammengebündelt und in diesem komischen Kasten mit den Gemüseschnitzereien untergebracht … Vater besaß angeblich die zahlreichste Kundschaft weit und breit – er erzählte immer wieder, wie seine neidischen Freunde ihn dazu zu überreden versuchten, sie ihnen für einen Pappenstiel zu überlassen. Abend für Abend saß er da und wühlte in seinen

Akten, beim fahlen Lichtschein, den seine Lampe umkrallt hielt. Auch heute noch benützt er das Kanzleipapier mit dem Briefkopf ... Und sein Geldschrank, dessen Kode die ersten drei Buchstaben von Mutters Namen bildeten: Germaine ... Ein Geldschrank mit sorgfältig geölter Tür und einer kupfernen Klinke in Gestalt eines Drachenhauptes ... Und dann die kleine silberne Dose, die Vater mit all diesen nie zur Verwendung gelangten Stempelmarken vollstopfte ... Und sein stelzbeiniges Tintenfaß – ich habe es noch deutlich im Ohr, wie seine Feder beim Eintauchen gegen den Glasboden stieß ...

»Könnte ich vielleicht zwei Aspirintabletten haben, Madame?«

»Ich hatte schon daran gedacht. Hier das Röhrchen und ein Glas Wasser.«

Raymonde, die Schneiderin, war an sein Lager getreten – ob er wohl gestöhnt hatte?

»Ich danke Ihnen. Ich bin sehr beschämt. Wie spät ist es denn?«

»Ungefähr elf. In diesem Hause wollen die Uhren nämlich durchaus nicht gehen. Es gibt solche Häuser. Trotzdem bin ich immer pünktlich. Versuchen Sie zu schlafen.«

Plötzlich beugte sie sich über François und begann sein Gesicht zu betrachten.

»Merkwürdig, Sie erinnern mich an jemand.«

»Ich habe nicht wenig Verwandte in der Gegend hier. Vermutlich hat meine schiefe Nase Sie darauf gebracht.«

»Kann sein. Ich weiß nicht.«

Er spürte wieder das heftige Zerren in seinem Kopf, gab sich aber trotzdem Mühe, liebenswürdig zu sein.

»Sie sollten ebenfalls ein wenig ausruhen, Madame. Morgen wird das ja wohl ein furchtbarer Tag für Sie ...«

»Ein furchtbarer Tag? Das gibt es bei mir nicht. Ein furchtbares Leben – das wohl. Obgleich man das vielleicht nicht merkt ...«

»Doch, mir fiel gleich auf, daß Sie nicht weinten.«

Sie errötete.

»Ich habe es mir zur Gewohnheit gemacht, nicht zu weinen – wegen der Kleider. Ich bin nämlich Schneiderin. Zu so einem Gewerbe gehören trockene Augen. Kleider und Kummer – das paßt schlecht zueinander; als Schneiderin darf man keine Knitterhände haben ...«

François war es aufgefallen, daß ihr Blick einen nicht festhielt, wie der seine es gerne tat, daß dieser Blick nur ihrer Sorgfalt und Geduld erfordernden Arbeit gewidmet sein wollte. Die Müdigkeit ließ ihre Augen nicht größer, sondern kleiner werden – zu winzigen harten Kügelchen.

Sie hatte sich bereits wieder entfernt, mit den ruhigen Schritten einer Krankenwärterin; ihr Haar hatte sie zurückgestrichen, ein für allemal wohl, damit es sie in ihrer Arbeit nicht behinderte. Bei der Tür angelangt, wandte sie sich noch einmal um.

»Vielleicht mutet Sie das Haus etwas unwirsch an – trotzdem ist man hier ein wenig wie unter Gottes Himmel: Tote und Lebende sind hier gut aufgehoben.«

Sie hatte die Tür ein wenig offengelassen, und aus der Küche strömte jetzt Wärme herein. François unternahm einen neuen Gehversuch, aber sein unsicherer Gang nötigte ihn wieder auf das Sofa zurück. Die Müdigkeit fiel wieder über seinen erschauernden Körper her – eine uralte, aus seiner Kindheit heraufgestiegene Müdigkeit.

Oh, diese armseligen Spiele, die er als Kind gespielt hatte und unter irgendeinem billigen Vorwand wieder abzubrechen pflegte, um auf sein Bett zu flüchten, damit die hämmernden Schläfen zur Ruhe kamen und das Zittern aussetzte, das seinen ganzen Körper erfaßt hatte! Adrienne fand dann für gewöhnlich Spaß daran, ihn zu rufen – weil sie genau wußte, daß er außerstande war, ihr zu antworten.

Mir blieb nichts übrig, als das Gesicht dem Fenster zuzukehren und die Sonne zu betrachten, die orangenfarben im Novembergezweig hing. Ich liebte den November, ich liebte ihn um seiner böigen Winde willen, ich liebte das Ungestüm seiner Regengüsse, das Außersichsein der mit dem Tode ringenden Natur, die mir keine Atempause gönnte, die mich von allen Seiten her bedrängte, so daß ich nur taumelnd vorwärtskam, mit gesenktem Kopf und rudernder Schulter – ein Schwimmer, der haushalten mußte mit seinem Atem. Unser Haus hatte er zum Zeugen seiner Unrast und Wildheit ausersehen, dieser verheerende Monat. Nächtelang hielt er uns wach, in Zimmern, die nicht mehr unser waren, in denen sämtliche Gegenstände aufbegehrten und sich zum Aufbruch rüsteten. ›Der Totenmonat‹, sagte Vater und gebot uns Schweigen: es galt, den Sturm über sich ergehen zu lassen. Vater durfte nicht wissen, daß ich sie liebte, diese wilden Tage. Denn endlich ließ Vater uns unseren Willen, wenn er dabei auch insgeheim darauf hoffte, daß wir nach jedem unserer Ausflüge vor ihm hinsinken, seine Füße umfangen und ihn anflehen würden, dem Getöse und den Wolkenbrüchen Einhalt zu tun. Aber er hielt zu uns, der Totenmonat, er war uns wohlgesinnt – mehr als irgendeine andere Jahreszeit.

Nicht wahr, Adrienne? Man spielte mit allem, mit der Zugluft, mit den zuschlagenden Türen, mit den Wasserlachen, die uns keineswegs verächtlich, sondern im Gegenteil voller Zauber erschienen. Sämtliche Verbote waren aufgehoben; der Tod gestattete uns, zerzauste, außer Atem gekommene Kinder zu sein.

Was habe ich nur heute abend, daß ich mit solcher Inbrunst an meine Kindheit denke? Sie haben etwas Maßloses, diese Erinnerungen, ich könnte sie bestimmt nicht weitererzählen. Wer soll sie mir auch abnehmen wollen, so wie sie sind, eisig und brennend zugleich? Ist mir im Grunde aber auch egal. In Paris sieht man es gerne, wenn ein Mensch sich durch den Zauber seiner Kindheit unversehens in ein ungewöhnliches, wunderliches Wesen verwandelt. Stoff zum Erzählen habe ich ja genug. Wenn ich einmal ins Erzählen komme, kann ich nicht mehr aufhören. Ein Ding ergibt das andere – und los geht's. Nicht etwa, weil ich mich interessant machen möchte, weil ich auf das bewundernde ›Pf-t‹ meiner Zuhörer so erpicht bin. Ich habe dabei das Gefühl, in Bereiche zurückzukehren, die nur ich zu betreten weiß, die nur meinem Schlüssel gehorchen, deren Vorhandensein von den anderen nur geahnt wird, erraten, wie durch Gitterwerk hindurch, irgendwo auf dem Grund meiner Blicke. Mir ist zumute wie einem Wild, das in eine Falle gerät. Seltsam, daß die Leute immer etwas wie Andacht oder Rührung anzuwandeln scheint, wenn sie meiner Kindheit gegenüberstehen. Jawohl, wenn ich von meiner Kindheit spreche, bin ich der einzige, der dabei lacht, der gegen den Stachel löckt; wer weiß, die Leute mögen es vielleicht nicht, wenn sie einen seine Kindheit so in die Nesseln werfen sehen. Eines Tages bringe ich es ja denn doch noch fertig, allen Wahnsinn und alle Drangsal aus meiner Kindheit auszusondern – aber wie?

Wenn Vater stürbe – nein, das wäre furchtbar; nur ihm, nur seinem fernen unaufhörlichen Vorhandensein verdankt meine Kindheit, was sie an Reinem, Verwegenem, Unversehrtem besitzt. Sie liegt bei ihm verwahrt, ich muß seine Erlaubnis einholen, wenn ich ein paar Augenblicke lang in meiner Kindheit verweilen möchte. Wenn er nicht mehr da ist, wenn ich nicht mehr auf Schritt und Tritt gegen seinen Schatten pralle, wird alles sich verundeutlichen. Selbst das Böse hat seine gastlichen Häfen. Sieh dich vor, François, eines Tages stehst du neben seinem erkalteten Körper, und alles bisher Erlebte fordert Rechenschaft von dir – es sei denn, du täuschst dich jetzt, es sei denn, daß die kleine Glut deines Mißgeschicks von seinem regelmäßig über deine Kindheit hinwehenden Atem geschürt wird. Pah! Ich habe Zeit. Vater hat ein zähes Leben, wie die Dornen an seinen Rosenstöcken; sein Aug ist ungebrochen. Er behält mich in seiner Höhle. Wenn er nur wüßte, daß ich Anrecht auf einen Platz an der Sonne habe, zusammen mit Juliette!

»Guten Abend, Juliette.«

»Guten Abend, Fernand.«

»Ich bin glücklich, Sie wiederzusehen.«

»Sie führen immer dieses Wort ›glücklich‹ im Mund …«

»Ich bin so leicht glücklich. Vorhin rief ich bei Ihrer Mutter an, und da lud sie mich auch schon zum Abendessen ein.«

»Wie gehen die Geschäfte?«

»Klagen ist nicht meine Art. Gut gehen sie, die Geschäfte.«

»Mutter hat Sie richtig ins Herz geschlossen, Fernand; Sie sind ihr Zeitvertreib.«

»Verderben Sie uns nicht diesen Augenblick, Juliette.«

»Ich verstehe, das könnte Ihnen den Appetit verschlagen. Diesmal wird der Appetit sich ohne mich einstellen müssen.«

»Ich sehe, Sie haben mich nicht eben in bester Erinnerung, Juliette.«

»Nichts habe ich in Erinnerung; bei Ihrem Weggehen habe ich Ihnen alles zurückerstattet, die Erinnerungen mit einbegriffen.«

»Stellen Sie sich nicht schlechter, als Sie sind, Juliette.«

»Und Sie nicht dümmer, als Sie sind. Sie wissen nur allzu gut, wie unangenehm es mir ist, Sie heute abend bei Mutter anzutreffen.«

»Ich kann schwerlich wieder gehen, Ihre Mutter ist bereits von meiner Anwesenheit unterrichtet.«

»Sie müssen trotzdem gehen, Fernand.«

»Juliette, Sie werden doch nicht ...«

»Mutter ißt abends höchstens einen Salat. Sie tun also gut daran, sich anderswo zu verköstigen.«

»Was soll ich Ihrer Mutter denn sagen? Soll ich ...«

»Sie brauchen ihr gar nichts zu sagen. Verschwinden Sie einfach, Sie haben ja Erfahrung darin.«

»Aber ich habe ja kein Geld, ich ...«

»Als ob Sie nicht mehr wüßten, daß Sie nur in die Zigarettenschachtel da zu greifen brauchen ... Bedienen Sie sich doch, greifen Sie zu. Sie sind ja daran gewöhnt, sich die Schüsseln nachfüllen zu lassen.«

»Sie müssen mir vorher ein Rendezvous geben, Juliette, sonst gehe ich nicht.«

»Schön, also wann und wo?«

»Morgen um zwölf, Place Saint-Michel.«

»Auf morgen also, Fernand ... Und Sie habe ich geliebt!«

»Ich bringe Ihre Briefe mit und Sie die meinen.«

»Einverstanden. Ich behalte nur einen zurück, den Abschiedsbrief. Das war ein großartiger Wurf von Ihnen, Fernand!«

»Auf morgen, Juliette.«

»Juliette, zu Tisch!«

François fühlte, wie er langsam eindämmerte. Was er empfand, war eine dünne, leicht zu zerstörende Wohligkeit. Nur keine Bewegung, damit es vorhielt! Hatte er geschlafen? Er nahm jetzt Geräusche wahr: Stimmen, die laut wurden, Schritte, die es eilig hatten, Gegenstände, die zu Boden fielen. Nur von ihm ging Schweigen aus; um ihn her verdeutlichte sich der Lärm, schwoll an – jetzt wurde eine Tür zugeschlagen. Er horchte: die Fenster erdröhnten, irgend jemand rüttelte an ihnen. Er brauchte eine ganze Weile, bis er endlich heraus hatte, daß der Wind blies: der große Wind der Jahreszeit. Es war lange her, daß er kein solches Gefauche mehr erlebt hatte. Der Pariser Wind war unauffälliger; er zerfaserte an jeder Straßenkreuzung und kam dann nur selten wieder zu Kräften, höchstens an ganz besonderen Stellen, auf den Quais zum Beispiel, über die er dann wieder in seinem wilden Galopp dahinstob. Aber es dauerte nicht lange, und er zerteilte sich wieder in winzige Luftzüge, und die kleinen zornigen Lachsalven, die er da und dort ertönen ließ, waren gleich wieder verstummt. Und jetzt kam er wieder, der königliche Wind, und schlug ihn in sein Gewand mit den tausend Zornesfalten ein: ein hoheitsvoller, gnadenloser Wind, dem ganze Landstriche zu Gebote stehen mußten, damit er ihnen seine barschen Befehle erteilte. Indessen,

François fand es jetzt nicht wieder, das Knabenfieber von einst. Er zögerte, sich diesem wütigen Sendling anzuvertrauen. War er wirklich so gealtert? Er verspürte keine Lust, wie früher das Haus zu verlassen, sich mitten in das Gewüte zu stürzen und auf einen Baumstamm zuzurennen, in dessen Schutz er wieder Atem holen konnte. Nein, er rollte sich unter seiner Decke zusammen, zog die Schultern an. Über ihm auf dem Dachboden brodelte es wie in einem Kessel.

»Claire!«

Durch den Türspalt erblickte er die Schneiderin, die sich von ihrem Stuhl erhoben hatte und jetzt beim Schein einer Hängelampe eine wie Ballonseide sich bauschende Tuchmasse zu untersuchen begann.

»Claire, komm her, sage ich dir!«

Das Mädchen kam seufzend näher und blieb blinzelnd vor dem grellen Licht stehen.

»Du wirst jetzt das Kleid anprobieren.«

»Jetzt, Mutter, nach Mitternacht?«

»Ich sage, du sollst das Kleid anprobieren!«

»Du bist verrückt. Nicht heute nacht.«

»Und warum nicht?«

»Du weißt ganz gut, warum.«

»Und was weiter?«

»Mutter, das gehört sich doch nicht!«

»Was gehört sich nicht? Daß eine Schneiderin ein Kleid anprobiert? Voriges Jahr habe ich eine ganze Trauergemeinde neu eingekleidet; die Witwe hat sich dabei neben der Leiche ihres Mannes Maß nehmen lassen.«

Claire antwortete nicht. Nachdem sie mehrere Male um den über und über mit Stoffresten und Spulen bedeckten Tisch herumgegangen war, entfernte sie mit der einen Hand eine übriggebliebene Spitze und setzte sich auf den Tischrand.

»Wer hier am undankbarsten ist, das bleibt wohl dahingestellt«, murmelte Marthe aus dem Halbdunkel ihres Sessels.

Die anderen antworteten ihr nicht.

»Tummle dich. Zieh das Kleid über.«

»Das Brautkleid?«

»Ich muß sehen, ob es paßt.«

»Muß ich mich ausziehen?«

»Ich sehe keine andere Möglichkeit.«

»Ganz?«

»Jawohl, ganz. Und außerdem ziehst du die Schuhe mit den hohen Absätzen an. Damit ich sehen kann, wie es fällt.«

»Das geht nicht, Mutter, das bringt Unglück.«

»Sei nicht so albern, Claire.«

Sie streifte das Kleid ab und ließ es zu ihren Füßen hinuntergleiten. Sie trug einen grellrosa Unterrock, wie man sie in Jahrmarktsständen ausliegen sieht. Um die Blicke von Mutter und Tante schien sie sich nicht zu kümmern; offenbar war diese Art Fron nichts Ungewöhnliches für sie.

François betrachtete den ruhigen Körper des Mädchens und versuchte sich vorzustellen, wie er wohl sein mochte; leicht fühlte er sich wohl an, leicht und weich.

Apfelrunde, schimmernde Schultern … Er ließ sich auf das Sofa zurückfallen und lächelte Juliette an, mit verständnisinnigen, verliebten Blicken. Claire hatte unterdessen das lange, prunkhafte Kleid übergestreift, eine Art Tunika von kreidigem, moiriertem Weiß. François richtete sich wieder ein wenig auf und erblickte das aus dem engen, gesteiften Kragen verzückt emporragende Gesicht des Mädchens.

»Nicht mit den Fingern anfassen!«

Claire wagte nicht, sich zu rühren; die Schwerelosigkeit des Gewebes, das ihren Körper umfloß, schien sie zu überraschen; Kreise beschreibend, befingerte sie sich den Nacken. François fiel seine eigene Hochzeit ein, die nächstes Jahr stattfinden sollte. Sie hatten bereits ein paar Möbel erstanden, aus dunkel schimmerndem Holz, wie sie beide es liebten; es waren Bauernmöbel mit rustikalen Voluten und dolchschmalen Eisenbeschlägen. Diese Einkäufe wurden mit dem Versicherungsgeld bestritten, das man ihm nach seinem Unfall ausgezahlt hatte. Er war von einem Kilometerfresser angefahren worden, einer der Reifen hatte seine Wade gequetscht. Die Stelle war noch ganz blau und entsetzlich unappetitlich. Daher ja auch die Gewohnheit, vor Juliette zu Bett zu gehen, damit sie das unverhältnismäßig magere Bein nicht zu sehen bekam. Er hatte Schmerzen auszustehen, aber er gewann es nicht über sich, einen Spezialisten aufzusuchen und seine fortschreitende Arbeitsunfähigkeit konstatieren zu lassen. Laufen kann ich jedenfalls bestimmt nicht mehr.

Eines Tages war er einem Omnibus nachgerannt, von dessen Plattform Juliette ihm zugewinkt hatte. Er stürzte, erhob sich wieder und blieb mit hängenden Armen in der Mitte der Fahrbahn stehen, während der Autobus davonratterte. Eine ältere Dame half ihm dann, die Straße zu überqueren.

»Mein Sohn ist ebenfalls kriegsbeschädigt. Dieses unselige Indochina!«

Er hatte nichts zu antworten gewußt. Anno dreiundvierzig, als Zwanzigjähriger, hatte er sich eine ziemlich bedenkliche Rippenfellentzündung zugezogen. Toller Einfall, an einem Märzmorgen in den Garten zu gehen und inmitten von regendurchweichten Sträuchern ein Sonnenbad zu nehmen! Meine ganze Trübseligkeit stammt von damals. »Genügt es dir denn nicht, das Glück?« fragt Juliette immer wieder. Ich muß dann an den Spitznamen denken, den meine Mitschüler mir gaben: ›Trauerklößchen‹. Den Erfinder dieses Namens hatte ich blutig geschlagen, er war mit dem Kopf gegen den Zementboden des Schulhofs gefallen und hatte sich ein Auge ausgestoßen. Ich blieb darauf mehrere Tage in einem riesigen Wandschrank eingesperrt, der die ganze hintere Wand eines unserer Zimmer einnahm. In der Dunkelheit versuchte ich, mir an einem Nagel ein Auge auszustoßen – aber es tat zu weh. Ich begriff, daß man ein Auge nur durch Zufall verlieren konnte und nicht in einem Anfall von Verzweiflung. ›Du hast nicht nur das Auge dieses Jungen, du hast auch Gottes Auge ausgeschlagen‹, raunte Vater mir ins

Ohr ... So, jetzt aber Schluß mit diesen schaurigen Geschichten!

Claire war in ihrem weiten, kostbaren Brautkleid erstarrt; wie aller Bewegungsfähigkeit beraubt stand sie da, steif wie eine Gliederpuppe.

Ich habe bestimmt zu fiebern angefangen, das Gewebe drüben flimmert wie heiße Luft; seltsamer Zustand.

»Halt still, Claire, ich sehe ja nichts. Am besten wäre es wohl, wir gingen in das Zimmer nebenan, da gibt es ja den Spiegelschrank.«

»Aber ... da liegt er ja ... auf dem Bett!«

»Ihr fangt jetzt wirklich an, mir auf die Nerven zu fallen, ihr alle. So schwer lastet er gar nicht auf eurem Leben.« Claire kreiste um den Tisch.

»Es kleidet mich, Mutter.«

»Junge Mädchen kleidet so etwas immer. Mir stand es ebenfalls gut, aber das hält gewöhnlich nicht vor, höchstens einen Tag. So halt doch endlich still!«

Die Mutter trat hinzu, brachte die Falten in Ordnung und musterte mit zusammengekniffenen Augen die letzten Details.

»Reich mir jetzt mal die Stecknadeln, der eine Ärmel muß wieder aufgetrennt werden, er fällt nicht, wie er soll; auch die eine Schulter fällt etwas ab.«

Sie kniete vor ihrer Tochter hin und glättete bedachtsam mit der flachen Hand die untere Partie des Kleides. Sie schluchzte; die Schachtel mit den Stecknadeln hatte sich geöffnet; ein Dornenhäuflein glitzerte auf dem Boden.

»Immerzu nähen und wieder auftrennen – ich habe das satt, sterbenssatt, hört ihr? Sind *mir* jemals Kleider genäht worden? Hat man sich jemals um mich gekümmert?«

Marthe rührte sich nicht; ihre Hände ruhten auf der leichten Rundung ihres Bauches; den Kopf schien sie jetzt noch höher zu tragen als sonst. Dabei hörte sie nicht auf, ihre Schwester zu sticheln.

»Du solltest dich nicht so bemitleiden, meine Liebe, das ist jetzt nicht der richtige Augenblick. Wenn hier Unordnung herrscht, so hast schließlich du sie hereingebeten – zusammen mit diesem Mann.«

»Nie habe ich ihn hier hereingebeten! Ganz von alleine hat er sich hier einquartiert, ohne erst meine Erlaubnis einzuholen. Seine einzige Frage war, ob er rauchen dürfe.«

»Und ich wiederhole dir, er hat in Sainte-Veyres sämtlichen Weibern den Hof gemacht, Claire nicht ausgenommen.«

»Du lügst. Willst du mich endlich in Ruhe arbeiten lassen? Wenn ich das Kleid fertig habe, kannst du fortfahren, mich zu quälen.«

Marthe verstummte und bückte sich, um die Stecknadeln aufzulesen.

»Man wird jetzt vielleicht etwas essen dürfen? Ich habe Hunger. Oder soll vielleicht die ganze Nacht durchgehungert werden?«

Claire schielte nach der Tür hin, hinter der François lauschend auf seinem Sofa lag; sie stieß sie leise zu.

François hörte, wie ein Büfett geöffnet wurde. Er fühlte sich jetzt besser, die Tabletten taten ihre Wirkung. Der Wortwechsel begann von neuem, aber das Schweigen riß jetzt größere Lücken in das Gespräch.

»Und wenn das Kleid fertig und alles in Ordnung ist?«

François spitzte die Ohren.

»Nein und abermals nein!«

Es war die Stimme der Schneiderin; sie klang trocken, wie ausgeglüht.

»Ihr dürft euch nicht zu ihm setzen, ich verbiete euch das!«

»Wozu hast du ihn dann hierbehalten?«

»Geht euch das etwas an? Laßt mich zu Atem kommen. Ihr seid aufsässig wie die Wespen. Ich verbiete euch, euch mit diesem Toten abzugeben. Laßt ihn mir da, wo er gelebt hat, da, hinter meiner Tür ... Jetzt wollt ihr euch ihm plötzlich nützlich erweisen, ihm beweisen, daß ihr ihm unentbehrlich seid! Und vor zwei Tagen – erinnert euch lieber, wie ihr ihn da empfangen habt! Wer hat ihm da die Hand gedrückt? Und wer hat ihm die Kaffeekanne weggenommen, damit er nicht schon wieder Kaffee trank? Regt euch also nicht so auf über ein Unglück, das euch gar nicht nahegeht!«

»Kann ich jetzt das Kleid wieder ablegen?«

Es wurde geläutet. Mehrere Male, rasch hintereinander, wütend. Etwas wie Erwartung ging durch das Haus, ein sekundenlanges Überraschtsein. Die Wanduhr schlug lauter.

»Jetzt, um diese Stunde? Wer mag das sein?«

»Die Gendarmerie vielleicht; sie sollte ja jeden Augenblick vorbeikommen.«

Draußen wurde ungestüm gegen die Tür gehämmert.

»Ich mache auf.«

Ein schwerer Schritt, dann das wütende Knurren eines Mannes.

»Komm in die Küche. Ich hatte dich nicht erwartet. Es gibt noch Bouillon auf dem Küchenherd.«

»So eine Hundegegend! Von Forges bis hierher zu Fuß gehen zu müssen!«

François stützte sich auf, um den Neuankömmling zu sehen, der bösester Laune zu sein schien.

»Na, wird's jetzt bald mit dem Begrüßungskuß?«

Eine nach der andern entrichteten die Frauen ihren Zoll.

»Totale Pleite heute. Unmöglich, etwas abzusetzen. Bring mir mal meine Pantoffeln! Vor allem muß ich an meine Füße denken.«

Die Pantoffeln schienen unter ein Möbel gerutscht zu sein; Raymonde brachte sie mittels eines Besens wieder zum Vorschein.

»Wie oft soll ich dir das noch wiederholen, daß ich vorgewärmte Hausschuhe vorzufinden wünsche, wenn ich heimkomme? Besonders jetzt, wo wir schon Winter haben und diese verdammten Wege sich einem an die Latschen kleben. So was Widerwärtiges! Dauernd muß man sich mit Bürste und Schuhlappen in der Aktentasche herumschleppen, damit man sich bei der werten

Kundschaft wenigstens mit reinem Oberleder präsentiert. Die wollen das nämlich nicht verstehen, diese Mistkerle, daß der Herr Versicherungsagent nicht sauber sein kann, wenn er durch die Jauche in ihre Höfen hindurchmuß. Schließlich bin ich ja nicht der liebe Gott, um über ihren Dreck dahinzuwandeln!«

Bei diesen Worten unterdrückte jemand einen Seufzer; es war Marthe.

»Was gibt's da schon wieder zu heulen?«

Marthe begann um so heftiger zu schluchzen; der Versuch ihrer Schwester, mit leiser Stimme auf sie einzureden, blieb erfolglos: die Tränen, die dichtgedrängt unter ihren runzeligen Augenlidern hervorkollerten, hatten sie ganz in ihrer Gewalt.

»Was gibt's denn da schon wieder? Ihr habt euch wohl gezankt? Mein Herz ist kein Wohltätigkeitsverein, meine gute Marthe. Hör jetzt auf mit dieser Flennerei mitten in der Nacht! Du bist überreizt. Das hat man davon, wenn man in einem fort diesen viel zu starken Kaffee in sich hineingießt!«

Er begann wortlos die drei Frauen zu betrachten, die reglos dastanden, als bildeten sie einen Schutzwall um etwas Unsichtbares, Verbotenes.

»So sagt doch endlich ein Wort! Hast du dich aber herausgeputzt, Claire! Ihr habt da wieder etwas Dummes angestellt und wollt es mir jetzt verheimlichen. Meinetwegen. Jetzt wird erst mal gegessen.«

Auf dem Tisch häuften sich jetzt Teller, Schüsseln und Flaschen; auch ein langes, mit goldbraunen Palmblättern verziertes Brot kam hinzu, das François mit hungrigen Augen betrachtete.

»Seit Jahren bitte ich euch um Schweinspastete. Man könnte meinen, ich verlange da eine Seltenheit. Marinierten Hering mag ich nicht; das schmeckt wie altes Gürtelleder.«

François sah nur den Rücken des seltsamen Gastes. Der Mann versuchte jetzt das Brot zu brechen, indem er es mit dem einen Ende gegen den Tisch stemmte.

»Ihr braucht mich nicht so anzugaffen beim Essen! Anscheinend nehmt ihr es mir übel, daß ich Appetit habe. So ein Arbeitsmensch hat halt Appetit, wenn er tagsüber schuften muß, nichts gefuttert hat und erst spät in der Nacht wieder heimkommt. Zumal wenn er in einem fort von nichts anderem als von Krankheit und Tod hat sprechen müssen, um einem armen Idioten eine lumpige Unterschrift abzunötigen! In meinem Beruf wird nämlich dauernd damit gerechnet, wann dem andern sein letztes Stündlein schlägt. Da wird man also wohl ein bißchen wählerisch sein dürfen beim Essen, denke ich. Euer Hering da schmeckt wie Petroleum, versteht ihr? Bekommt einem schlecht mitten in der Nacht, und noch dazu mit diesem Bart von Gräten dran! So ein dreckiger Kaffernfraß!«

François sah unverwandt nach dem riesigen Rücken des Mannes hin, der nicht zur Ruhe kam, sich krümmte, wieder straffte und die ganze Türöffnung ausfüllte. Er, François, konnte dem Mann nur beipflichten: so ein fünfhundert Kilometer vom Meer entfernter Fisch wird anrüchig und ekelerregend. Zu Hause gab es freitags auch immer Fisch, vor allem eine Sorte mit einer Art zerbeultem rosa Helm statt eines Kopfes. Roter Seehahn nannte sich das. Er kam immer ganz zerkocht auf den Tisch, das einzig Feste an ihm waren die Gräten; auf dem Teller zerfiel er in dünne Lamellen, die ich in meinem auf den Knien ausgebreiteten Taschentuch verschwinden ließ. Vater hielt uns unterdessen einen Vortrag über den Phosphor, der aus diesem schwammigen Fleisch zu gewinnen war, das auf diese Weise zu einem Wundermittel wurde, das unsere dünnen Knochen zu ihrer Kräftigung so nötig hatten. Für Vater war jetzt der Augenblick gekommen, seine Lieblingsphrase anzubringen: ›Von den Resten auf euren Tellern könnte man eine ganze Familie ernähren!‹ Beschämt und zerknirscht stand ich vom Tisch auf und lief in den Garten, um meine Speisereste zu vergraben. All die Roten Seehähne, die ich da verscharrte! Weiter als hundert Meter wagte ich mich nicht zu entfernen; kaum war meine Eskapade ruchbar geworden, als Vater auch schon nach seinem Jagdhorn griff und mich zurücktrompetete. Ausflüge mit Kameraden blieben mir unbekannt. Ich befand mich in einem Gefängnis. Daß ich dann doch noch bis nach Paris zu gelangen vermochte! Ich erinnere mich, daß es in dem ersten Stadtviertel, in dem ich wohnte, einen Scherenschleifer gab, der eine ebensolche Trompete besaß wie Vater. Ich fuhr immer zusammen, wenn er sie blies; ich stürzte zum Fenster und schrie ihn an. Er warf mir einen erstaunten Blick zu. Vater hatte mich nie so angesehen, Vater ließ sich nicht verblüffen von den Dingen, die er erlebte. Wenn er mich ansah, sprach nicht einmal Mißbilligung aus seinen Augen; nur in seinen Pupillen zuckte ein Lichtschein auf, der die Iris entfärbte. In meiner Vorstellung hatte Vater sich unter dem Zauberstab irgendeines Magiers in den Scherenschleifer verwandelt, war er aus seinem Hause verjagt worden und irrte nun unter meinen Fenstern umher. Und nun malte ich mir aus, wie ich Vater mit gestrecktem Zeigefinger die Tür wies. Ich fühlte, daß er mir nichts anhaben konnte, daß ich eine uneinnehmbare Festung war; er aber war der unwürdige Vater, der uns so viel Leid zugefügt hatte; zur Not konnte ich aus der fernsten Vergangenheit unzählige Verwandte heraufbeschwören, die bereit waren, mich zu schützen. Und ich sah mich auf die Straße hinaustreten und die Glückwünsche aller meiner Nachbarn entgegennehmen, die mir zustimmten und mich an ihre Brust drückten: »Seitdem wir Sie haben, sind wir unbesorgt.«

»Adrienne, willst du sofort das Bild herzeigen, das du hinter deinem Rücken verbirgst?«

»Es ist ja nichts, Vater, bloß eine alte Spielkarte.«

»Um so eher kannst du sie mir also geben ... Wie? Wer hat dir das gestattet, Adrienne? Mit einer Photographie deiner toten Mutter vergnügst du dich da?«

»Aber Mutter ist ja gar nicht tot, du willst uns das nur einreden. Ich will aber nicht, daß sie tot sei.«

»Nicht einmal vor deiner toten Mutter hast du Respekt, Adrienne. Nur ich habe ein Recht, von ihr zu sprechen. Weil ich der einzige bin, der ihr Andenken bewahrt.«

»Hör auf zu weinen, Adrienne. Ich bitte dich drum, ich, François. Folge meinem Beispiel.«

»Ich verbiete dir, mir mit verschränkten Armen gegenüberzustehen, François ... Es war gewiß dein Bruder, der dich mit diesem Photo verwirrt hat, Adrienne?«

»Ich habe nichts Schlechtes getan, Vater.«

»Alles, was du tust, ist schlecht. Du hast das große Porträt deiner Mutter im Salon – genügt dir das nicht? Deinetwegen muß ich jetzt dieses Bild vernichten, du Unselige. Du gehst jetzt sofort in den Salon und bittest die andere um Vergebung, die wahre!«

»Vater, wir halten das nicht länger aus.«

»Und ich – ich soll das wohl aushalten, denkst du? Kann ich etwas dafür, daß das Schicksal gegen uns so grausam war? Glaubst du, ich habe nicht genug geweint?«

»Auch wir haben jetzt genug geweint, Vater. Laß uns zu unsern Tanten ziehen, sie wohnen ja in der Nähe. Adrienne nimmt keinen Bissen mehr in den Mund, und ich ...«

»Fahr nur fort mit deinen Beschwerden, François ...«

»Ich möchte wie die andern leben, ich möchte lieben.«

»Und hier findest du also nichts, das du lieben könntest?«

»O doch, ich liebe noch, trotz allem.«

»Du bleibst bei mir, François; wir bleiben zusammen. Ich habe meine Pläne mit dir.«

»Vater, erzähl uns doch endlich von Mutter!«

»Die eure Mutter war …«

»Nein, nicht so, Vater!«

»Was ist in dich gefahren, François? Du willst also eine Mutter haben, einfach so, weil dir das von Rechts wegen zuzukommen scheint, wie? Eins, zwei, drei, und sie soll vor dir stehen, vor dem sechzehnjährigen Lakkel, der du bist …«

»Ich verlange bloß das, worauf wir ein Anrecht haben. Ich verlange ja nicht, daß du auf deinen Kummer verzichtest. Ich wünsche nur, daß du von uns nicht verlangst, es für einen unverzeihlichen Frevel zu halten, wenn gelacht wird. Je mehr ich an Mutter denke, um so größer wird mein Bedürfnis nach einem Lächeln – verstehst du das überhaupt?«

»Du meinst wohl, ob ich *dich* verstehe … Ich verstehe, daß du die Last deiner Mutter abwälzen möchtest, und gleichzeitig auch die deines Vaters. Wie oft hast du mich eigentlich schon umgebracht, François?«

»Es hat eher den Anschein, als ob *du* mich zum Äußersten treiben wolltest, Vater …«

»Du irrst, François. Ich will dich bloß auf den geraden Weg bringen, denn selber weißt du ihn ja nicht zu finden. Und wenn dieser Weg voller Dornen und Tränen ist, so mach das mit Gott aus. Siehst du wohl, ich verstehe jetzt, daß ich recht habe. Je weiter jene entsetzliche Nachricht zurückliegt, desto besser verstehe ich es: ein Vater hat die Pflicht, recht zu haben. So, und jetzt schau, daß du auf dein Zimmer kommst, du gefühlsrohes Wesen. Du bist taub, jawohl, du hörst auf niemanden mehr. Geh mir aus den Augen!«

Wie oft soll ich dir das eigentlich noch wiederholen, Raymonde, daß ich diese angebackenen Spiegeleier nicht mag? Bei andern Leuten bleibt das Weiße weiß, bei dir muß immer so ein glimmeriges Zeugs draus werden.«

Der Mann begann gierig zu vertilgen, was man ihm vorsetzte. Als er beim Käse anlangte, entlud sich sein Zorn; ein wütender Hustenanfall erstickte seine Flüche.

»Und jetzt auch noch dieser Käse! Daß du nicht imstande bist, einen Käse frisch zu halten! Und die andern – ich frage dich bloß, wie die das wohl machen? Kaum ist ein Käse ins Haus gekommen, ist er schon hornhart. Kauf dann schon lieber Joghurt, der kann wenigstens nicht hart werden. So wird man hier verköstigt, nachdem man sich den ganzen Tag für euch abgehetzt hat. Ich frage mich, wozu ich überhaupt diesen Beruf ergriffen habe. Damit ihr denken könnt, daß ich eines Tages nicht mehr zurückkomme ... Aber keine Sorge, ich komme zurück; wenn ich jemals aufhöre, so nur um zu sterben. Ich erfahre schon rechtzeitig, wann es bei mir soweit ist; meine kleine Achatkugel sagt's mir; über alles weiß es Bescheid, mein kleines gutes Kügelchen.«

Er holte aus der Westentasche ein Pendel hervor und ließ es über seine linke Handfläche gleiten.

»Seltsam, es scheint ganz außer sich zu sein heute abend. Komm mal her, Raymonde.«

»Laß mich zuerst die kleine Haube da fertigmachen.«

»Du sollst herkommen, sage ich!«

»Wozu?«

»Ich muß da mal was nachsehen mit dem Pendel; was Wichtiges.«

Im nächsten Augenblick stand er bereits neben ihr und ließ ihr die kleine schimmernde Kugel über Bauch, Gesicht und Augen gleiten.

»Du – dir hab ich's bereits gesagt, daß du bald sterben mußt.«

Sie zuckte die Achseln.

»Jedenfalls weißt du jetzt Bescheid; und jetzt langst du mir mal noch eine Flasche Wein herüber, ich bekomme nämlich eine trockene Kehle, wenn ich das Dingelchen so spazieren führe; ich erfahre da nämlich zu viel von allem, was vorgeht.«

»Sei so gut und laß mich in Ruhe. Führ sie anderswo vor, deine Kunststücke.«

»Hat sich noch nie geirrt, das Pendel. Macht einem übrigens das Herz schwer, aber da läßt sich nichts dagegen tun; komisch, es hat den Anschein, als wüßte es …«

»Was?«

»Daß der Tod schon da ist.«

»Überzeug dich mal selbst.«

François konnte sehen, wie Raymonde zu der Tür ging, die der seinen gegenüberlag, und sie öffnete. Der

Schein eines Öllämpchens fiel auf das Bett; die beiden Kerzen waren schon heruntergebrannt.

»Da liegt jemand auf meinem Bett.«

»Dein Freund.«

Sich den Kopf krauend, betrat der Mann das Zimmer, ging mehrere Male um das Bett und schlug dann mit einer jähen Bewegung die Tür hinter sich zu.

»Doch nicht etwa tot?«

»Du siehst es ja selbst.«

»Wieso?«

»Er hat auf seinem Stuhl geschwankt, und ich habe ihn aufgefangen. Dabei ging die Kaffeekanne in die Brüche, die ich in der Hand hielt.«

»Also gibt's jetzt nicht mal Kaffee für mich?«

»Beruhige dich, ich habe wieder welchen gemacht, ich vergesse dich schon nicht.«

»Aber das ist ja einfach entsetzlich! Ausgerechnet jetzt, wo ich vorhatte, ihm meine Meinung ins Gesicht zu sagen! Er hätte was zu hören bekommen!«

Er schnaufte, als ob er sich mit jemandem geschlagen hätte.

»Endlich wieder atembare Luft in diesem Hause. Wenn du ihm nicht Tür und Tor geöffnet hättest, Raymonde, wenn du ihm nicht ...«

»Gar nichts habe ich. Ich habe nur getan, was dir recht war, Simon. Kein bißchen mehr.«

»Ausgerechnet auf mein Bett ...«

»Deiner Meinung nach hätte ich ihn wohl zu den Besen tun sollen? Als der Arzt kam, war es schon zu spät.

Ich habe seine Angehörigen benachrichtigt. Morgen früh schafft man ihn nach Hause. So, jetzt bist du im Bilde.«

»Und natürlich hat er zu uns kommen müssen, um zu sterben … Und ich, der ich vor Müdigkeit umsinke! Den ganzen Tag bin ich herumgerannt.«

Er wandte sich wieder seiner Frau zu. François vermochte nicht zu unterscheiden, ob sie allein waren; er fühlte sich wieder vom Schlaf übermannt; der hartnäkkige Schmerz in seinem Kopf hatte sich ebenfalls wieder eingestellt.

»Geliebt hast du ihn, gib zu, daß du ihn geliebt hast! Jetzt kannst du es mir ja sagen. Seit zehn Jahren stelle ich dir diese Frage. Antworte … Einerlei was, aber antworte!«

Er hatte seine Frau bei den Handgelenken gepackt und sie gezwungen, sich ihm zuzuwenden.

»Du sollst antworten! Ich werde wohl das Recht haben, es endlich zu wissen.«

Er gab ihre Gelenke wieder frei und rieb sich die Hände an seinem Rock.

»Ich weiß alles.«

Raymonde rührte sich nicht; sie wagte nicht, zu dem Sessel zurückzukehren, wo sie ihre Arbeit liegen gelassen hatte: ein armseliges Häubchen, das mit einem Kranz von Wachskügelchen besetzt war, die offenbar Blütenknospen darstellen sollten.

»Laß mich, Simon. Was hättest du schon davon, wenn du jetzt alles wüßtest. Laß mich meine Arbeit fertigmachen, nachher bleibt dir Zeit genug, mich zu quälen. Jetzt habe ich wirklich genug.«

»So, du hast genug? Wovon eigentlich? Und was soll ich erst sagen, der ich den ganzen Tag schuften muß, ohne eine Atempause? Erst die Versicherungspolicen an den Mann bringen und dann auch noch mit diesem Aperitif hausieren gehn, den kein Mensch mehr kennt! Zuerst redet man sich die Seele aus dem Leib, indem man den Leuten ihren Tod an die Wand malt, und dann geht man hin und schwätzt ihnen was von dem herrlichen Leben vor, zu dem der Alkohol einem verhilft. Paß auf, ich mach's dir gleich vor, wie ich ihnen meinen Kram anpreise. Das muß nämlich klappen, verstehst du, wenn man bei diesen Bauersleuten hereinspaziert kommt:

›Es ist der Tod, der jetzt an eure Tür pocht. Nicht aufschreien bitte, Ruhe bewahren! Ich bin da, um euch zu helfen. Ohne Gewissensbisse sollt ihr sterben, ohne Angst. Ich sorge dafür, daß eure Lieben nicht wie verlorene Vögelchen um ein verlassenes Nest umherflattern. Ich bringe Geld, Haufen von Geld. Jetzt kann der Dünger gekauft, das Brunnenseil repariert, der Tierarzt bezahlt, der Dachstuhl ausgebessert werden. Ihr sterbet, als ob nichts weiter dabei wäre. Eine kleine Unterschrift und ein paar Groschen Kleingeld einmal im Jahr, und ihr kriegt dafür einen Tod ohne Scherereien, einen Tod, auf den Verlaß ist, einen Tod, der gar kein Tod mehr ist – besonders wenn ihr katholisch seid.‹

Und beim Aperitif mach ich's dann so:

›Schönen guten Tag, die Herrschaften. Wer trinkt,

wird weitertrinken. Kleines Glas verscheucht Verdruß, großes Glas bringt Hochgenuß. Volle zwanzig Jahre trink ich's jetzt, mein Lebenselixier. Und das Resultat? Kerngesund, immer auf dem Damm, bei der Liebe nie 'ne Panne. Und warum? Weil mein Aperitif, Marke Vinorex, gewonnen aus den erlesensten Mittelmeergewächsen, nicht nur Auge und Gaumen erfreut – weil er eine wahre Lebensfreude ist! Vinorex, meine Damen und Herren, Vi-no-rex. Der Lieblingswein der Filmstars, der Pin-up-girls, der Opernsänger! Vinorex, der singende Wein!‹«

»Fertig mit deiner Zirkusnummer, Simon? Dann geh jetzt nach oben und leg dich schlafen.«

Simon wanderte erregt von einer Zimmerecke zur andern.

»Und du, Claire, wieviel Flaschen hast du heute gefüllt?«

»Keine einzige; ich hatte keine Zeit.«

»Keine Zeit! Aber ich, nicht wahr, ich soll mir Zeit nehmen, euch zu besuchen? Und von wem werde ich dann erwartet? Von unserm lieben, guten Hausfreund ...«

»Schweig endlich still!«

»Nicht nur verkaufen soll ich dieses Zeug, ich soll es auch obendrein noch selber herstellen, wie? Und wer soll deiner Meinung nach den Haushalt bestreiten?«

»Als ob du nicht wüßtest, wer ihn bestreitet! Du glaubst doch nicht, die Leute sind auf den Kopf gefallen und lassen sich solch ein Gesöff von dir andrehn?«

»Ich habe Etiketts bestellt. ›Vinorex, der Wein der Elite.‹ Zehntausend Stück.«

»Geh und hol mir lieber die Stickschere aus dem Schrank.«

»Aus dem Zimmer nebenan? Wo unser armer Freund liegt?«

»Schön, dann hole ich sie mir selber.«

Eine Tür knarrte, dann ein Schrank; François hörte das Zuklappen einer Schublade.

»Und kein Mensch vergießt eine Träne! Ich komme, und alles ist wie früher.«

»Jawohl, wie früher; deine Schwester kann dir das bestätigen.«

»Habt ihr denn kein Herz im Leibe, Marthe? Unser bester Freund ist zu uns sterben gekommen, und euch geht das gar nicht nahe! Ist für alles gesorgt worden?«

»Selbstverständlich, Simon.«

»Ich geh jetzt mal zur Leiche rüber und bete.«

»Woher kannst du überhaupt beten?«

»Bei Toten wird gebetet. Sag mir mal das Paternoster vor, damit ich mich erinnere. Man soll mich nicht für irgendsoeinen ungehobelten Klotz halten. Das Weihwasser! Was, es ist kein Weihwasser da? Dann hätte man zum Pfarrer gehn und Weihwasser kaufen sollen. Einfach gar nichts haben die in diesem ehrbaren Haus! Und die Buchszweige? Es muß Buchs her, frischer Buchs!«

»Der Tote hat alles, was er braucht, Simon.«

»Wie lange behalten wir ihn eigentlich hier?«

»Bis morgen. Dann wird er von Nachbarn abgeholt.«

»So seht ihr mir aus! Alles geschieht ohne mich! Man will beweisen, daß ich zu nichts nütze bin. Man wartet nicht erst ab, daß ich zurück bin, weil man seine Gründe hat, den Toten so schnell als möglich fortzuschaffen. Claire, es ist hoffentlich nicht zu viel verlangt, wenn ich dich darum ersuche, morgen zwanzig Flaschen Vinorex zu präparieren. Es handelt sich um eine Bestellung, jawohl, um eine Bestellung handelt es sich. Außerdem hast du ja ein fertiges Fäßchen. Unser Freund trank ihn ganz gern, den Vinorex.«

François bekam es nun allmählich satt, dies nächtliche Gekläffe. Gingen die denn nie schlafen? Es dauert wohl noch eine gute Weile, ehe der leichtfüßige Morgen dieses unmenschliche Haus aufsucht... Ich erinnere mich: wenn ich nachts aufwachte, konnte ich keinen Schlaf mehr finden. Rasch drehte ich das Licht an und wartete, daß die Tür sich auftat und jemand hereinkam, ein Unbekannter, ein verständnisinniges, amüsiertes Lächeln auf den Lippen und den Finger auf dem Mund. Ich hörte, wie meine Schwester im Schlaf heulte.

Ich war nicht mehr zu Hause, ich war in einem fremden, von Erwartung durchschauerten Bereich, wo alles, aber auch alles geschehen konnte. Mir sausten die Ohren, ich fing an, im Zimmer umherzuwandern. Unsere Katze kam daher, verschleierten Auges, und sprang auf meine Bettdecke. Ich stand da und glaubte ferne Stimmen zu hören. Ich hatte sie geweckt, ich wollte nicht der einzige sein, der wußte, daß alles ringsum erstorben war, daß meine Schwester jetzt mit dem Tode rang, daß Vater mit blutüberströmtem Kopf dalag und schlief, daß die alte, vor einem Jahr verstorbene Catherine jetzt wiederkommen würde, um mir ein auf Moos gebettetes, mit Eierschwämmen garniertes knuspriges Brathühnchen vorzusetzen ... War ich immer noch in unserem Hause? Aber warum lief ich dann nicht einfach davon und ließ mich am Ufer meines kleinen Weihers nieder, wo meine Besitztümer auf mich warteten: ein erloschenes Feuer, die amerikanischen Illustrierten, die ich meinem Freunde Renaud geklaut hatte, eine leere Spiritusflasche, ein Taschentuch mit Monogramm, ein alter Schuh? ... Allein fliehen und allein sterben? Immer alles alleine machen müssen – ich habe das satt. Oder mich in der Kirche verstecken und das ganze Dorf in Aufruhr versetzen, mit den Füßen im Weihwasserbecken herumplantschen, dem Pfarrer erzählen, daß ich Stimmen höre ... Freilich höre ich Stimmen, aber das sind keine Stimmen für Pfarrersohren. Könnte ich ihm denn jemals eingestehen, daß ich die Stimme des kleinen Männleins höre, das sich in einer der großen farbigen Flaschen des Apothekers versteckt hält? Oder die Stimme der jungen Pariserin, die sich damals im Hotel des Voyageurs das Leben nahm, mittags um zwölf, das Haar vollgesteckt mit Schildpattkämmen? Oder die Stimme von Mutter – aber Mutter muß ich es erst noch beibringen, wie sie zu mir sprechen soll. Einiges kann sie schon sagen, ›mein armer kleiner François‹ zum Beispiel. Eine Weile noch, und sie wird alles sagen können, was mir Freude bereitet.

Wir werden unsere eigene Sprache haben, außer uns wird niemand diese Sprache sprechen können. Der erste, der ›mein armer kleiner Junge‹ zu mir sagt, wird umgebracht, zu Brei zerstampft. Das wäre was, wenn Mutter jetzt an mein Bett käme und nie wieder fortginge! Das Gesicht, das Vater dazu machen würde! ›Jetzt ist die Reihe an dir, ihren Platz einzunehmen: stirb!‹ werde ich zu Vater sagen. Und Mutter und ich würden dann das Haus verlassen und eine Gegend aufsuchen, wo die Sandalen nicht gleich durchnäßt sind, wenn man über Wiesen wandert, eine Gegend, wo es wirklichen Staub gibt und gardinenlose Fenster, durch die man die Sonne zu Gesicht bekommt. Geh nicht fort, Mutter.

Eigentlich müßte ich einen Brief schreiben – aber an wen? Gibt es einen Menschen, dem ich jetzt schreiben könnte? Aber kann man denn immer so allein bleiben? Wie gemein von dir, Léon, mich in dieses Haus zu sperren, das du all seiner Freundlichkeit beraubt hast. Im Garten hast du alle Blumen aus den Beeten gerissen; als ich neue pflanzen wollte, hindertest du mich daran; und obendrein sprachst du mir auch noch das Recht ab, die Kinder so zu erziehen, wie ich es für richtig hielt. Zu ihrer Amme hast du sie geschickt, damit sie ausspannen, wie du das nennst. Und mich hast du in meinem Zimmer eingeriegelt, aus Angst, ich könnte sonst Dummheiten machen. Guter Gott! Gibt es überhaupt noch jemand, der sich meiner erinnert?

Germaine, Germaine, wer dich gesehn,
Der kann nicht, kann nicht widerstehn.
Du bist das schönste Mädchen,
Kriegst unsre Butterbrötchen.

Ich habe es nicht vergessen, dieses kleine Gedicht, das ich als Sechzehnjährige eines Tages unter meinem Kopfkissen fand. Die Namen von fünf Jungen, mit denen ich damals spielte und tanzte, standen darunter. Der, der mir am nächsten stand, hieß Stéphane – er hat inzwischen Geld gemacht, seine Frau trägt die größten Diamanten von Paris. Übrigens ist er der einzige, der noch lebt, der in Saus und Braus lebt …

Und ich – ich bin in die Ehe hineingerannt, wie man dem Meer entgegenrennt, unbesorgt, mit ausgestreckten Armen. Und jetzt hocke ich zwischen lauter Strandgut in meinem Zimmer.

Aber wem einen Brief schreiben und ihm alles erklären? Freundinnen habe ich nicht mehr, Léon hat sie mir alle vertrieben, indem er sie in sein Bett zu locken versuchte. Am Tage nach meiner Hochzeit hätte ich davonlaufen sollen.

Oh, diese Nacht, in der ich auf ihn wartete! Er kam erst am Morgen wieder – und verlangte sein Frühstück.

Ich weiß, wem ich schreibe. Meinen Kindern. Niemand kann mir verbieten, ihnen einen Brief zu schreiben, den sie eines Tages öffnen werden.

Meine Kinder, meine lieben Kleinen!

Ich bin es, Eure Mutter, die Euch dies schreibt. Ihr seid jetzt zwanzig Jahre alt – die lange, lange Zeit, die dieser Brief gebraucht hat, um Euch zu erreichen. Was immer man Euch von mir erzählt hat, Ihr sollt wissen, daß ich Eure Euch liebende Mutter geblieben bin. Vielleicht habt Ihr um mein Vorhandensein gar nicht gewußt, bevor Ihr dieses Kuvert geöffnet habt. Selbst nach meinem Tode hat man Euch wohl meiner Zärtlichkeit entrückt und mich Euch geschildert als irgendein Monstrum, als irgendein armes Weib, das nicht ganz richtig im Kopf war. Ihr durftet nicht auf den Gedanken kommen, daß Ihr eine Mutter gehabt habt, eine stille, mütterliche, schmerzensreiche Mutter. Jetzt seid Ihr zwanzig Jahre alt, und ich, ich bin gar nicht da, ich bin nur der Schatten, der Euch verdüstert, der Euch nicht lächeln läßt. Wie erlange ich Eure Vergebung dafür, daß ich so spät zu Euch komme, als ein vergilbter Brief, dessen Schriftzüge Euch unbekannt sind, als eine Fremde, die Euer Leben aus seiner Bahn zu reißen versucht? Aber was sollte ich tun? Um da zu sein, mußte ich den Augenblick wählen, wo *die andern* mich am wenigsten erwarteten; nur so konnte ich hoffen teilzuhaben an Eurer Liebe.

Glaubt mir, daß ich *wirklich* Eure Mutter gewesen bin; daß ich Euch mit meiner ganzen Zärtlichkeit umsorgt habe. Meine Küsse – Ihr habt sie gesucht; meine Arme – Ihr habt Euch gern in sie geschmiegt; mein verwüstetes Gesicht – Ihr habt es oft gestreichelt. Ich lebe in Euren Händen fort, die Wärme in ihnen ist meine eigene Wärme. Aber Euer Vater duldete es nicht, daß Eure Regungen nur mir galten, daß ich es war, die Eure Spiele leitete. Langsam und unerbittlich richtete er mich zugrunde. Kein Mittel, das er unversucht ließ, um mich Euch zu entfremden. Er, dessen Leben nichts als Verderbtheit und Lüge war, er umstellte mich, er schloß mich ein, er verurteilte mich, in meinem eigenen Hause wie eine Hergelaufene zu leben. Ich durfte nichts mehr anrühren; er beraubte mich meines Gartens, meiner Möbel, meiner Hoffnung; er ging so weit, mir meinen Schmuck zu entwenden und ihn unter seinen Mätressen zu verteilen. Die Polizei wußte genau, was da gespielt wurde. Unter dem Vorwand seiner schwachen Gesundheit jagte er alle meine Angehörigen aus dem Hause. Der einzige Besuch, den ich empfangen durfte, war eine stotternde, vor Schmutz starrende Frau, deren ich mich angenommen hatte.

Nein, ich darf jetzt nicht weiterschreiben, ich bin ja in diesem Augenblick noch am Leben. Von nichts will ich mich lossagen, nicht einmal von meinem Haß. Ich will weiterkämpfen, für Euch, damit dieser Brief nicht eine entsetzliche Bilanz meines Elends bleibt, eine unsinnige, kalte Protokollaufnahme. Ich muß meine letzten Kräfte zusammennehmen, ich darf mich nicht erdrücken lassen von diesem entsetzlichen Unglück. Ich kann mich ja auch geirrt haben. Vom ersten Tage an hätte ich meine Angst unterdrücken sollen, mich bereithalten sollen für später. Wer weiß, seine Kräfte sind vielleicht gar nicht so groß, seine Bosheit vielleicht nicht so unerschütterlich. Vielleicht hat die Berührung mit meinem Entsetzen sein Herz verhärtet, vielleicht kommt alles nur daher, daß er sich gegen meinen makellos sein wollenden Lebenswandel empörte.

So bleibt denn dieser Brief unbeendet. Ich wünsche nur, daß Euch beim Lesen dieser Zeilen eine Mutter vor Augen tritt, die Euren Vorstellungen entspricht: eine stolze, begeisterte Mutter, die vor keiner Qual zurückschreckt. Bis zuletzt sollt ihr den Glauben an eine solche Mutter bewahren. Ich enthalte Euch den Ausgang vor; ich entwende Euch den einzigen Schrei auf dem Grunde meiner Kehle; ich entziehe mich der Erregtheit Eures Gemüts. Ich will nicht unter Euren Blicken verenden wie ein Tier. Ich werde ihn weiterlieben, Euren Vater. Wer weiß, ob nicht gerade dies meine einzige Rettung ist: ihn unentwegt weiterzulieben.

François hatte die Augen geöffnet; sein Herz schlug ungestüm. Wer hatte ihn wachgerüttelt? Nebenan wurde unerbittlich weitergezankt, und François zitterte, als ob bei dem nicht enden wollenden Hader der Menschen im Nebenzimmer plötzlich sein eigenes Schicksal auf dem Spiel stünde.

»Claire, du kommst jetzt her und wirst geohrfeigt. Bin ich dein Vater, ja oder nein? Du wirst jetzt geohrfeigt, du verlogenes Luder!«

»Laß sie doch, Simon. Du siehst ja, daß sie gerade das

Brautkleid anhat, das ich um sieben bei Chateaus abliefern muß.«

»Du kommst sofort her, Claire, ich habe mit dir ein Wörtchen zu reden. Wer ist dein Geliebter? Antworte!« François hörte etwas wie ein leises Wimmern. Durch den Türspalt erblickte er Claire, die um den Tisch herumlief und ihrem Vater zu entkommen versuchte.

»Mit der Zeit kommt nämlich alles an den Tag. Sieh mal, was da für ein Brieflein ganz unschuldig unter meiner Post auf dem Büfett gelegen hat.«

»Es ist ein anonymer Brief, Simon.«

»Anonym oder nicht, es ist ein Brief über Claire. Übrigens ist er sogar unterschrieben; unleserlich, aber unterschrieben. Wo Rauch ist, muß auch Feuer sein. Claire, bist du schwanger, ja oder nein?«

»Laß die Kleine in Ruhe. Zwei Uhr morgens ist nicht die Stunde, um Streit anzufangen.«

»Der Wahrheit ist jede Stunde willkommen.«

»Hör zu, Simon, du kommst nur her, um Unordnung zu stiften.«

»So, Unordnung? Und der Tote da drüben, der stellt wohl die Ordnung dar, wie? Bei anständigen Leuten ist das wohl so Sitte, daß man in fremde Häuser geht, um sich seines Lebens zu entledigen?«

»Ich bitte dich! Ich muß diese Arbeit fertigmachen, und ich brauche Claire dazu. Ich habe sowieso nur noch ein paar gezählte Stunden. Nachher stehe ich dir zur Verfügung.«

»Nachher? Nachher fängst du neue Kleider an.

Nicht *ein* sauberes Winkelchen gibt es in diesem Haus, wo ich meine Sachen hintun kann. Man geht bei mir aus und ein wie in einem Taubenschlag. Vor meinem Spiegel werden die Kleider anprobiert, vor meinem Spiegel wird gestorben. Immer ist irgendein Weibsbild da, das an meinem Radio herumdreht oder splitternackt im Eßzimmer herumpromeniert: ich kann nicht mal über meinen eigenen Flur gehen, ich kann mich nie zu Hause fühlen. Erinnere dich bloß an die kleine Schlampe, die ich im Unterrock überraschte und die zu kreischen anfing, als wollte ich sie vergewaltigen.«

»Beruhige dich, Simon. Das ist das letzte Brautkleid, das ich nähe, vielleicht sogar überhaupt mein letztes Kleid.«

»Was sagst du? Das letzte Kleid, das du nähst?«

»Jawohl.«

»Und wovon sollen wir leben?«

»Dazu haben wir ja dich, Simon.«

»Großartige Idee! Und du schaffst dir inzwischen Toiletten an und treibst dich in den Warenhäusern herum ...«

François nahm die Schneiderin nur ungenau wahr, trotz ihres gegen die Lampe erhobenen Gesichts. Das Licht fraß die Runzeln, sog die Schatten um die Augen weg, verlieh ihrer Haut etwas Hauchartiges, Seidiges, Körperloses.

»Nein, Simon. Sondern ich werde endlich Zeit zum Glücklichsein haben.«

»Zum Glücklichsein? Gegenwärtig gehörst du also nicht zu den Glücklichen?«

»Nein. Aber in Kürze werde ich gezwungen sein, glücklich zu sein.«

»Gezwungen?«

»Allerdings. Weil ich mich dann bequem mit mir selber befassen kann.«

Sie verstummten; man hörte Simons keuchenden Atem; eine Wanduhr schlug, irgendwo gluckste Wasser in den Röhren.

»Ich verliere mein Augenlicht, Simon.«

»Was verlierst du?«

»Das Augenlicht.«

»Das Augenlicht verlierst du? Was ist das schon wieder für eine hirnverbrannte Idee von dir?«

»Ich erblinde einfach, Simon.«

»So mir nichts, dir nichts erblindet man nicht.«

»Seit zwanzig Jahren arbeite ich Tag und Nacht, ohne die Nadel aus der Hand zu legen, außer um das Essen zu bereiten. Ob du's glaubst oder nicht, ich bin noch nie aus dem Dorf herausgekommen.«

»Mit welchem Recht behauptest du eigentlich, daß du erblindest, Raymonde?«

»Der Arzt hat es mir gesagt.«

»Welcher Arzt? Doch nicht dieser Narrenhauskandidat?«

»Ein Augenarzt aus der Stadt. Ich bin gestern mit dem Bus hineingefahren. Ohne meine Zeit zu verlieren; gleich nach der Untersuchung war ich wieder da.«

»Den will ich mir mal vorknöpfen, diesen Nichtskönner von einem Augendoktor. Macht den Leuten diese Flausen vor, damit sie seine Fachkenntnisse bestaunen!«

Er fuhr sich mit seiner dicken, kurzfingrigen Hand über das Gesicht und begann seine Wangen zu kneten; er schien völlig ratlos zu sein.

»Du erblindest also, und niemand weiß etwas davon! Und ich bin der letzte, der es erfährt!«

Er wurde sanfter:

»Es wird schon nicht so schlimm sein.«

»Ich sage dir, ich erblinde, Simon.«

Mit ihrer dünnen, leidenschaftslosen Stimme verkündete sie ihm ein Unglück, dessen Tragweite er kaum zu ermessen vermochte; man sah es ihm an, daß er jetzt weder aus noch ein wußte.

»Ich erblinde, ich erblinde ... Leicht gesagt ... Das hast du davon, daß du nie eine Brille getragen hast ...«

Er mußte wohl plötzlich an die Augen seiner Frau denken, an ihr fortwährendes Geblendetwerden, an ihr Schutzsuchen hinter den zärtlichen, ängstlich zuckenden Lidern.

»Zeig sie mal, diese Augen.«

»Was nützt dir das schon, Simon?«

»Zeig sie trotzdem.«

»Was kannst du drin schon sehen ...«

Er nahm ihr Gesicht zwischen die Hände; die Frau schien überrascht von dieser Regung seines Mitgefühls.

»Deine Augen sind immer noch dieselben. Ihretwegen habe ich dich ja geheiratet. Zu dumm, wenn du sie jetzt verlieren müßtest.«

Er streichelte die Backenknochen. Unbeholfene, aber aufrichtige Geste, dachte François. Dürfte ihm nicht oft unterlaufen.

»Lieb von dir, Simon; aber laß mich jetzt, bitte.«

»Morgen bringe ich dich zu einem Spezialisten nach Paris; Kosten sind Nebensache.«

»Es ist zu spät, Simon, ich weiß Bescheid. Wenn du wüßtest, daß ich vor zwei Monaten schon einmal zwei Tage lang völlig blind gewesen bin und daß du's nicht mal gemerkt hast... Laß nur gut sein, wir werden uns trotzdem schon durchbeißen...«

Sie legte Nadel und Fingerhut auf den Tisch und rieb sich die Augen; offenbar empfand sie das als wohltuend. In dem plötzlich so kostbar gewordenen Licht wob etwas wie Beruhigung.

»Soll ich nicht die eine Lampe ausmachen?«

»Nein, danke.«

»Nicht nur den Toten nimmt Gott ihr Augenlicht.«

»Laß Gott nur da, wo er ist, Simon. Er ist nicht für uns da. Du bist nicht der Richtige, um von ihm zu sprechen. Das ist etwas für die Reichen.«

»Ich weiß, was ich sage. Gott läßt unsereins allein mit seinen Nöten fertig werden.«

»Wie soll er sich in uns auch wiedererkennen? Unsereins nimmt sich nicht gut aus in einer Kirche. Sieh dir doch mal unsere eigene Familie an, mit all diesen Leben, die man aus lauter Enden zusammenflickt wie ein Seil, das man trotz allem noch gern gebrauchen möchte. Nicht mal uns selber erkennen wir darin wieder.«

Von draußen kamen keine Geräusche mehr; der Wind hatte sich wohl gelegt. Raymonde war zu ihrer Arbeit zurückgekehrt; im Kreis ging sie jetzt um Claire herum, die immer noch das Brautkleid anhatte.

»Wann holt man ihn?«

»Ich habe es dir ja bereits gesagt: morgen. Übrigens habe ich ihn mit einem deiner Hemden bekleidet.«

»Was, mit einem meiner Hemden? Wo ich selber keins mehr habe! Sieht dir ähnlich! Und wie ich morgen die Wäsche wechseln soll, danach hast du dich wohl gar nicht gefragt? Statt dessen gehst du hin und putzt eine Leiche heraus, obwohl es bei der gar nicht mehr drauf ankommt, ob sie ein bißchen dreckig ist oder nicht ... Als ob du nicht wüßtest, daß ich anständig angezogen sein muß, wenn ich meine Kunden besuche ... Und was tust du? Du kleidest die Toten ein ... Und ich soll mir inzwischen die Beine ablaufen für eine mißtrauische Versicherungsgesellschaft und einen geschmacklosen Aperitif. Und unterdessen werden bei mir zu Hause die Sterbenden empfangen und gehätschelt. Man lädt sie zum Sterben ein.«

»Schweig, Simon.«

»Nein, ich werde nicht schweigen. Ich muß meinem Herzen endlich mal Luft machen. Komme ich denn überhaupt jemals dazu, mich um mich selber zu kümmern?«

»Keiner von uns kommt dazu. Ums Brot muß man

sich kümmern, um die Miete, ums Gas, um die Steuern. Und wenn dann der wirkliche Kummer kommt, unterscheidet er sich gar nicht mehr von dem, den einem der Mann verursacht, der eine Rechnung einkassieren kommt.«

»Und obendrein bescherst du mir jetzt auch noch dieses Blindwerden. Man könnte glauben, die Leute haben wirklich nichts Besseres zu tun, als die Augen zu schließen und den Mund zu halten. Aber ich werde den Mund schon aufmachen und sagen, daß wir's satt haben, immerfort von Nacht zu leben in der Nacht. Ich will spüren, wohin ich gehe.«

»Geh schlafen, Simon. Du hast den Schlaf jetzt nötiger als die Empörung. Oder aber geh und stirb für etwas.«

»Ist vielleicht unser Freund von nebenan für etwas gestorben? Ein aufsässiger, mysteriöser Gast war er – was wußten wir von ihm? Und vor allem du – was wußtest du denn von ihm?«

Simon war auf das Zimmer, in dem François ruhte, zugeschritten; auf der Schwelle blieb er stehen.

»Was machen Sie denn da? ... Raymonde, Claire, Marthe, kommt schnell her, da liegt einer und pennt!«

Die Frauen ließen sich nicht stören.

»Ihr hört doch, daß da jemand auf dem Sofa liegt!«

François war ganz verdutzt, stützte sich ein wenig auf, errötete; ihm war, als ertappe man ihn auf frischer Tat.

»Entschuldigen Sie, ich hatte mich verlaufen, und ...«

»Verlaufen wie der kleine Däumling, wie?«

François versuchte zu lächeln, aber Simon schien außer sich vor Entrüstung.

»Recht so, tun Sie sich bloß keinen Zwang an, fühlen Sie sich wie zu Hause. Ich kann ja unter freiem Himmel schlafen ...«

»Laß den jungen Mann in Frieden, Simon. Ich selbst habe ihm Unterkunft gewährt.«

»Obwohl du außer unserm armen Freund nie einen Menschen aufnehmen wolltest ...«

»Ich bitte dich! Du siehst ja, daß er völlig von Kräften ist. Morgen geht er wieder weiter.«

»Schön, lassen Sie sich also nicht stören, junger Mann. Angenehme Träume. Obwohl wir hier eher an Alpdrücken gewöhnt sind. Ich darf Sie immerhin darauf aufmerksam machen, daß Sie mir nicht mal guten Tag gesagt haben.«

»Guten Tag ... Ich bitte um Entschuldigung ... Ich hatte meine Kräfte überschätzt ...«

»Übrigens gehört das Zimmer da meinem ältesten Sohn. Sie werden sehen, wie Sie mit ihm fertig werden, wenn er zurückkommt.«

»Ich habe dich gebeten, ihn ausruhen zu lassen, Simon. Es sind jetzt zwei Jahre, daß Julien fort ist; er wird nicht ausgerechnet heute abend zurückkommen.«

»Bei solchen Gewaltnaturen kann man das nie wissen.«

Simon rieb sich die Hände, als wollte er François zu verstehen geben, daß ihn eine solche Situation durchaus kalt lassen würde.

François fühlte sich nicht eben wohl in seiner Haut. Er nahm ein Taschentuch und begann sich geräuschvoll zu schneuzen.

Er fühlte, wie ein tausendkralliges Fieber seinen Körper packte; an Wangen und Handgelenken war schon der Schweiß hervorgetreten. Sie war nichts Unbekanntes für ihn, diese heimtückische Glut, seit seiner Kindheit war sie dieselbe geblieben. Freilich, damals war sie ihm nicht selten eine treue Gefährtin gewesen, hatte sie sich gerne bereit gefunden, ihm an die Hand zu gehen, wenn es sich um seine Beziehungen zu seinem Vater handelte.

In der Armbeuge schlug eine ungestüme Ader. Er mochte sie gern, diese weiche blaue Linie, die sich ins Fleisch bettete und ein Zipfelchen Haut regelmäßig emporhob. Sein ganzes Leben hing an dieser kleinen Blase, die unter der Epidermis hervorwollte, um das Blut verströmen zu lassen, das sie enthielt. Wohlwollend, wenn auch nicht ohne jedes Angstgefühl betrachtete er den feinen, kostbaren Mechanismus, dessen Ruhelosigkeit ihn an ein in einem Drehkäfig umherrasendes Eichhörnchen erinnerte. Sie liebt Juliettes Nacken, diese kleine, vertraute Ader; sie schlägt unter ihrem Haar, sie übt dort ein unmerkliches, inbrünstiges Handwerk aus. Manchmal hat es den Anschein, als schliefe sie ein unter der glühenden Last ihrer Haare. Dann ziehe ich den Arm wieder hervor und versuche, ohne mir dessen recht bewußt zu sein, das unaufhörliche kaum merkliche Auf und Nieder unter der geröteten Haut wiederzufinden. Die kleine Ader setzt ihr rhythmisches Pulsen fort – diesmal ist's noch nicht soweit. Juliette kennt sie gar nicht, die Geschichte der kleinen Ader, die von dem feinen Schweiß, den die sanfte Last des Nackens hinterläßt, manchmal völlig außer sich gerät. Ich liebe diesen Nacken, ich liebe ihn seines säuerlichen Geschmacks wegen, ich liebe ihn, weil er sich wie eine Halskrause bläht, wenn der Kopf sich wendet oder sich senkt. Eigentlich stelle ich ungern solche Betrachtungen an; aber bei Vater war ich immer gehalten, nach Herz und Lungen hinzuhorchen. Dabei hasse ich es, mich so gebrechlich und schutzlos zu fühlen. Um zu leben, muß ich mich vergessen, muß ich mich von der abenteuerlichen Unrast der kleinen Ader fortwenden. Mit nach außen gewandten Blicken muß ich leben, fern von dem wackeligen Körper, mit dem man mich ausstattete, ohne sich bei mir wegen seiner mangelhaften Konstruktion und Handhabung zu entschuldigen.

Als Kind glaubte ich, daß eines Tages aus der kleinen Ader irgendwelche Männlein hervorgetaucht kommen würden, um mir zu dienen, daß niemand außer mir sie kennen würde und daß ihre ganze Tätigkeit darin bestehen würde, meine Wünsche zu erfüllen. Ich war zehn Jahre alt und immer krank, und sie sollten kommen und auf meinem Bett wunderbare Schauspiele aufführen. Einige von ihnen stellte ich mir so dünn vor, daß ich sie in den verborgenen Höhlen und Schlupflöchern meines Kissens unterbringen konnte; andere wieder sollten die Vorhut bilden, die ich dorthin vorausschickte, wo die größte Gefahr lauerte: zu Vaters Füßen, in Adriennes Locken, unter die Tische, in die Küchenschublade, wo die Messer aufbewahrt wurden.

Er fühlte sich plötzlich ergriffen. Warum kam ihm jetzt diese im entlegensten Winkel seiner Kindheit verlorene Erinnerung wieder in den Sinn? Es war das erstemal, daß er zu seiner ersten Einsamkeit, zu seiner ersten Verwunderung zurückkehrte. Welches Wunder legt mich jetzt auf das Bett meiner Kindheit zurück? Bin ich wirklich noch nicht erwachsen? Wieder dieses geschwätzige, mütterliche Fieber. Ich fürchtete immer, es könnte mich eines Tages wieder wie ein Blitzstrahl durchglühen – hier ist es nun. Wie gut wäre es doch, dich jetzt zur Tür hereinkommen zu sehen, Juliette, auf Zehenspitzen, dein Gesicht zu sehen, das Müdigkeit und Sorgen zu verscheuchen weiß, deinen schelmischen Blick, deinen Mund, der so hingegeben lachen kann. Sie stapft so gern barfuß über Parkettboden; es macht ihr Spaß, ihre winzigen weißen Füße unter dem Schlafrock hervorspazieren zu lassen. Und in ihrem Körper bleiben die Adern da, wo sie hingehören, treten sie nicht wie die meinen unter der Haut hervor. Als ich mich zum erstenmal in Gegenwart eines Mädchens auszog, schämte ich mich nicht wenig dieses allzu augenfälligen Venen- und Arteriengeflechts. Ich höre noch ihre Worte: »Bist du aber geädert, Junge! Der reine Marmor!«

Du kannst von Glück reden, daß der Mann kein Dieb ist.«

Nichts zu sagen! Links ein Lebender, rechts ein Toter – gut ausgewogen, das Haus. Beide Teller gleich belastet. Sieh mal an, vier Uhr schon! Welch eine Nacht!

Simon ließ Claire nicht aus den Augen. Langsam, ohne eine Spur von Eile, trank er jetzt eine Schale Kaffee. Fern, auf den Feldern, sang ein Vogel. Ein durchdringendes Pfeifen. François wäre jetzt gerne aufgestanden und zum Fenster gegangen, aber er fühlte, daß er dieser Anstrengung noch nicht gewachsen war. Der Vogelruf hielt an, zerriß die Nacht. Ein Hund schlug an, ein Hahn ließ ein heiseres, fanatisches Krähen vernehmen. Die Tiere protestierten; der Vogel hatte nicht das Recht, die Schläfer mit seinem Unglück zu behelligen.

»Claire, wer ist eigentlich dieser Jean, von dem in dem Brief da die Rede ist?«

François unterschied jetzt einen beträchtlichen Teil des Raumes, der halb als Küche, halb als Eßzimmer eingerichtet und mit schmalen Möbeln aus imitiertem Edelholz vollgestopft war. Der Vater lehnte am Kamin neben dem Küchenherd und rollte bedachtsam eine Zigarette; er tat es mit den präzisen, raschen Gesten eines Flötenspielers. Zärtlich häuften die plumpen Finger mit den eckigen Nägeln die Tabakflusen auf dem Papier. Als bedürfe es bei dieser so viel Kunstfertigkeit erfordernden Arbeit einer Begleitung, ließ er, wie zum Zeitvertreib, ein paar Worte fallen.

»Wird schon was Wahres dran sein, Claire … Der Tabaktopf hat offen zu bleiben, habe ich gesagt … Damit die Feuchtigkeit herein kann … Jaja, man kann halt nicht immerzu ungestraft die Anständige markieren … Komm mal her, Claire.«

Die Kleine tauchte jetzt wieder in François' Blickfeld auf; sie hatte immer noch das Brautkleid an; das Weiß schien etwas Kränkliches zu haben. Ihre Frisur hatte mittlerweile eine Veränderung erfahren: das rückwärts gestraffte Haar war jetzt zu einem Knoten aufgesteckt. Sie schien einem Photographen zu stehen – für die Aufnahme einer Hochzeit, die nie stattfinden sollte. Die Hände über dem Bauch gekreuzt stand sie ihrem Vater gegenüber.

»Habe ich etwa kein Recht, zu lieben? Euch schokkiert das offenbar, weil in diesem Hause die Liebe überflüssig zu sein scheint. Wenn man herkommt, so nur um zu sterben. Wenn es euch nicht paßt, so gehe ich eben. Mit Jean.«

Das schwere Kleid mit seinen regelmäßigen, schnurgeraden Falten kam ihr sicherlich gut zustatten in dem Kampf, den sie gegen einen Vater und eine Mutter zu führen bereit war, die nur bei außerordentlichen Anlässen miteinander sprachen. Den Tüllschleier hatte sie sich wie eine Reisende von damals um den Hals geschlungen; die Augen waren geschlossen; niemand brauchte zu sehen, welche Seelennöte daraus sprachen. Sie hatte sich hoch aufgerichtet, war sichtlich entschlossen, nur aus eigenem Willen zu reden oder zu schweigen, mit erhobenem Kopf, unbekümmert um die Armseligkeit des Dekors.

Und ich – habe ich auch so geliebt? So wie sie, meinem Vater zum Trotz? Habe ich stark genug geliebt, um einem andern Trotz zu bieten? Muß Liebe immer einen höchsten Gegner haben, dem sie eines Tages die Stirn bietet, auf die Gefahr hin, dabei zu sterben?

»Und wenn? Was ich zu verteidigen habe, werde ich bis zuletzt verteidigen, hört ihr? Ihr wollt, daß ich schweige, aber ich will nicht mehr schweigen. Ich lehne ab.«

»Was lehnst du ab?«

»Alles. Euch.«

Wieder schloß sie die Augen. Wer weiß, sie sah jetzt vielleicht nichts als einen flimmernden Farbfleck, der zerfloß und die zornentbrannten Gesichter der andern überströmte … Und vielleicht besaß auch sie einen alten Apfelbaum, an den sie jetzt denken konnte, der dem seinen glich, einen, der später als die andern blühte, der sich selbst seinen Himmel und seine Stunde aussuchte, nach eigenem Gutdünken.

»Laßt mich endlich den unteren Saum fertigmachen; die Hochzeit wartet nicht, euer Zank kann warten. Halt endlich still, Claire!«

Claire hatte den Kampf aufgenommen; undenkbar, daß sie sich jetzt in ein Winkelchen verkroch und den letzten Nadelstich abwartete, ehe sie wieder die Feindseligkeiten eröffnete.

»Ich kann nicht mehr! Und jetzt noch dieser Tote auf dem Bett! Wie ein Haufen Gemüse, das man auf den Tisch hinschmeißt, ehe man es zusammenbündelt!«

François empfand Zärtlichkeit und Mitgefühl. Er stand neben ihr, er war ihr Verbündeter. Aber was konnte er tun? Wie ihr begreiflich machen, daß er bereit war, ihr beizustehen, sich mitzuempören? Er versuchte sich umzudrehen, aber die jähe Bewegung ließ wieder das Feuer in seine Wangen steigen. Es war wie ein Lanzenstich in seine Hüfte; derselbe Schmerz seit Anbeginn der Welt; das ändert sich nicht. Wie ein Lanzenstich ins Herz, in den Kopf, ins Bein. Nie habe ich es einem Arzt zu erklären vermocht, wie sich mein Schmerz äußerte. »Herr Doktor, es ist, als ob …« Aber ich konnte den Satz nicht beenden. »Es sticht«, fügte ich hinzu. So war es einfacher. Der Schmerz verstummte, sobald ich ihn näher zu bestimmen versuchte. »Es ist, als ob …« Der Arzt übte Nachsicht: »Ich sehe.« Ein krankhaftes kleines Lächeln dankte ihm. »Es ist wie ein Messerstich« – endlich hatte ich das Wort gefunden, aber der Arzt war bereits fort. Und dabei weiß ich noch genau, wie es war, als Mutter im Sterben lag. Natürlich war es Mutter, ich bin sicher, daß sie es war, die ich damals sterben sah, ich kann das nicht einfach erfunden haben. »Es tut so weh«, wiederholte sie in einem fort. Und alle verstanden.

»Claire, das ist nicht wahr!«

»Doch, ich kriege ein Kind.«

»Von wem?«

»Von Jean.«

Die Mutter seufzte; sie hatte den Saum beendet, die Nadel stak in dem dicken Stoff des Nadelkissens; sie wagte nicht zu ihrer Tochter aufzublicken und blieb auf den Knien liegen. Simon wandte sich an seine in ihrem Sessel halb versunkene Schwester.

»Sag endlich etwas, Marthe, oder geh hinaus; du machst mich einfach rasend mit deinem Schweigen.«

Marthe erhob sich; das Licht blendete sie, ihre Lider zuckten; sie schien geschlummert zu haben.

»Ich wußte es«, brummte sie.

»Was wußtest du?«

»Das mit Claire.«

»Und warum hast du nichts gesagt?«

»Pah! Was bin ich denn hier? Wenn ich mich wirklich um alles kümmern sollte ...«

»Was heißt: um alles?«

»Um alles, was hier vorgeht, um alle diese höchst erbaulichen Geschichten hier ... Ich bin zwar alt, aber ich habe gute Augen.«

»Und was siehst du?«

Marthe hatte François' Zimmer betreten.

»Du sollst sagen, was du siehst!« brüllte Simon hinter ihr her.

François stellte sich schlafend, aber Marthe trat zu ihm an das Sofa; als er die Augen wieder öffnete, entdeckte er, daß sie trotz ihrer fadendünnen Lippen und ihres an den Schläfen plattgedrückten, stark angegrauten Haares verhältnismäßig jung war.

»Und Sie – was sagen Sie denn dazu?«

»Entschuldigen Sie, Madame ...«

»Mademoiselle, wenn Sie nichts dagegen haben. Ich bin die jüngere. Ich habe die Tür offengelassen, damit Ihnen nichts entgeht. Ich weiß übrigens, was jetzt kommt, ich habe es nämlich schon seit langem kommen sehen. Wenn's in einer Familie mal losgeht, hört es nämlich nicht wieder auf. Und dabei ist das bei weitem noch nicht alles. Die Dame, die Sie da immerzu über ihre Arbeit gebeugt sehen, die Dame mit diesem strengen Gesicht und dem fahlen Haar, die sich ihre Schwermütigkeit wie ein Medaillon um den Hals gehängt hat, die ihre Bestellungen immer pünktlich bezahlt, die nie lacht, diese Dame hat einen Geliebten gehabt. Er liegt jetzt im Zimmer gegenüber, das Gegenstück zu Ihnen, noch einsamer als mit ihr. Ein netter Herr übrigens, der Hahn im Dorf, der Don Juan der Ortsfeste.«

François hatte sich aufgerichtet; er spürte den lauen Atem der Frau, die ihm, dem Fremden, jetzt halblaut und mit sichtlichem Genuß ihre entsetzlichen Enthüllungen machte. Der Busen unter ihrer Bluse zeugte nicht eben von Lebensfeindlichkeit; ihr Rock war schmal, ebenso auch ihre Hüften; der Geruch, den ihr Körper ausströmte, war wie der einer Pflanze, die zu lange im Wasser gestanden hat. Dabei war ihr Gesicht das Gesicht eines Kindes, die Haut war glatt, rosig und zart, der Blick offen und ohne jede Arroganz. Ihr Haarknoten wurde von einem jener aus Tierhaar gefertigten Netze festgehalten, die man häufig auf Dorfmärkten ausliegen sieht.

»Was hier vorgeht, geht mich nichts an, Mademoiselle.«

»Doch, es geht Sie schon etwas an. Vielleicht sind Sie von Gott geschickt worden, um Zeuge zu sein. Wir können dieses Leben nicht für uns alleine behalten. Es kommt ein Augenblick, da alles aufplatzen muß, da ein Mensch zum Zeugen unserer Niedertracht wird, ob wir es wollen oder nicht. Daß Sie jetzt bei uns sind, ist ein Gotteswunder.«

François fühlte sich unbehaglich.

»Ich danke Ihnen für Ihre Gastfreundschaft. Ich werde jetzt wieder aufbrechen können.«

»Nicht bevor Sie alles erfahren haben. Die Zeit tut hier nichts zur Sache, diese Sache liegt jetzt in Gottes Händen, durch Sie.«

»Wieso durch mich?«

»Jawohl, durch Sie, und das ist gut so.«

»Aber das geht mich ja gar nichts an, Mademoiselle!«

Auf den Ellbogen gestützt, blickte er zornig in das trostlose Altjungferngesicht.

»Lassen Sie mich jetzt nicht im Stich. Ich brauche Sie, Sie müssen einwilligen, alles mit anzusehen. Es genügt, wenn ein einziger weiß, aber er muß auch wirklich wissen.«

Sie schwieg; François legte den Kopf auf das Kissen zurück, als wollte er ihr zu verstehen geben, daß die Unterhaltung nun beendet sei.

»Und außerdem sind Sie jung – auch das ist gut. Sie werden sich nicht beeinflussen lassen. Ich wiederhole es Ihnen: Raymonde hat einen Geliebten gehabt, und dieser Geliebte liegt jetzt da drüben. Gehen Sie doch mal durch die stille Stube, die Sie vor sich haben, gehen Sie um den Tisch herum, vergessen Sie dabei jedoch nicht, angesichts der Arbeit, die hier täglich geleistet wird, in Verzückung zu geraten, rücken Sie den Familiensessel zur Seite, in dem die Ermatteten ausruhen, und öffnen Sie dann die Tür.«

Ihre Vertraulichkeit, ihre perlende, über die Lippen sprudelnde Stimme – all das widerte ihn an.

»Ich sage Ihnen ja, daß ich nichts zu erfahren wünsche.«

»Sie sind jetzt hier, infolgedessen gehören Sie zur Familie. Im übrigen gehören wir alle zur selben Familie; Sie können den Dingen, die ich Ihnen jetzt sage, nicht einfach aus dem Wege gehen; Sie müssen sie auf sich nehmen, wie wir, in derselben Eigenschaft.«

»Ich bin sehr müde, Mademoiselle. Würden Sie mir erlauben, ein wenig zu schlafen?«

»Schlafen? Wozu sind Sie dann überhaupt hier hereingekommen? Ich will Ihnen sagen, warum. Entweder Sie führen etwas im Schilde, oder aber Sie haben aus irgendwelchen nicht erkennbaren Gründen hier Zuflucht gesucht. Stimmt das?«

»Nein.«

Wieder brannte das Fieber auf seinen Wangen. Er fühlte einen Schmerz in der Brust, wie wenn diese plötzlich in der Mitte auseinandergeklafft wäre. Sie soll mich in Ruhe lassen!

»Sie müssen mir schon glauben, was ich Ihnen sage. Sie sind hier nicht zufällig vorbeigekommen; Sie wurden erwartet.«

»Erwartet? Von wem denn?«

»Von mir. Ich erwartete jemand. Ein Geheimnis kann man nicht ein Leben lang für sich behalten, als einzigen Lebenszweck sozusagen; man kann nicht immerfort die Zähne zusammenbeißen, damit das Geständnis nicht entschlüpft.«

François seufzte.

»Sie halten mich wohl für eine Verrückte«, begann sie wieder. »Aber es ist das Geheimnis, das an uns so zehrt. Und dank dem Geheimnis existieren wir auch; wir sind zu seinen Schmarotzern geworden. Meine Schwägerin hat einen Geliebten gehabt, Claire hat einen Geliebten gehabt, und ich, ich habe ebenfalls einen gehabt – in meiner Vorstellung. Mein Bruder hat eine tyrannische Mätresse: seine Faulheit. Er schläft mit ihr, er sitzt mit ihr bei Tisch, er führt sie spazieren. Eine Faulheit, wie man ihresgleichen noch nicht gesehen hat, eine wohlgenährte Faulheit, von üppigen Formen. Alle hat es uns angesteckt, das Geheimnis: das Dorf, das Land, die Welt. Unverborgen, sichtbar ist nur der Geliebte meiner Schwester: ein Toter auf seinem Bett, gestorben für alle andern!«

»Auf welche Weise gestorben?«

»Das bedarf noch der Klärung; ein neues Geheimnis

ertrage ich nicht mehr; so weit geht meine Aufopferung nicht.«

Marthe lachte auf, ihre Eröffnungen schienen ihr Genugtuung zu verschaffen.

»Für heute genügt das. Ich bin beichten gewesen und habe dem Pfarrer alles gesagt. Geheimnisse leben nicht, wenn man sie begräbt; sie brauchen unsere Wärme, unsern Hunger, um sich ihre Lebenstüchtigkeit zu erhalten. Der Herr von nebenan hat meiner Nichte den Hof gemacht, mir selber, sämtlichen Frauen in Dorf und Umgebung. Aber so richtig in die Klauen hat er nur eine bekommen: Raymonde. Aber es war, wie wenn ein Balken in einen Sumpf fällt: der Herr bekam dabei einen Schrecken weg, den er sein Lebtag nicht mehr los wurde. Raymonde ist nämlich hart wie ein Stein; durch und durch verhärtet. Sie wissen übrigens noch gar nicht, daß es dieser Herr war, der unsere Kleider abliefern ging; das verschaffte ihm nämlich Zutritt bei all den Frauen, deren Ehe nicht eben mit Glück überschüttet wurde.«

»Ja und?«

Claire hatte die beiden Worte ihrem Vater wie eine Herausforderung ins Gesicht geschleudert.

»Ich komme gleich wieder«, flüsterte Marthe. »Jetzt gibt's nämlich Dunst. Und Sie sagen mir, welches Ihr Geheimnis ist. Und alles wird wieder wunderbar sein, noch wunderbarer als zuvor.«

Marthe hatte die Tür angelweit aufgestoßen; sie ging auf Zehenspitzen; sich noch einmal umwendend, winkte sie ihm verständnisinnig zu; François begriff nicht, was sie meinte.

Claire – welcher Art mochte ihr Kummer wohl sein? In diesem Augenblick hat sie bereits eine andere Welt betreten, eine Welt der Unschuld, die Welt des vom Zorn geblendeten und von seinem Herzen zur Verzweiflung gebrachten Kindes, eine Welt, in der es keine Gewissensbisse gab, eine Welt, die man wie Sand unter seinen Füßen knirschen hört und die von der Höhenluft, die sie umweht, in den Stand ihrer ersten großen Verheißung zurückversetzt wird. Claire reckte sich empor, zu ihrer vollen Höhe; ohne Verborgenheiten, bar aller Zärtlichkeit stand sie da, aufrecht und gerade in ihrer Heftigkeit und Entrüstung. Mit allen nahm sie es auf: mit ihrem Vater, mit dieser Nacht, mit diesem Morgen, der bald mit dem ersten Wind heraufkommen würde.

»Ja und?«

»Wieso ja und? Du wirst die Freundlichkeit haben, höflich zu sein, Claire!«

Raymonde hatte zu nähen aufgehört; unbeteiligt, mit den Augen eines Gaffers, der sich nicht einzumischen gedenkt, verfolgte sie das Gezänk; in der Hand hielt sie noch eine Schere; offenbar konnte sie ohne einen vertrauten, nützlichen Gegenstand in der Hand nicht auskommen.

»Nur Mutter kann mich verstehn.«

»Ich? Aber ich verstehe ja überhaupt nichts mehr, meine arme Claire!«

»Mutter!«

Claire warf sich ihr in die Arme.

»Rette mich!«

»Wovor denn?«

»Rette mich, Mutter.«

François hatte sich wieder aufgestützt; in der Wand tat sich jetzt eine kleine Tür auf; sie war mit derselben Tapete überzogen wie die Wand. Ein kleiner Junge blickte ihn an. François erkannte ihn: es war derselbe, der im Flur die ersten Worte an ihn gerichtet hatte. Er war im Nachthemd, die Füße steckten in abgetragenen schwarzen Sandalen.

»Haben Sie nicht zufällig ein Buch gesehen? Es muß auf dem Sofa oder auf dem Kissen gelegen haben. Mit einem Bild auf dem Umschlag. ›Die Samurai von der Purpurnen Sonne‹ heißt es.«

François griff unter das Kopfkissen, fand jedoch nichts. »Es kann sich zwischen Sofa und Wand geklemmt haben.«

Auch hier kam nichts zum Vorschein. Der Junge wurde ärgerlich, schnalzte enttäuscht mit der Zunge.

»Bleib lieber nicht hier, Kleiner.«

»Warum denn nicht?«

François zögerte, äugte nach der Szene hin, die sich im Nachbarzimmer abspielte; Claire war vor ihrer Mutter auf die Knie gesunken; er sah die Hand der Schneiderin, die hilflos am Hals der Tochter herabhing – eine ratlose, groteske Hand.

»Ich möchte schlafen.«

»Ich nicht.«

»Und weshalb nicht?«

»Tante Marthe schläft in demselben Bett wie ich; sie hat immer Alpdrücken, ihre Lippen machen immer so ein Geräusch, wie wenn sie einen hohlen Zahn hätte. Und außerdem kratzt sie sich dauernd; es juckt sie nämlich, besonders an den Armen. Ihr Leben juckt sie so, sagt sie. Was haben Sie eigentlich in Ihren Taschen?«

Lächelnd kramte François den Inhalt seiner Taschen hervor: Briefe, zwei Zigaretten, eine Gebrauchsanweisung für Hustenbonbons.

»Haben Sie denn keine Gegenstände?«

»Wieso Gegenstände?«

»Ich meine Sachen, wirkliche Sachen, wie ich. Ich habe einen Federkreisel, einen Holzlöffel zum Eisessen, eine Kinokarte. Und du – hast du auch so einen Schatz?«

»Nein.«

Der Junge machte ein betrübtes Gesicht. Seine Augen waren hell, offenherzig, von einem Blau, das durch die schwarzen Wimpern noch stärker betont wurde.

»Wenn du willst, schenke ich dir, was ich in der Tasche habe.«

François bedankte sich.

»Dann gehe ich jetzt; du kannst inzwischen weiterhorchen.«

Der Junge entfernte sich mit kleinen, gravitätischen Schritten, kam aber plötzlich wieder an das Sofa zurück; er schien verlegen.

»Du siehst dem Verstorbenen ähnlich. Du lachst nicht.«

»Du ja auch nicht, Söhnchen.«

»Und außerdem hältst du den Mund auch so offen.«

»Um dich besser fressen zu können.«

Der Junge lachte auf.

»Wie heißt du denn?«

»Paul. Morgen habe ich Namenstag, aber die vergessen das bestimmt. Erinnere sie daran, daß ich morgen Namenstag habe.«

François nickte; er hielt den Jungen am Arm zurück.

»Sag mal, weißt du eigentlich, wer dieser Herr da drüben ist?«

»Klar. Er kommt jeden Abend, seit langem schon. Ich mag ihn nicht, er riecht nach Löchern.«

»Wieso nach Löchern?«

»Du wirst schon wissen, was ein Loch ist: das riecht immer so.«

»Ein Vetter von dir, nehme ich an? Oder ein Onkel?«

»Ein Vetter wie Jean?«

»Ich weiß nicht, was du damit sagen willst.«

»Ich auch nicht.«

»Wie alt bist du?«

»Zehn.«

François hätte noch gerne weitergefragt, aber das gleichmütige Gesicht des Jungen bewegte ihn zu sehr. Es gab wohl nichts, das diesen furchtlosen Blick zu berühren, den scharf gezeichneten Umriß der Pupillen zu trüben vermocht hätte – kein Familienzwist brachte das zuwege. Dieser Junge – bis an den Hals stand er im Leben, gewappnet bereits gegen das Schweigen, gegen den verweigerten Kuß, gegen die Erwachsenen; auf alles hatte er eine Antwort oder ein Schweigen bereit; er war die Schlagfertigkeit selbst, seine kleinen Füße standen auf festem Boden.

»Bist du glücklich?«

Paul sah ihn erstaunt an. Was für eine unsinnige Frage! François mußte sich ärgern, daß er wie ein Erwachsener gesprochen hatte.

»Weißt du, daß du eine nette Mutter hast?«

»Weiß ich.«

Der Junge ließ ihn wieder allein, und François fühlte sich in dem merkwürdigen Hause noch einsamer als bisher. Es herrschte Schweigen – vielleicht hatte er jetzt Frieden bis morgen früh. Er schloß die Augen, spürte ein leichtes Brennen auf den Lidern. War es der Schlaf, dessen heimliche Feuer seine Augen berührten? Unter der kleinen Tapetentür, die Paul hinter sich wieder geschlossen hatte, schimmerte ein Lichtstrahl hervor. Wenn ich eines Tages einen Sohn habe – und ich werde gewiß einen haben –, so wird das die beste Antwort sein, die ich Vater gebe – und dieser Nacht, die sich vor dem Hause meiner Kindheit aufgepflanzt hat. Juliette wünscht sich ebenfalls ein Kind, wahrscheinlich hat sie von meinen eigenen Kindereien allmählich genug. Für sie zähle ich nicht zu den Erwachsenen. Man kann ja auch nicht ewig das Liebespaar am Fenster bleiben; man beginnt seine Manien zu haben; sie zum Beispiel erträgt es nicht, daß ich immer in Socken herumlaufe und mich nicht gleich nach dem Aufwachen rasiere. Was sie selbst betrifft, so hat sie die furchtbare Manie, das soeben Eingekaufte in die Läden zurückzutragen: »Bei näherer Überlegung…« Am liebsten jedoch überläßt sie das mir, weil ich eine besondere Begabung dafür habe, die ursprüngliche Verpackung wiederherzustellen und den Bindfaden auf- und zuzuknoten. Wenn sie wüßte, daß ich es vorzog, die Puderdose, das Hauptobjekt ihrer Kauflust, lieber in die Seine zu werfen, als sie zum Taschner zurückzutragen und sie gegen die andere umzutauschen, die auf einem Stück granatfarbenem Samt in der Auslage prunkte… Man habe sie mir im Gedränge der Untergrundbahn gestohlen, erzählte ich ihr. Außerdem hat sie auch noch eine Vorliebe dafür, bei der Zeitungsverkäuferin verschiedene Magazine zu erstehen und sie ihr nach einem Blick auf die Bilder wieder zurückzugeben. »Wir kaufen ihr ja Zeitungen genug ab«, heißt es dann. Man kennt sie, ich kenne sie. Mit den Blumen hat sie ebenfalls ihre Schrullen. Täglich wird das Wasser gewechselt und ein Stück Zucker hineingetan, weil das die Nährkraft steigern soll und die Blumen davon schönere Farben bekommen. Dauernd werden die Stengel beschnitten und die knitternden Blüten und Blätter entfernt: der Strauß macht Toilette. »Schämst du dich nicht«, sage ich, »es gibt ernstere Dinge auf der Welt, an die man denken sollte; du brauchst nur die Zeitungen zu lesen.« »Seit es dich gibt«, antwortet sie, »habe ich keine Lust dazu. Du bist nicht einer von denen, mit denen man an den Krieg denkt, die Pläne der Regierung diskutiert oder diesen endlosen Krieg in Indochina.« »Wenn wir verheiratet sind ...«, flüstere ich – aber das bringt sie in Harnisch. »Äußerst fragil, was wir tun, Juliette«, füge ich hinzu. Sie braucht ein Kind wie mich. Vater bekommt es nur auf Photographien zu sehen; ich will nicht, daß mein Kind sich ihm nähert. Mit mir geht meine Familie zu Ende, bei mir fängt sie an. Kommt das Kind, lichte ich den Anker. Und dann – Gott befohlen, Vater. Und ade, ihr silbernen Löffelchen, ihr alten Truhen mit eurem Leinenzeug und euren altmodischen Stickereien, ade, mein Gestern: du sollst nichts mehr zu tun haben mit meinem Heute.

Mein Rendezvous mit Fernand? Ich werde nicht hingehen. Übrigens – da liegen sie ja, die Briefe, die er mir schrieb, als ich ihm mitteilte, ich sei schwanger... Weinerliche, behutsame, Vernunft predigende Briefe – mit lauter selbsterfundenen Namen darunter. Nur seine lieben Bilder vermochte der Herr wirklich zu signieren. Was ich ihm für diese Bilder nicht habe sitzen müssen, mit und ohne Hülle! Ich möchte bloß wissen, was er mit seinem grausamen Pinsel in meinem Gesicht zu erforschen hoffte. Und dabei war das damals seine große Zeit, seine Blaue Periode sozusagen. Mit tausend Schatten und Dunkelheiten umgab er mich – so eine dicke, zerbröckelnde Farbmasse, die er mit dem Messer auftrug... Was schrieb er nur in dem Brief da? »Du mußt auf dein Kind verzichten, sonst zwingst du mich, meine Malerei aufzugeben. Künstler dürfen mit dem Leben keine Kompromisse eingehen; sie müssen ihrem Abenteuer treu bleiben, bis zuletzt. Wenn ich je ein Kind habe, so nur meine Kunst.« Und was hat er aus ihr gemacht, aus seiner Kunst? An sämtlichen Bettlaken, auf denen er sich mit seinen bereitwilligen kleinen Freundinnen zusammenfindet, wischt er seine Pinsel ab. Außer Mutter kauft niemand ihm ein Bild ab. Und Mutter tut es einzig aus Angst vor seinem Zynismus. Und weil sie sich vor seinen zweideutigen Gesten fürchtet … und vor dem mächtigen Bart, unter dem er sein verweichlichtes Kinn verbirgt. Welch eine Erleichterung für diese edle Künstlerseele, als das Kleine dann starb. Es hatte ein Herz mitbekommen, mit dem es nicht zu leben vermochte, eine getreuliche Nachbildung des väterlichen: ein unmögliches, lebloses Herz. Und dieser andere Brief da … »Ich kam leider nicht mehr dazu, Dich von meiner Abreise nach Italien zu verständigen. Ich bin dort verabredet. Mit Giotto und Cimabue. In unserem kleinen Restaurant, bei Madame Amour, machte ich die Bekanntschaft einer Gruppe von Amerikanern, die mich als Reiseführer engagierten. Übrigens brauchst Du im Restaurant nicht zu erwähnen, daß ich dort noch Geld schulde. Meine Bilder bleiben Dir anvertraut – aber hast Du auch Vertrauen zu ihnen?«

Erst inmitten seiner Bilder begriff ich, wer er war. Die Bilder logen nicht. Welch eine Enthüllung, als ich mich selbst auf einer seiner Skizzen entdeckte! Er hatte sich offenbar von irgendwelchen Höhlenzeichnungen inspirieren lassen: in groben Strichen hatte er meinen Bauch gezeichnet und darin, als Wasserzeichen, das Kind. Beim Verlassen seines Ateliers, das auf einen Garten mit trübseligen Schwertlilien hinausging, wurde ich von der Portiersfrau angehalten. Sie hatte einen Brief für mich. Beim Überreichen benahm sie sich jedoch so ungeschickt, daß ich den Stoß Briefe bemerkte, von dem er stammte. Ich begriff: im voraus hatte er mir alle diese Briefe geschrieben und der Portiersfrau, die er entsprechend geschmiert hatte, aufgetragen, mich täglich mit einer dieser Episteln zu verköstigen.

Das war so seine Art zu lieben – leider die falsche.

Mein armer François, frage dich nie, wen du liebst. Und dabei weiß ich, daß es für uns kein Glück gibt, wenn wir nicht zusammenbleiben. Wenn der Widerschein einer toten Vergangenheit uns auch hin und wieder diesen Knoten im Hals fühlen läßt, diesen kleinen Stich in unserem Herzen …

Wenn wir uns nur nie so sehr aneinander gewöhnen, daß wir über einander zu grübeln beginnen, statt uns ineinander zu spiegeln, wie der Baum am Ufer sich im Wasser spiegelt … Unsere Liebe, François: sie zehrt von ihrem eigenen Vorrat.

Simon hatte endlich seine etwas weich geratene Zigarette angezündet; er schwieg, bereitete sich vor; seine Lippen zuckten unmerklich, als wiederholten sie noch einmal, was sie im nächsten Augenblick auszusprechen gedachten. Das Gesicht hatte etwas Indezentes: es war zu dick, zu breit und zu rot; dabei untersagte es sich deutlich jede Art von Gefühlsregung; ein Gesicht, das verschlossen blieb, nach innen wie nach außen.

Es war also soweit. Die Szene, die sich jetzt zusammenbraute: ihn, François, drückte sie schon jetzt zu Boden. Wie reißende Tiere, denen jeder Hunger recht ist, werden sie drüben übereinander herfallen.

Um zu leben, verlangt es sie nach Tod. Wie sie einander in ihre Daseinsenge getrieben haben, so wollen sie einander nun auch in den Tod drängen; sie glauben nicht mehr an das Engelsgesicht, darum morden sie es jetzt. Mögen sie nur sterben, mögen sie nie zu sterben aufhören. Mögen sie noch als Tote weitersterben!

Blut fließt hier nicht: das ist längst besorgt. Simon wird dicht an den Todeskampf der Seinen herankommen, er wird ihn hervorrufen, ihn nennen. Oft habe ich mich danach gesehnt, im Angesicht meines Vaters vor die Wahl gestellt zu werden. Leicht wurde ich von diesem Gesicht zum Tode hingeführt, ja hingedrängt. Was ich wollte, war die restlose Empörung, der Nahkampf. Aber gleich jenen unersättlichen Wiesen, die, wenn der herabgerufene Regen sie vollends durchtränkt hat, dies mit dem Verlust des kostbarsten Teils ihrer Herde bezahlen, ihre Farbe verlieren, nach Morast zu riechen beginnen und schließlich wie eine einzige grünliche Breimasse aussehen, wurde ich durch den wie der Heiland herbeigesehnten Zorn nur noch verwundbarer, anders, als ich es mir erhofft hatte; auch ich entfärbte mich, und alles mied mich nun; die Wut, die mich gepackt hatte, erwies sich als zu groß, ich konnte mit ihr nichts anfangen. Und so lebte ich neben Vater in der fortwährenden Angst davor, das Erlittene beim Namen zu nennen, seiner Ungewöhnlichkeit Gestalt zu verleihen.

»Du wirst mir jetzt das Wort darauf geben, daß du diesen Halunken niemals wiedersiehst.«

»Lassen wir sie doch, Simon. Legt euch alle schlafen. Morgen ist auch ein Tag.«

»Claire, du schwörst mir das, auf der Stelle! Ja, richtig … Bring mal das Meßbuch herein, damit sie darauf schwört.« François mußte lächeln. Simon hatte die Unverfrorenheit, das Mädchen einen Schwur ablegen zu lassen, als wäre sie der Präsident der Vereinigten Staaten. Ich entsinne mich, wie ich eines Tages gelogen hatte und Vater mich darauf zwang, einem Bauern, dessen Felder an die unsern grenzten, bei seiner Arbeit zu helfen. Der Mann hieß Jerôme. Aber diese Tage sollten meine schönsten sein; die Strafe verwandelte sich in das herrlichste Geschenk. Endlich kam ich von Vater los.

Ich ging also mit Jerôme. In aller Herrgottsfrühe, ohne uns weiter darum zu kümmern, wie spät es war, begannen wir mit dem Pflügen. Ich schritt neben dem Pferd einher, hielt es am Zaum; Jerôme blieb hinten, mit der ganzen Last seines Körpers auf den Pflug gestützt, damit die Furche gerade verlief, so, wie die nächste Aussaat es erforderte. Ich ging so dicht neben dem Pferd, daß ich mich an seinen herrlichen Flanken scheuerte, die ein Zucken überlief, wenn ich sie berührte. Wie hieß es nur, dieses Pferd? So weit liegt das ja gar nicht zurück, daß ich's nicht mehr wüßte ... Richtig, es hieß Simon – wie der Mann der Schneiderin. Komisch, derselbe Vornamen. Ich sprach zu Simon, und Simon hörte mir zu. Zunächst beklagte ich mich natürlich über Vater, erzählte von den harten Strafen, die er mir auferlegte, von den Prügeln, die ich erhielt, und Simon schüttelte den Kopf. Wie ein Geigenkasten sah er aus, dieser Kopf; manchmal floß sein Speichel auf meinen Pullover. Ich liebte seinen Schritt, der sicherer war als der meine; ich versuchte es ihm gleichzutun, aber ich geriet dabei ins Straucheln; die Scholle gab nur der Berührung seiner Hufe nach. Er hatte ein riesiges Auge, rund wie ein Trinkglas und immer bis an den Rand mit Sonne oder Fieber gefüllt. Nie habe ich einen besseren Kameraden gehabt als dieses Pferd. Seine Kraft ließ Simon sich gar nicht anmerken; wenn er den Pflug zog, war es, als ginge er mit mir spazieren. Eines Tages berührten seine feuchtkalten Nüstern meine Schulter: eine riesige dunkle Masse stützte sich auf mich – ich hatte Angst.

Aber solche Vertraulichkeiten waren selten. Für gewöhnlich sah er mich aus den Winkeln seiner heiter-zärtlichen Augen an. Kaum etwas, das ich ihm nicht gesagt hätte; er erfuhr mehr als mein Beichtiger. Während ich ihm in einfachen Worten meine Lage auseinandersetzte, lauschte er und wackelte dabei mit den Ohren; die Haare seiner Mähne waren feucht an den Wurzeln. Er weiß alles über mich; wenn ich jemals durchsichtig und ohne Dunkelheiten war, so neben ihm, neben seiner gesunden, dampfenden Haut. Der Bauer hinter uns ahnte nicht, was vorging. Unter seinem erdfarbenen Filzhut lugte ein verschmitztes Gesicht hervor. Was ihn betrifft, so hielt er wohl Zwiesprache mit dem Erdreich, den Schollen, den Maulwurfsgrillen, träumte er wohl von der ersten Saat. Hin und wieder räumten wir die Steine aus dem Wege und stapelten sie zu kleinen Haufen. Jerôme wollte eine saubere, aufgeräumte Erde: er richtete seine Furche her, wie seine Frau unterdessen die Wiege für das nächste Kind zurechtmachte. Ein schief emporkeimendes, von irgendeinem spitzen Stein in seinem Wachstum behindertes Saatkorn – er hätte das nicht ertragen. Eines Tages stieß er in einer aufgeworfenen Furche auf mehrere behauene Kieselsteine und eine kleine polierte Axt. Er betrachtete sie lange: das war ganze Arbeit. Ich hätte sie fürs Leben gerne mit nach Hause genommen, diese kleinen Dinge: »Wir sollten sie mal dem Lehrer zeigen.« Er sah meinen flehenden Blick und reichte sie mir. Mehrere Wochen durfte ich diesen Schatz verwahren – bis Vater ihn entdeckte und ihn mir wegnahm. Bestimmt liegt er noch heute in seinem Schreibtisch. Aber diesmal hole ich ihn mir wieder, selbst wenn ich die Glasscheiben seines falschen Bücherschranks zertrümmern muß.

François ruckte sich auf: Claire, von dem Brautschleier wie von Rauchschwaden umflossen, kam an seinem Sofa vorübergesaust.

»Du siehst mich nie wieder, Vater!«

Simon kam hinter ihr hergetrottet:

»Warte mal, ich werde dir schon …«

Die Mutter lehnte händeringend an der Türfüllung:

»Sag jetzt bloß keine Dummheiten, Simon!«

Claire wandte für die Dauer einer Sekunde den Kopf, blickte mit geweiteten Augen auf ihre Eltern und stürzte auf den Flur hinaus. Eine Tür fiel zu.

»Das Kleid, Claire, das Kleid, das ich morgen abliefern muß! Du bist wahnsinnig, Claire … So lauf ihr doch nach, Simon, hol sie zurück! Mein Gott, was soll jetzt aus mir werden?«

Simon trat an das Sofa, packte François beim Arm, rüttelte ihn:

»Jetzt haben Sie aber lang genug den Kranken markiert, junger Mann. Sie werden mir jetzt helfen, das Mädel zu suchen.«

François ließ seine Füße auf den Bettvorleger gleiten und begann seine unter großen Anstrengungen unter dem Sofa hervorgeholten Schuhe zu schnüren. Er erhob sich, taumelte ein paar Schritte durch das Zimmer, klammerte sich an eine Stuhllehne.

»Wird's bald? Übrigens fängt es schon zu tagen an.«

Die Schneiderin trat hinzu und bedankte sich.

»Und geben Sie bitte acht, daß das Kleid nicht ruiniert wird! Claire wird schon nichts passieren, sie ist nicht von Pappe – aber das Kleid!«

Ins Freie hinaustretend, fühlte er Atemnot.

»Sie wird zum Fluß laufen«, hatte Simon im Vorauseilen ihm zugeflüstert.

Ein Hund schlug an. Die Nacht lag als leichter Schleier über der Landschaft, die sich wie eine zuckende, unertastbare Haut hinzog. Es herrschte beißende Kälte – die Kälte vor Tagesanbruch.

Die Schneiderin kam wieder auf ihn zu und legte ihm einen Wollumhang über die Schultern, der nach staubigem Tierhaar roch.

»Und all das muß heute nacht passieren – warum?«

»Wir werden sie schon wiederfinden.«

»Und das Kleid, sagen Sie, das Kleid? Mit der Hochzeit morgen ist es aus – wohin gehe ich jetzt, was werde ich sagen?«

»Sie werden sagen, daß es bei Ihnen einen Todesfall gegeben hat.«

»Einen Todesfall – leicht gesagt ...«

»Alles wird sich zum Guten wenden, Sie werden sehen.«

»Sich zum Guten wenden – jetzt, wo Gott oder der Teufel uns auf den Leib rückt!«

»Sie haben für den Toten alles getan, was zu tun war.«

»Es gab ja gar nichts zu tun. Ich machte gerade die

Tüllschleppe fertig, und da sackte er plötzlich zusammen. Andere hätten aufgeschrien, aber er – er wollte seinen Tod verschweigen, wie so manches andere. Es ist zu lange geschwiegen worden in unserm Haus, und heute nacht fängt alles auf einmal zu sprechen an …«

Sie verbarg ihr Gesicht in den Händen, und François wußte sich angesichts dieses kummerdurchwühlten Schattens keinen Rat mehr. Dabei fühlte er sich besser, die Müdigkeit war von ihm gewichen.

»In unserer Familie verzeiht man einander nicht, geht man nicht auseinander. Es ist das erstemal, daß ich rede; vor ein paar Stunden noch hätte ich das nicht über mich gebracht – aber jetzt! Der Tote war Claires Vater, und Simon wußte es. Ich bin überzeugt, daß das ganze Dorf es wußte, aber wie konnte man mir, die ich sämtlichen Frauen im Umkreis ihre Garderobe nähte, etwas sagen? Wo es doch der heimliche Wunsch einer jeden war, ein Kleid von besserem Schnitt als die Nachbarin zu besitzen … Nur darum schonte man mich. Dank diesem weißen und schwarzen Faden, den Sie in meiner Bluse stecken sehen, habe ich mein Leben geheimhalten können.« Sie schwieg einen Augenblick, sah ihm lang in die Augen.

»Und jetzt, sehen Sie, kommt alles an den Tag. Die Geschichte mit dem Brautkleid wird ihnen die Zungen lösen. Jede von ihnen wird sich endlich an meinem Leben rächen können. Kein Kleid mehr, kein Schweigen mehr. Sie, Monsieur, Sie haben vielleicht das Glück, eine untadelige Familie zu besitzen, einen Vater und eine

Mutter, die ruhig die Arme verschränken können, ohne ins Gerede zu kommen ...«

François war, als die Frau ihre Beichte beendet hatte, ein paar Schritte zurückgewichen und lehnte jetzt mit dem Rücken am gußeisernen Torgitter.

»Einen untadeligen Vater? Das wohl ... Mehr als untadelig. Nichts, das man ihm nachsagen könnte – aber das ist wahrhaftig nicht schöner.«

Offenbar fürchtete sie jetzt weiterzusprechen. François bemerkte den feuchten Schimmer ihrer Augen, die gestraffte Haut über den feingeschnittenen Backenknochen – das typische Näherinnengesicht. Sie legte die Hand auf die Augen, und ihr Gesicht verdüsterte sich noch mehr.

»Wie sie mir weh tun, diese verfluchten Augen!«

»Sie sollten sich schonen.«

»Mich schonen ... Sie werden schon durchhalten müssen, dazu sind sie ja da. Wie das Herz und die Seele. Richtig, Sie sind ja aus Paris – vielleicht ist Ihnen da irgendeine Gesellschaft bekannt, an die ich mich wenden könnte, wenn ich völlig blind bin? Ich erblinde nämlich. Es wird ja wohl mehrere Orte geben, wo Menschen mit meinem Gebrechen unterkommen. Sonst wird sich halt das ganze Dorf um mich kümmern müssen. Alle werden sie mir ihren Arm anbieten, um mir beim Überqueren der Straße zu helfen. Beschimpfen darf man ja nur diejenigen, die sehen ...«

Anscheinend wußte sie sich jetzt überhaupt keinen Rat mehr; sie machte ein paar Schritte, als wolle sie

Simon entgegengehen, bis sie sich dann plötzlich auf die Hausschwelle niederfallen ließ und wie ein Bettelweib sitzen blieb.

»Gehen Sie jetzt und versuchen Sie, Simon einzuholen, das ist nämlich Ihre Pflicht. Sie werden diese Nacht schon wieder vergessen, wenn Sie bei Ihren Angehörigen sind. Sind Sie verheiratet?«

»Nein, noch nicht.«

»Suchen Sie nicht das Unmögliche, wenn Sie glücklich sein werden.«

»Aber ich bin ja bereits glücklich.«

»Natürlich ... Daß ich immer nur an mich denken muß!« In der Ferne brüllte jemand: Simon.

»Was fackeln Sie da noch immer so herum?«

Die Schneiderin kam mit schlaff herabhängenden Armen zur Haustür zurück.

Ihre Augen starrten auf die verschwimmende Landschaft, der nur hie und da ein schwarz schimmernder Baumstamm oder ein Geflecht niedriger Hecken ein wenig Halt bot. Dann, als müsse sie jetzt bald sterben, erhob sie die Augen zum Himmel. Es war ein staunendes, verzücktes Emporschauen. Sie schaute, um zu schauen, ohne sich weiter um die Nadel und den begonnenen Stich zu kümmern; ein gegenstandsloses Aufblicken. Mit langsamen Schritten tauchte François jetzt ebenfalls in die nächtliche Tiefe.

Das Gehen tat ihm wohl. Ein einziges Mal war er auf der Jagd gewesen, und auch damals war die Luft, die er geatmet hatte, so gewesen wie jetzt: schneidend und ohne Geruch. Die Lust, wieder ziellos umherzuschweifen, wandelte ihn an. Claire: sie war wohl schon weit, lief in ihrem weißen Prunkgewand über nasse Wiesengründe und schreckte die Tiere auf. Die Weiße Frau, unwirklich, von niemandem begleitet, ein sieches, von den wilden Feuern des Herbstes heimgesuchtes Gelände durchwandernd, im Nebel verschwindend!

Der Schmerz war gewichen. Mit dem Verlassen dieses Hauses fühlte er sich wie vom Halseisen seiner Kindheit befreit. Er war unterwegs, um eine junge Frau zu suchen, die den Mut gehabt hatte, die Last einer trübsinnigen Familie abzuschütteln. Morgen, das heißt heute, werde ich bei Vater sein, in einem ebensolchen trauten Heim ... Eine kleine Expedition in den Garten, ein Erkundungsgang durch den schwammigen Wald im Anhauch der ersten Pilze, ein paar stumme Minuten am Grab meiner Mutter – und dann ist's aus: ich kehre zu Juliette zurück. Sie wartet wohl bereits. Hoffentlich ist sie zu ihrer Freundin Micheline gegangen und beschäftigt sich mit nichts als mit diesem Mich-Erwarten. Ich werde den Alten um die Erlaubnis bitten, ein kleines Souvenir mitnehmen zu dürfen, wie ein Tourist.

»Wird's jetzt wohl bald?«

Simons brüllende Stimme weckte ihn vollends. Er begann sich an die Dunkelheit zu gewöhnen; der Himmel schien sich in seinem Gewölk zu verfestigen, das noch dunkler war als er selbst. François schritt über eine abgemähte Wiese und bahnte sich durch stechendes Gebüsch einen Weg in das Gehölz. Simon hatte wieder gerufen, und François antwortete ihm jetzt: »Huhuh!«

Jetzt waren es junge Eichen mit am Boden kriechenden Ästen, die ihn aufnahmen, dann Kastanienstauden mit regendurchweichtem Laub. Er fühlte sich unbehaglich inmitten dieser berührungssüchtigen, schlüpfrigen Natur. Ein paar Schritte weiter tauchten Farne empor, glitten zwischen seine Beine, hemmten seinen Fuß; einige davon waren völlig weiß geworden.

Eine schlammige Erde atmete unter ihrer alten Laubdecke köstlichen Pilzgeruch aus. Ein berauschender Gang. Kaum daß noch eine letzte Spur von Müdigkeit auf seinen Lidern brannte. Wie in ein Meer tauchte er tiefer und tiefer in diesen niedrigen Wald, bahnte sich mit vorstoßender Schulter einen Weg durch Astwerk und mannshohes Unkraut. Der heraufdämmernde Tag glich einem schwelenden Lichtstumpf. Eine Vogelstimme durchbohrte die Stille. François dachte an nichts mehr. Er überließ sich dem Bann des Moosteppichs unter seinen Füßen, dem grauen Sumpfboden der kleinen Lichtungen, den schmalen Pfaden, die sich wie die Finger einer Hand überkreuzten und wieder zusammenfanden. Jetzt kam es nur darauf an, den Mann zu erreichen, der hundert Meter weiter auf ihn wartete, und unterwegs den zarten Geruch des mit Wasser vollgesogenen Unterholzes zu kosten. Ein dichtgeknüpfter Teppich weichen Heidekrauts mußte noch überschritten werden; das Leder seiner Schuhe wurde durch und durch naß.

Plötzlich erblickte er Simon, der mit dem Rücken an

einer abgestorbenen Kiefer lehnte. Er hatte den Brotsack an seiner Hüfte geöffnet und beugte sich über den Boden. »Die Stelle mit den meisten Steinpilzen: gucken Sie mal.«

François war verblüfft über diesen unerwartet herzlichen Empfang.

Simon ließ sein Feuerzeug aufflammen und führte ihm triumphierend einen dickleibigen Pilz vor Augen, der mit seinem weißen Bauch an ein Tier erinnerte.

»So, jetzt kommen wir wenigstens nicht mit leeren Händen zurück. Vorwärts.«

François schritt schweigend neben Simon einher. Im Grunde erwies sich dieser Gang, zu dem er sich aus purer Höflichkeit bereitgefunden hatte, als ein lächerliches Unternehmen. Claire strebte dem Ort ihrer verflossenen Freuden zu. Er hatte ihr Gesicht gesehen: es war keineswegs das Gesicht eines Menschen, der sich das Leben nehmen will. In ihrer Bedrängnis war ihr vielleicht der Tod vor Augen getreten, und nun hatte sie ihr Leben zu verteidigen gegen ebendiesen Tod.

»Sie muß an dem ersten Gehöft entlang- und dann auf der asphaltierten Straße weitergelaufen sein. Ich kenne sie: sie ist praktisch veranlagt. Ihre Mutter hat sie darin unterwiesen, wie man sich seine Existenz zurechtschneidert: aus geliehenem Stoff. Das sitzt wie angegossen.« François kam allmählich außer Atem. Simon dagegen schritt wacker aus: er wußte genau, wohin er inmitten des wuchernden Unkrauts seinen Fuß zu setzen hatte.

»Ich kenne den Ort wie meine Westentasche. Von der Jagd her. Auf dem Rückweg zeige ich Ihnen die Stellen, wo es Rebhuhn gibt. Schade, daß ich die Jagdflinte nicht mithabe. Sind Sie Jäger?«

François mußte bekennen, daß er nie auf die Jagd ging.

Wie sollte er auch? In Paris gab es keine Tierhöhlen.

»Was mich betrifft, so könnte ich nie in Paris leben; man hat nie einen richtigen Ausblick.«

François betrachtete den Mann, der sich trotz seiner Korpulenz geschickt durch das Dickicht hindurchfand und seine nächtliche Wanderung genoß.

»Suchen Sie ...«

François zögerte.

»Suchen Sie wirklich Mademoiselle Claire?«

»Ich habe Auftrag, sie zu suchen; also suche ich sie.«

»Sie mögen sie wohl nicht?«

Der Mann stapfte munter drauflos, und François konnte nur mit Mühe Schritt halten. Er glitt aus, fiel in eine Schlammgrube, aber das welke Laub schwächte den Fall. Ein großer Stein hatte seine Wange gestreift. Er erhob sich; klebriger Sand haftete an seinen Kleidern. Endlich holte er Simon ein, der sein Fortbleiben gar nicht bemerkt hatte.

»Ich kann nicht Schritt halten. Auf der Landstraße kann ich dann allein weitergehen.«

Simon pfiff leise vor sich hin; sein feistes, ledernes Gesicht sog die Luft ein.

»Ostwind. Spüren Sie's? Geruch von verbranntem

Holz. Vorige Woche haben sie eine von den Farmen in Brand gesteckt.«

François blieb stehen, rang nach Atem.

»Was ist los, junger Mann?«

»Entschuldigen Sie.«

»Keine Ausdauer, wie ich sehe. Ich gehe mal voraus. Für Sie ist die Sache ganz einfach. Sie machen mal einen Blick bei dem Haus da drüben, bei Morins. Die dunkle Masse, die Sie da drüben sehen. Da wohnt er nämlich, dieser Halunke. Nicht ausgeschlossen, daß sie bei ihm Zuflucht gesucht hat. Was mich betrifft, so will ich mal beim Teich nachsehen, man kann ja nie wissen. Wie ich sie kenne, ist sie imstande, sich aus purem Stolz umzubringen.«

Er packte François beim Arm.

»Und wie, wenn ich jetzt ebenfalls fortbliebe? Wäre doch ein Mordsspaß, nicht? Ein Gesicht würden die machen bei Madame Schneiderin! Aus mit der Familie, verdunstet ... Das gibt 'ne Innenansicht! Kein schöner Anblick, diese Innereien; mit der Seele ist's nämlich wie mit dem Wildbret, das kann nicht warten. Wie ich Anno vierzig aus dem Krieg kam, hatte ich nämlich meine Nase so richtig drin. War eine Zeit, dieses vierziger Jahr! Was ich da an Deutschen und Amseln zu befunken hatte! Dann kam ich in Gefangenschaft. Jawohl, er gehört zu denen, die gelitten haben, der Mann, den Sie vor sich haben. Bedenken Sie: fünf Wochen Arrest in der Kaserne von Saint-Quentin! Dann ließen sie mich frei, sie hatten nämlich mehr als genug an Gefangenen, die Fritzen. Und dann ging's zu Fuß durch ganz Frankreich. Wildernd und plündernd. Tolle Zeit! Das ganze Land gehörte mir. Auf allen Feldern war ich allein, in allen Bauernhöfen. Der Marquis von Carabas, wenn Sie sich noch an das Märchen erinnern. Ich brauchte nicht erst anzuklopfen. Übrigens toll, wie die Häuser inwendig einander ähnlich sehen: überall der gleiche Herd in der Küche, der wie eine dicke, gußeiserne Spinne aussieht; im Schlafzimmer der Kasten mit der abgeschlossenen Schublade, in der man den Trauschein aufbewahrt; auf dem Dachboden immer derselbe Geruch von Ameisen und Äpfeln. Als Eroberer hielt ich meinen Einzug. Während auf der Straße diese Herren mit ihren Tanks vorbeirollten. Jeden Tag ein anderer Anzug; eines Morgens warf ich mich sogar in einen richtigen Hochzeitsfrack, um ein paar wild gewordene Hühner abzukrageln. Ich schlief in sämtlichen Betten, von der Strohmatte bis zur Preßluftmatratze. Toll, sage ich Ihnen! Bis ich dann etappenweise wieder heimkam, mit einem Kinderwagen, vollgepfropft mit leckeren Sachen. Und dann ging mir ein Licht auf. Meine liebe Frau, die Schneiderin, hatte ihr Leben bereits wieder aufgebaut, mit dem Toten, den Sie gesehen haben, dem Freund unseres Hauses. Kein Mittel ließ sie unversucht gegen mich; sogar bei der Gestapo hat sie mich denunziert. Eine elsässische Dolmetscherin hat mit eigenen Augen den Brief gesehen, den die Deutschen selbst zerrissen haben: so angeekelt waren sie.«

Er hielt inne und begann den Horizont zu betrachten, der sich jetzt aufzuhellen begann. Ein kleiner ruscheliger Wind kam auf.

»Schade, daß es nirgends eine offene Kneipe gibt. Sonst hätte ich Ihnen alles haarklein erzählt, bei einer guten Flasche – keinem Vinorex, versteht sich. So ein junger Mann wie Sie kann von einem Kerl wie ich in jeder Hinsicht was lernen. Ich brauche nur in meine Taschen zu greifen: alle voll Leben. Im Grunde bin ich nämlich eine Abenteurernatur. Kurzum, wenn Sie's wissen wollen, der Tote in meinem Hause – diesmal habe ich ihn endlich in meinem Bett ertappt. Noch was. Ich habe eine kleine Bekannte, und mit der will ich nun meinerseits mein Leben neu aufbauen – ein anständiges Leben. Ich werde sie heiraten. Die Schneiderin ist krank, sehr krank sogar. Ich wußte natürlich, daß sie erblindet; ich hatte bemerkt, wie sie sich an den Möbeln stieß; zuerst dachte ich, sie trinkt; dann war ich beim Arzt; sie macht nicht mehr lange. Ich muß also vorsorgen, darf mich nicht überraschen lassen. Aber ich will Sie nicht traurig machen, junger Mann. Es gibt einen Herrgott, sage ich Ihnen. Ich werde wieder heiraten. Übrigens gehen wir schon zur Messe, meine Kleine und ich; um schon jetzt ein anständiges Leben zu führen. Nicht hier im Ort gehn wir zur Kirche, sondern ein bißchen weiter weg, zum Hochamt. Und Marthe – haben Sie die mal so richtig angeguckt? Dieses ranzige Jungferngesicht mit den lockeren Zähnen im Mund – 'ne Nummer, was? Die kann von sich behaupten, daß sie in unserem Leben herumgepatscht ist, die weiß Bescheid. Und vorher gab's dazu noch die Großmutter – die Sorte Weib, vor der ein ganzes Regiment Gendarmen Bammel kriegt, wenn es sie mit den Zähnen knirschen hört. Mittags kam sie täglich mit dem Nachttopf durchs Eßzimmer gegangen. Kein Wort der Entschuldigung, wie Sie sich wohl denken können. Ein richtiges altes Mütterchen, wie man so sagt. Mit mir hat sie nie ein Wort wechseln wollen; außerdem sprach sie nur Dialekt; die Gegenwart eines Mannes, der allgemein den Ruf eines vollendeten Causeurs genoß, störte sie natürlich. Mit einem Wort: eine Familie, wie man sie nicht mal einem räudigen Hund wünschen möchte. Was war da zu machen? Aber jetzt wird alles anders werden: man tut seine Verzweiflung in die Rumpelkammer und baut sich anderswo sein Haus auf. Was mich betrifft, so bin ich fürs Hoffen. Man mauert seine alte Bude zu und beginnt von vorn.«

Plötzlich schrie es über die Felder hin.

Und alles rundum fuhr aus dem Schlaf: Hunde schlugen an, ein Hahn begann zu krähen und erhielt ungestüme Antwort. Irgendwo mühte sich ein Lastwagen eine Steigung hinan.

»Haben Sie's gehört?«

»Ja.«

»Es kam aus der Nähe; wir sollten mal nachsehn.«

»Wo wollen Sie hin, junger Mann? Weil Sie annehmen, daß es Claire war, daß nur sie es sein konnte, daß jeder Schrei, den wir jetzt zu hören bekommen, aus Claires Kehle stammen muß? Beruhigen Sie sich. Ich hätte den Schrei schon erkannt, wenn es der ihre gewesen wäre; aber Claire schreit nicht, das ist nicht ihre Art. Sie fällt höchstens in Ohnmacht. Sie ist von der Sorte, die Erregung oder Zorn stumm machen: lieber verdreht sie die Augen, denn auf diese Weise ist man gezwungen, ihr bewußtloses Gesicht zu berühren, ihr die Wangen zu tätscheln, ergriffen zu sein.«

Es herrschte wieder Stille. Der Tag dämmerte herauf, die Haut der Nacht wurde zarter und dünner; im Osten zeigte sich Weiß; Gewölk zerfaserte. François überkam ein Zittern. Auf einmal war ihm, als sei er von Kindheit an unaufhörlich auf dieser nicht enden wollenden Straße umhergeirrt. Müdigkeit fraß sich unter seine Lider; die Lippen wurden weich, spürten das Vorhandensein der Zähne. Wenn er sich jetzt nur wieder ausstrecken könnte! Aber der Regen hatte den Boden aufgeweicht; aus den Pfützen ragten kleine Inseln fettig-steifen Unkrauts empor. Wenn ich bedenke, daß ich jetzt neben Juliette hätte aufwachen können! Zärtlich hätte ich sie am Hals gezupft und sie leise begehrt, mit dem Morgenschimmer auf ihrer schlafwarmen, liebesbereiten Haut. Welchen Tag haben wir heute? Freitag habe ich Paris verlassen. Aber Freitag – das war doch gestern! Mir ist, als wäre ich seit Wochen fort: die Zeit macht tatsächlich aus einem, was sie will. Folglich fängt jetzt der Samstag an … Sonntag abend, also morgen, muß ich unbedingt zurück sein. Ich muß Juliette etwas Silberbesteck mitbringen, das macht ihr bestimmt Freude. Altes, nicht mehr benutztes Silber, Bestecke, mit denen man das Fleisch in herrliche Teile zerlegt und nicht in diese unansehnlichen Städterportiönchen. Vater könnte mir ein ganzes abgenutztes Service schenken, mit breiten, tiefen Löffeln, einer Suppenkelle, einer Tortenschaufel; würde sich ganz gut ausnehmen in unserer Schublade; bei uns kommt jetzt nie Suppe auf den Tisch, und die Torte wird mit den Fingern gegessen.

Er bemerkte jetzt, daß er auf einen Kilometerstein zu sitzen gekommen war. Simon war verschwunden. Aber hatte er nicht etwas gesagt, einen Treffpunkt verabredet? Irgendwo ließen sich mildgestimmte Frösche vernehmen: ein regelmäßiges, monotones Flöten. Ein Tier kam über die Straße gelaufen, wäre jetzt beinahe gegen ihn geprallt – bestimmt ein Hase. Ein Schuß fiel.

»Haben Sie nicht einen Hasen vorbeilaufen sehen?«

Verdutzt sah François zu der mit Brotbeuteln und Patronentaschen aufgeschirrten Gestalt auf, die sich vor ihm aufgepflanzt hatte.

»Doch. Einen Hasen und Flintenschrot.«

»Ihre Sache, wenn Sie sich zu so früher Stunde auf der Landstraße herumtreiben. Suchen Sie Arbeit?«

»Nein, ich suche eine Frau.«

Der Mann schlug eine fette Lache auf.

»Dann bitte ich um Entschuldigung. Übrigens hätte es Sie schon nicht umgebracht. Höchstens ein bißchen Schrot in den Waden.«

»Danke vielmals, äußerst liebenswürdig von Ihnen.«

François begann leise vor sich hin zu pfeifen, aber der Jäger rührte sich nicht vom Fleck.

»Ich kenne Sie.«

»Mich?«

»Jawohl, Sie.«

Er begann François boshaft zu beäugen.

»Alle kennen Sie.«

»Mich?«

»Sie.«

François wurde unsicher.

»Sie scheinen mich mit jemand zu verwechseln.«

»Keine Spur.«

»Ich bin gar nicht von hier.«

Der Mann lächelte; seine Augen blieben auf François' gestrafftem Gesicht geheftet.

»Man kennt Sie schon seit langem.«

»Mich?«

»Jawohl, Sie.«

François wurde unruhig; der Ort war recht einsam. Er blickte sich rasch um: das Morinsche Haus war nicht weit, höchstens hundert Meter waren es bis dorthin. In der fahlen Morgendämmerung schienen die Mauern sich zu beleben. Aber wie gelangte er dorthin?

»Es ist nicht das erstemal, daß man Sie erwischt; man hat Sie schon seit längerer Zeit im Auge.«

Plötzlich war er mit einer neuen, furchtbaren Identität ausgestattet worden, mit einer dunklen Vergangenheit, von der er sich keinerlei Vorstellung zu machen vermochte.

»Passen Sie auf, das kommt Sie noch teuer zu stehen; ich warne Sie.«

»Wovor warnen Sie mich?«

»Stellen Sie sich nicht dumm.«

»Aber was habe ich denn getan?«

Der Mann gab keine Antwort; François konnte sich nicht länger beherrschen.

»Lassen Sie mich in Ruhe! Ich kenne Sie nicht.«

»Schlagen Sie bloß nicht diesen Ton an: ich habe Beweise. Was sagen Sie zum Beispiel dazu?«

Der Mann holte aus seiner Jagdtasche eine Dohne hervor, dann einen erdrosselten weißbäuchigen Hasen. François nahm das Tier, streichelte es. Es war das erstemal, daß seine Hände ein solches Tier berührten; es roch nach niedergetretenem Heidekraut, das Fell war voller Sand und klebte an den Fingern; die Löffel waren geknickt. Eine bange Frage drängte sich ihm auf: Hielt er jetzt nicht seine tote, gedrosselte Kindheit in Händen? Vergebens versuchte er, gegen die Erregung anzukämpfen, die sich seiner bemächtigte. Auf einmal war alles wieder da. Die Tränen stürzten ihm aus den Augen. Dieses Tier – bedeutete es nicht, daß er sich fortan nur noch um sein eigenes Leben zu kümmern hatte? Daß seine Vergangenheit eine Beute der Wilddiebe gewesen war? Und nun war ein Hase an seiner Statt gestorben …

Er erinnerte sich, daß auch sein Vater gewildert hatte, und zwar nicht etwa notgedrungen, sondern aus purer Schadenfreude. Oft hatte er ihn in der Frühe aus den Wäldern kommen sehen, mit verzücktem Gesicht, die Taschen voller Fallen und Schlingen; den ganzen Tag hatte es dann nach Mäusen gerochen. Kein Zweifel, der Jäger hielt ihn für seinen Vater, für einen jungen, beweglichen Vater, der mit schnuppernden, feuchten Lefzen im Leben umherstreunte. Natürlich ist es so, ich habe es bloß nie beachtet. Die ganze untere Partie seines Gesichts hatte etwas Tierisches. Und dieser Hase da – auch er ist eines seiner Opfer. Wer weiß, ob er ihn nicht für meinen Geburtstagstisch aufgehoben hatte und nur noch nicht dazu gekommen war, ihn zu holen … Mit diesem Hasen hätte er auch mich gefressen. Ich sehe ihn, wie er sich vor mir aufrichtet, zum Sprunge ansetzt. Mag er allein sterben, wie er uns allein lieben ließ. Allein mußte ich lieben lernen, im Finstern umhertappend, wie heute nacht. Und unterdessen spazierte er mit seinen Schlingen und toten Tieren umher, mit einer toten Frau, übte er sich im Umgang mit dem Tode.

»Der Mann, den Sie suchen, ist mein Vater.«

»Wer?«

»Jawohl, mein Vater – ein Verrückter. Er lauert uns allen auf, um zu sehen, ob wir nicht eines Tages ein erstklassiges Wild abgeben.«

Der Jäger hatte ihn beim Aufschlag seiner Jacke gepackt:

»Und Sie – Sie bringen jetzt die Ernte ein, wie? Sie kommen jetzt mal mit!«

»Wohin?«

»Auf die Gendarmerie. Sie werden sich dort aussprechen können.«

»Mein Vater ist ein bekannter Mann.«

Mit einem Ruck machte er sich los. Das Gewehr fiel zu Boden. Ohne sich zu besinnen, lief er mitten in das Heidekrautgewirr hinein. Ein Schuß wurde abgegeben, aber François war bereits weit, im Innern eines Gehölzes. Ein riesiger Nußbaum überschattete ihn; er hörte das dumpfe Pochen seines Herzens, sah die Schale der herabfallenden Nüsse aufklaffen; ein säuerlicher Geruch durchflutete den Wald. Er wartete noch eine Weile und ging dann langsam zur Landstraße zurück. Ein einziger Gedanke: das Haus aufsuchen, in das Claire sich vermutlich geflüchtet hatte. Es hatte zu regnen begonnen – dunstiger, heimtückischer Regen, der auf sein Haar und seine Hände niederrieselte. Die Landschaft, vom anbrechenden Tag nur dürftig erhellt, verschwamm hinter den dichter werdenden Regenschnüren. Endlich schimmerte es rötlich zwischen den spärlicher fallenden Tropfen; das Haus, auf das er zuschritt, tönte sich korallenfarben; der Horizont erglühte.

Am Gartentor gab es keine Glocke. François schwang sich über den Lattenzaun. Im Garten roch es nach matschigem Obst, gärenden Äpfeln. Durch eine Allee gelangte er vor einen kleinen Eingang: er war offen. Trotzdem klopfte er an, leise, dann ungestüm: niemand gab Antwort. Bei dem Gedanken, in seinem augenblicklichen Zustand einem Menschen gegenüberzutreten und sich nach einem Mädchen zu erkundigen, »das hier vielleicht Zuflucht gesucht hatte«, wurde ihm bange. Plötzlich erblickte er in einem großen, wie eine Aprikose angestochenen ovalen Spiegel sich selbst: die Haare waren wirr, klebrig; das lange Gesicht sah aus, als hätte die Müdigkeit es blankgescheuert; es war von beängstigender Glätte. Er fuhr sich mit der Hand durch die Haarsträhnen, versuchte seine Kleidung in Ordnung zu bringen. Die Krawatte hatte er bei der Schneiderin vergessen, und die Spitzen seines Hemdkragens stachen jetzt wie zwei lange Dornen unter dem Kragen seiner Jacke hervor. Vor ihm wand sich eine armselige Treppe mit einem mit granatfarbenem Samt überzogenen Geländer und einem Läufer empor. Das Haus war hell, hatte etwas Einnehmendes; es war schwer, ihm zu widerstehen. Welch ein Interieur! Er liebte ihn, diesen Strauß auf dem niedrigen Tisch. Kindliche Rosen. Geräuschvoll stieg er die Treppe empor und gelangte in einen geräumigen Flur, in dessen einer Ecke ein kleiner Plüschsessel stand. Dieser Sessel mit seiner ungestümen Holzlehne und dem bestickten Oval darin, dieser Sessel … Er setzte sich, fuhr sich mit der Hand über die Stirn und betrachtete die Treppe, die sich leicht und elegant zu ihm emporwand. Er sah sich selbst wieder, dieselben Stufen hinaufsteigend, mit nackten, blutenden Füßen und zerfetzter Hose – er, der kleine leidvolle, schmalstirnige, eigensinnige François mit den tiefliegenden Schläfen und den arglosen, aber bereits von Schatten und Einsamkeiten erfüllten Augen. Er fuhr auf, wich zurück vor diesem Phantom, das jetzt die Treppe heraufkam, mit dem furchtbaren Schritt der Erinnerung, den niemand außer dem Sicherinnernden hört. Wie es jetzt schwieg, dieses Haus! Es war, als hielte ein Atemzug über den Dingen inne, als pauste ein schwaches, nuancenreiches Licht über den Gegenständen. Durch eine schmale, in die Treppenwand eingebaute Glasscheibe kam fernes, kostbares Tageslicht, ein schräger Schimmer, der in den dunklen Winkeln des Hauses wieder erlosch. Ihm war, als fange sein Leben von neuem an, als setze seine Brust zu einem ersten Atemzug an. Diese beiden Hände, die die Türklinke niedergedrückt und sich an der Treppenwand emporgetastet hatten: sie waren erwartet worden. Man hatte ihn erwartet, und nun war er endlich gekommen. François hörte ein Seufzen neben sich, ein Knarren; er wandte sich um.

Eine Frau: Claire. Mit einem Schlafrock bekleidet, den Kopf in die Hände gestützt, saß sie reglos neben einem Schreibtisch.

»Mademoiselle Claire!«

Sie hob ihr Gesicht zu ihm empor, das in seinem Kummer noch kantiger wirkte: sie schien einer anderen Welt anzugehören. Ihre Augen sahen furchtlos über ihn hinweg.

»Mademoiselle Claire, Sie werden überall gesucht.«

Ihre Finger lagen gekrümmt auf ihren Knien, als hätten sie soeben irgendeinen abstoßenden Gegenstand fallen gelassen. Die aufgedunsenen Wangen schimmerten von Tränen und Schweiß. François ging ans Fenster, stieß die Läden auf. Regentropfen fielen auf den Parkettboden; man hörte das Fallen von Nüssen, die unter der Regenlast nachgaben.

»Claire, was haben Sie? Ihre Mutter ist ganz ratlos.«

»Ich habe ihn getötet.«

»Wen?«

»Jean.«

François durchsuchte das Zimmer: nirgends eine Spur von einer Leiche.

»Reißen Sie sich zusammen, Claire.«

Sie ließ sich nicht beirren.

»Ich habe ihn getötet«, sagte sie eisig. »Alice war bei ihm.«

François erinnerte sich plötzlich an das so mühelos weinende Mädchen in dem ersten Haus, in dem man ihn aufgenommen hatte: Alice, die verweinte Braut. Natürlich, ihr Vater hatte ja von einem gewissen Jean gesprochen. Ich verstehe.

»Sie hatten es wohl geahnt, Claire?«

»Nein, ich ahne nie etwas.«

»Wo ist er jetzt?«

»Ich habe geschossen, auf ihn oder auf sie, ich erinnere mich nicht mehr.«

Nicht der Jäger hatte also geschossen, sondern Claire. Wen hatte sie eigentlich getötet: Jean, Alice oder diesen so schwer zur Welt gekommenen, lebensschwachen Tag? Nebel wehte herein, François schloß das Fenster; Geruch von Verbranntem blieb im Zimmer haften.

»Wo waren Sie, als Sie den Schuß abgaben? Hier?«

»Am Fenster. Sie lagen nebeneinander und hörten mich nicht mal hereinkommen. Ich habe sie mir angesehen, lange; es war ein Abstand zwischen ihnen, der

Hunger war gestillt. Ich dachte nur noch an eines: Wie finde ich jetzt schnell den Revolver, den Jean aus dem Krieg heimgebracht hat – seinen ›Juwel‹, wie er ihn nannte. ›Ich lasse eine Kugel drin‹, sagte er mir eines Tages, ›damit er ein echter Revolver bleibt.‹ Dann erwachten sie beide, erblickten mich, wurden ganz kopflos, begannen ihre Kleider zusammenzuraffen. Ich beschimpfte sie, und sie rasten umher wie Ratten in einer Falle. Jean wußte sofort, was los war, als er meine Augen und meinen Mund sah. Der Revolver brannte mir zwischen den Fingern. Ich ging ans Fenster, und wie sie sich dann unten nach mir umdrehten, drückte ich ab. Dann zog ich mich aus, wie früher. Ich fand meinen Schlafrock wieder, denselben, den er mir seinerzeit nach langem Wählen gekauft hatte. Ich machte dieselben Gesten; das Abdrücken war eine Geste wie die andern, eine gar nicht so schrecklich schwere Geste.«

Sie schwieg, fuhr dann mit matterer Stimme fort:

»Alice ist verrückt, mannstoll. Immer hat sie einen Kerl neben sich, der ihr wie ein Schatten folgt, sie keinen Augenblick allein läßt, der für sie Schmiere steht. Eine Hure. Was für einen Tag haben wir heute?«

»Samstag, den neunundzwanzigsten September.«

»Montag ist Schulbeginn. Jean ist nämlich der Lehrer, wußten Sie das? Ich habe ihn nicht getötet, nicht wahr?« Er versuchte sie zu beruhigen.

»Ich komme von der Straße. Die Haustür war offen. Auf der Straße war weder Blut noch eine Leiche zu sehen.«

»Wen kann ich dann bloß getötet haben?«

Claire hatte sich erhoben; sie versuchte den Kragen ihres Schlafrocks zuzuknöpfen, aber es gab keinen Knopf, und sie mußte ihn mit der Hand zusammenhalten.

»Sind Sie verheiratet? Haben Sie Kinder?«

»Nein.«

»Aber Sie lieben jemand?«

»Ja.«

»Keine Schwierigkeiten? Geht's, wie es soll? Nach Wunsch?«

Die Frage schien ihm zu vertraulich und gleichzeitig zu aggressiv, als daß er sie zu beantworten gewagt hätte.

»Sie sind natürlich immer glücklich gewesen. Kommt nicht auf Bestellung, das Glück. Und wenn's endlich mal da ist, hält es nicht lange vor.«

Bewegungslos stand sie da, mit stumpfen Augen. Dann aber kam plötzlich alles zum Ausbruch, ungestüm und mit demselben Stolz, der ihr zu Hilfe gekommen war, als sie ihrem Vater Trotz bot.

»Und dann stürzt man sich wie wahnsinnig auf alles und jedes. Man schläft mit allen, man glaubt, sich das Glück gefügig machen zu müssen wie ein brünstiges Mädel …« Sie stürzte auf das Bett zu, warf eine marokkanische Decke drüber und klinkte dann mit einem raschen Griff das Fenster auf.

»Es stinkt hier.«

Unter der Decke hing ein Bettlaken auf den Fußboden herab.

»Mit mir war er anders. Unsere Liebe hatte ein Morgen, wir fürchteten uns nicht vor dem Tageslicht, wir gähnten nicht, wenn wir uns trennten. Eine Liebe, die wußte, wo jedes Ding hingehörte, die in geordneten Verhältnissen leben konnte, in der Sauberkeit, in aufgeräumten Zimmern. Jean!«

»Jean«, wimmerte sie, »Jean!«

Sie setzte sich wieder in einen der Sessel, jammerte leise und strich sich dabei mit der Hand über den Bauch.

»Als kleines Mädchen schlief ich gern mit Blumen in meinem Bett. Ich bin nämlich ein ganz kleines Mädchen, wissen Sie. Sie müssen mich anhören, weil ich ja nur ein kleines Mädchen bin.«

Sie schloß die Augen, ihr Gesicht wurde gleichgültig, ausdruckslos. Wo mochte sie jetzt sein?

»Beim Zusammenbruch waren wir auf der Landstraße, auf der Flucht. Die Deutschen schossen auf uns. Und töteten mir meine Puppe. Ich blieb liegen, lange, mit nichts im Arm. Später hatte ich dann Jean, und jetzt habe ich ihn getötet.«

»Er ist nicht tot, Claire.«

»Er ist nicht tot, aber ich habe ihn getötet. Diese Kugel – eines Tages bohrt sie sich schon noch in sein Fleisch, in unser Fleisch. Was für eine Wunde sie wohl schlagen wird? Nein, nein, es ist nicht wahr.«

»Sie sollten doch auch ein wenig an Ihre Eltern denken, Claire.«

»An meine Eltern? An meinen Vater? Haben Sie ihn gesehen?«

François antwortete nicht.

»Auf dem Bett ... Tot ... Jawohl.«

»Schweigen Sie, Claire.«

»Tot, jawohl, gestorben, wie nur er zu sterben imstande war. Die Tränen hatten wir schon im voraus vergossen, in aller Heimlichkeit. Eine komplizierte Angelegenheit, unser so einfaches Leben.«

François hatte ihr die Hand auf die Schulter gelegt. Schmächtige, unter seinen Fingern dahinschwindende Schulter. Er dachte an Juliette. War sie schon wach? Was tat sie jetzt? Den Tag seiner Rückkehr hatte sie in ihren Kalender eingetragen. »Nachher machen wir uns nichts mehr draus«, hatte sie mit Tränen in den Augen zu ihm gesagt. Zum drittenmal hatte er sie jetzt allein gelassen, um zu seinem Vater zu gehen und den Sohn zu spielen. Und was habe ich in diesem Winkel hier wiedergefunden? Eine verfallene Kindheit, eine niedergehauene Landschaft und über all dem eine wütende, rasende Nacht. Was jung ist, altert hier schneller als anderswo, beliefert Nacht und Einsamkeit mit bereitwilligen und unbeständigen Zeugen wie diese arme Claire. Es ist wie ein schwerer Mantel, den man nicht aufzuheben vermag, an den man sich jedoch allmählich gewöhnt und unter dem man alles Kühne und Wagemutige verbirgt. Selbst die Liebe hat hier etwas eigentümlich Bitteres. Und trotzdem: unter dieser elenden Lumpenhülle warten die Zeugen. Und ich – was habe ich mit diesem verbrauchten Stück Erde gemein? Ich halte es mit der Sonne, ich habe ihr Valet gesagt, dieser vergreisten Welt.

Mögen sie ihre Dramen gestalten, wie sie's für richtig finden! Ich will nichts mehr davon wissen. Mögen sie sich nur in ihrem wohligen Staub einrichten und aneinander verrotten. Lange genug habe ich den rauhen Strang in der Hand gefühlt und an ein Leben geglaubt, in dem das Drama sich in unsern Herzen ein warmes Plätzchen einrichtet – ein Drama, wie aus dem Ei gepellt, in Gala, geschniegelt und gebügelt, ein Drama in Permanenz, in dem Tod und Einsamkeit auf Kosten unserer Tränen schlemmen und prassen. Probieren wir's doch mal mit der Freude trotz all dem, wagen wir's doch mal!

Verlegen näherte er sich ihr. Sie lag auf den Knien.

»Sie beten?«

»Ich tue als ob.«

»Ich verstehe nicht.«

»Wie soll ich beten? Und wie soll ich mich jetzt anders verhalten können?«

Sie war aufgestanden, ein verkrampftes Lächeln auf den Lippen.

»Ich mag keine Mitwisser; ich habe Ihnen nichts zu sagen.«

François trat zurück, wandte sich zur Tür.

»Ich gehe. Was soll ich nun Ihren Eltern sagen?«

»Daß ich mich der allerbesten Gesundheit erfreue. Und daß ich ihnen schreiben werde.«

»Sie wollen fort?«

»Und wo könnte ich Ihrer Meinung nach unterkommen, wenn ich hierbliebe? Richtig … Nehmen Sie das schöne Hochzeitskleid wieder mit; es ist unten ein wenig naß geworden, aber das wird schnell wieder trokken. Ich belästige Sie wohl? Ich weiß, Männer übernehmen ungern solche Aufträge. Es ist noch sehr früh, Sie werden niemandem begegnen.«

»Wollen Sie meine Pariser Adresse?«

»Warum nicht, man kann nie wissen. Eines Tages liest man mich vielleicht in der Untergrundbahn auf, und dann kann ich wenigstens eine anständige Adresse vorweisen.«

»Ich wohne – vielmehr wir wohnen in der Rue Servandoni, Nummer elf, sechster Bezirk. Sie fragen nach Fräulein Juliette Carles, so heißt meine Freundin nämlich. Wir werden in Kürze heiraten. Das Zimmer geht auf ihren Namen.«

»Sie werden heiraten? Aber dann nehmen Sie doch gleich das Kleid mit, ich schenke es Ihnen. Irgendwo muß es doch eine Hochzeit geben, nicht wahr? Mit Eltern, Verwandten, einem Bräutigam und einem Pfarrer ... Heiraten Sie nur, aber tummeln Sie sich, machen Sie schnell. Man darf niemanden zu lange allein lassen, Fortbleiben bringt keine Liebe ein. Beeilen Sie sich.«

Sie war völlig außer Atem; die Blässe in ihrem Gesicht trat jetzt noch stärker hervor, die Nase war rot, wie geschwollen. Dichte Schatten umgaben ihre Augen, die das harte Licht des anbrechenden Tages zu meiden versuchten, dessen Reflexe über die Wände und die Decke hinzuckten. Am Gartenzaun kam ein Radfahrer vorbei, pfeifend, die Hände in den Taschen, ohne sich weiter um seine Lenkstange zu kümmern. Claire ging mit unsicheren Schritten im Zimmer umher, sich hin und wieder an einer Sessellehne oder am Kaminsims festhaltend; schließlich pflanzte sie sich vor dem offenen Fenster auf. Worauf starrte sie jetzt? Plötzlich warf sie den Kopf zurück, schien nach Atem zu ringen. Ein Rotkehlchen, das sich an der Regentraufe festgekrallt hatte, pickte nach ihr mit dem Schnabel. Ein Schrei: Claire hatte sich umgewandt:

»Da! Sie kommen zurück!«

Sie war auf den Parkettboden geglitten, kauerte sich zusammen, mit auf die Brust gesunkenem Kopf und offenen Armen – die Haltung, in der man die Schenker auf alten Marienbildern verharren sieht.

François hob ihr Gesicht in die Höhe, rief sie leise bei ihrem Namen, tätschelte die blutleeren Wangen. Dann schob er beide Arme unter ihren Körper, hob ihn auf; die Beine hingen schlaff herab. An der einen Zehe wurde eine kleine Narbe sichtbar. Auch ich habe so eine Narbe; sie stammt von einem Hieb, den Adrienne mir mit ihrer Schaufel versetzte. Muß eine Kindheitsnarbe sein. Unter großen Anstrengungen trug er sie in das anstoßende Zimmer und legte sie auf das Bett, das sie vorhin so geschwind zugedeckt hatte. Durch den Lidspalt erblickte er ihre Augen: wässeriges, von Goldfasern durchschwommenes Blau. Er raffte den Schlafrock über dem leicht geschwellten, grellweißen Bauch zusammen. Claire lag in tiefem Schlaf. Er streichelte ihr die Stirn: sie stöhnte auf, beruhigte sich wieder. Wecke sie nicht, laß sie sich an diesen großmütigen Schlaf schmiegen; schon hat sie zu träumen begonnen; die Lider sind zugefallen. Sie gab noch ein paar Laute von sich, Worte, die in ihre Silben zerfielen, sobald sie sie auszusprechen versuchte. Plötzlich wandte sie sich fort und vergrub das Gesicht in der zerknüllten Decke.

Ihm war, als sei er jetzt wieder ganz allein in diesem Haus, das sich unter seinem unersättlichen Blick verjüngte, dessen Tapeten wieder frische Farben annahmen. Die Sonne strahlte ungestüm; in den Bäumen funkelte es. Eine mit Zucker vollgesogene Wespe schwirrte trunken im Zimmer umher. Die Bäume hatten sich wieder mit Laub bedeckt, mit üppigem, schwarzem Grün, das schon die Hitze gefühlt hatte. Es war ein Sommer, wie es seit langem keinen mehr gegeben hatte; die eben erst aufgeblühten Rosen zerblätterten bereits über einer aschenen Erde; die Blätter der Schwertlilien hingen wie durstende Zungen herab. Die Vögel schwiegen; nichts als das unaufhörliche Schwirren der Insekten vor den Fenstern, hinter den Vorhängen, um die kupfernen Lüster; nichts als das Gefunkel auf Vorhängen und Wänden.

Seine Wangen glühten. Über der ganzen Gegend lag plötzlich wieder dieselbe Niedergeschlagenheit wie zur Saatzeit. Der Himmel über diesem gleißenden, Donnerschlägen verheißenden Morgen war ein fernes staubiges Blau.

Oh, diese umherirrende Kuhherde damals, die mich beim Laufen hinderte, mich in einen Torweg drängte …

Und diese Fliege, die mich von Anfang an begleitete ... Das Dorf war menschenleer. Es hatte gerade zum Angelus geläutet. Als ich beim Metzger vorbeikam, hörte ich das Klirren des Glasperlenvorhangs, das ruhige Auf und Nieder des Riegels an seinem Eisschrank. Dann blieb ich einfältigerweise vor der Auslage des Tabakladens stehen, aus dem mir ein starker Duft von Pfeffer und allerlei Schnüren entgegenwehte, dem der ausgedörrte Wald den seinen beimengte: den Geruch von gespaltenem, harzigem Holz. Schweiß klebte mir an den Nasenflügeln, aber ich hatte kein Taschentuch und fuhr mit dem Ärmel über die Wangen. Endlich betrat ich dieses Haus hier, um meinen Lehrer zu besuchen. Mein alter Lehrer ... Er empfing mich mit einer flachen Seemannsmütze auf dem Kopf, rieb dann eine Zeitlang seine Brillengläser, schnaufte dabei wie ein alter Seehund und sagte kein Wort. Ich betrat sein Arbeitszimmer, dessen Wände über und über mit Fliegen bedeckt waren. Er brummte, schob das Glas und den Teller beiseite, die inmitten unserer Hausaufgaben standen, die er gerade korrigierte.

»Was willst du von mir, François? Du weißt, daß du heute vormittag nachsitzen solltest.«

»Ich möchte aber nicht nachsitzen, Herr Lehrer.«

»Dann solltest du auch keine Dummheiten machen.«

»Ich möchte nicht nachsitzen ... wegen Vater.«

»So? Aber dein Vater muß es wissen. Strafen sind nicht dazu da, damit man sie geheimhält. Wie soll ich sie jetzt wieder aufheben, wenn ich gerecht bleiben will?

Was werden deine Mitschüler dazu sagen? Strafe bleibt Strafe ... Aber was hast du denn da in deiner Tasche? Laß mal sehen.«

Ich holte einen lebenden Vogel hervor, reichte ihn dem Lehrer.

»Weil ich weiß, daß Sie die Vögel lieben ...«

»Du willst mich bestechen, wie ich sehe.«

»Wirklich nicht. Der Vogel kommt aus einem Käfig.«

»Und nach allem hast du jetzt auch noch gestohlen?«

Ich antwortete nicht; ich schämte mich in Grund und Boden.

»Du tust den Vogel wieder in den Käfig.«

»Aber Sie haben doch gesagt, die Vögel seien dazu da, um frei umherzufliegen ...«

»Das schon; aber nicht, daß man sie stehlen soll.«

»Aber ich kann ihn ja nicht gestohlen haben, wenn ich ihm seine Freiheit wiedergebe!«

Der Alte brummte.

»Wenn ich mit dem Salat fertig bin, dann bringe ich dich nach Hause; ich will mal mit deinem Vater reden. Eines bestraften Kindes wegen will der Herr Papa sich ja nicht bemühen ...«

Unterwegs betraten wir den Tabakladen: der Alte war ein starker Raucher. Er merkte es mir an, wie sehr ich auf die Glanzpapiertüten versessen war, und kaufte mir eine. Ihr Inhalt bestand vermutlich in zwei oder drei Bonbons, einem kleinen Ring mit einem Marienkäfer, einem Horoskop. Ich habe sie nie geöffnet, diese Tüte. Kaum war ich zu Hause, lief ich in den Garten und vergrub sie zwischen den Nelken. Auf diese Weise wurde ich zum Besitzer eines Schatzes, dessen Versteck nur mir bekannt war. Der Lehrer erwähnte meine Strafe mit keinem Wort; alles, was er Vater sagte, war, daß ich am Nachmittag in die Schule zu kommen hätte, ›um endlich die Flüsse und Nebenflüsse Frankreichs zeichnen zu lernen‹. Lieber alter Lehrer!

Ein Schauder überlief ihn: die Hitze war geschwunden, der Himmel wieder fahl. Fort das Laub in den Bäumen. Aus dem Garten kam beißende Kälte herauf. Irgendwo rief ein Kuckuck, und François befühlte seine Taschen, um nachzusehen, ob er Geld bei sich hatte: ein Aberglauben aus seiner Kindheit, der ihm jetzt wieder einfiel.

Das Haus hatte wieder sein verödetes, altväterisches Aussehen. Geruch von überreifem Obst verbreitete sich in den Räumen; der Herbst berührte es wieder mit seiner kalten Tierschnauze.

Wenn ich mir jetzt ein wenig Wasser übers Gesicht laufen ließe – das täte mir wohl. Er betrat die Küche, die eine ungewohnt hohe Decke hatte. Er kannte ihn, diesen kargen Lichtschein, der durch eine Dachluke einfiel: das Fenster war vermauert worden. Hier hatte der alte Lehrer ihm einmal eine Eierspeise gekocht, in einer riesigen Pfanne, an der noch das Fett vom Vortage haftete.

François steckte den Kopf unter den Wasserhahn; die ersten Tropfen schreckten eine unter dem Spülstein kauernde Katze auf. Das Wasser rann ihm an Wangen und Hals herab; er prustete, fand die alte kiesige Seife wieder, die so gar nicht schäumen wollte und wie ein Fisch seinen vor Kälte klammen Fingern entglitt. Tastend fand er das an einem Nagel hängende rauhe Handtuch und begann sich langsam abzutrocknen. Endlich bekam er die Augen wieder auf, erblickte einen von einem Kalender eingefaßten Spiegel, kämmte sich, holte tief Atem. Es roch nach Waschtrog. Aus dem Halbdunkel blinkten ihn die kleinen Messinggriffe eines altmodischen, hochbeinigen Küchenherds an. Vergebens versuchte er die Erregung abzuwehren, die sich seiner bemächtigte. Ein alter Schinken, gelb und hart, hing von der Decke herab. Ihm war, als beäuge ihn das ganze Haus, als erwarte es von ihm, daß er etwas wie Überraschung, Rührung, Verwunderung bekunde. Im anstoßenden Zimmer wurden jetzt Schritte vernehmbar, das weiche Schlurfen abgetragener Filzsohlen. Die Verbindungstür öffnete sich.

Eine Frau, einen Besen in der Hand, blieb auf der Schwelle stehen. Ein kariertes Leinentuch verhüllte ihr Haar; um ihre schmalen Hüften bauschte sich ein schwarzes, glänzendes Kleid. Sie war winzigklein, ihr schmaler Oberkörper verschwand völlig unter einem Fransenumhang. Das einzig Lebendige inmitten dieses Stoffhaufens war ihr bäurisches, ausgiebig gerunzeltes Gesicht, in dem die Augen wie kaum aufgebrochene Knospen wirkten.

»Ach ... Entschuldigen Sie!«

Man sah es ihren Lippen an, daß sie jetzt gerne gelacht hätte. Bei der leisesten Empfindung fältelten und glätteten sich ihre Wangen. Ihre welken Veilchenblicke überwachten ihn.

»Sie stören mich nicht im mindesten, Monsieur. Ich muß im Eßzimmer und im Flur aufräumen, dann habe ich nichts mehr zu tun. Sie tun übrigens gut daran, schon in aller Herrgottsfrühe auf den Beinen zu sein. Heute ist so das richtige Wetter für Steinpilze; Sie sollten mal bei dem verfallenen Haus nebenan nachsehen. Aber nehmen Sie sich vor den Jägersleuten in acht, die schießen nämlich wie die Blinden. Wollen Sie nicht vorher noch eine Tasse Kaffee? Und dazu so eine kleine leckere Eierspeise mit in Knoblauch gerösteter Semmelkrume? Knoblauch und Sonnenaufgang – das paßt gut zueinander; und außerdem fördert das den Geruchsinn. Ich bin zwar eine alte Frau, aber für mich müssen die Dinge einen Geruch haben. Für Leute in meinem Alter hat die Erde keinen Geruch mehr.«

François wollte etwas Liebenswürdiges sagen, um sich dafür zu entschuldigen, daß er in ein Haus eingedrungen war, in dem niemand ihn erwartet hatte.

»Sie fangen wohl schon sehr früh an?«

»Am liebsten vor den andern; ich komme mir dann weniger alt vor. Um sechs Uhr früh nimmt niemand Anstoß an weißem Haar. Je älter man wird, je früher muß man aufstehen. Man fürchtet nämlich, eines Morgens überhaupt nicht mehr aufzuwachen und vergessen zu werden. Ich schlafe wie meine Katze: bereit, auf den leisesten Anruf hin aufzuwachen.«

François hatte bemerkt, daß sie an der linken Hand drei Eheringe trug.

»Sie sind verheiratet?«

Sie lachte auf; es hörte sich wie das Rascheln dürrer Blätter an.

»Weshalb fragen Sie mich danach? Ach so, wegen meiner Eheringe ... Der erste ist der meine, der zweite der meines Mannes, der dritte der meiner Mutter. Eheringe tun ja niemandem weh, nicht wahr?«

Sie holte aus ihrer Schürzentasche einen Apfel hervor, wischte ihn mit dem Ellbogen ab.

»Von einem Baum auf der Landstraße; der Graben daneben ist immer voller Früchte. Der Armenapfel.«

Dieses Gesicht, diese zuvorkommende Haltung, diese runden Hände: ich kenne sie ja ... Und auch diesen sanften, beruhigenden Blick kenne ich ...

Das Haus trat ihm jetzt deutlich vor Augen. In diesem Sessel hatte er damals geschlafen, als er von zu Hause fortgelaufen war und der alte Lehrer ihm wieder einmal Obdach gewährt hatte. Eines Nachts hatte er Vater eine weibliche Gestalt durch die Allee begleiten sehen. Er führte sie am Arm. Seit Stunden lag ich auf der Lauer. Ich wollte ihr nachlaufen, mit ihr sprechen. Ich hatte meine Turnschuhe angezogen und den ›diensthabenden‹ Regenmantel übergeworfen. Ich lief und lief, gelangte in ein Gehölz, schlug lang hin, drang tiefer und tiefer in das niederträchtige Brombeergestrüpp, das mich nicht vorbeiließ. Oh, dieser Boden, der unter meinen Füßen fortglitt, dieses Geäst, das mir die nackten Waden wundrieb, dieser Vogel, der knatternd seine schweren Schwingen öffnete, als ich vorbeikam! Dann kam ich endlich in den Sessel da zu sitzen, neben den Kamin, in dem es sprühte und prasselte.

Wie diese Frau ihn jetzt anstarrte!

»Erkennen Sie denn die Türknäufe nicht wieder? Sie wollten sie damals mitnehmen ...«

François schielte nach den Türknäufen hin, die ihn damals so entzückt hatten. Sie waren ihm als der Inbegriff luxuriöser Wohnverhältnisse erschienen, diese kalten Messinggriffe, die wie funkelnde Eier aussahen.

»Sie haben damals eine große Schale Schokolade getrunken, sie stand auf dem Tischchen da ... Wir haben jetzt eine Decke drübergetan, damit man die Sprünge nicht sieht ... Die Mahagoniplatte hat sich nämlich geworfen ...«

»Es war sehr windig draußen, nicht wahr?«

»So windig, daß wir glaubten, unser Schieferdach würde bald unten im Garten landen ... Sie hatten damals eine Bürstenfrisur ...«

»Und war nicht wieder wegzubringen?«

»Um keinen Preis. Sie klammerten sich an mein Kleid, krallten sich an meine Bluse. An dem einen Ärmel platzte die Naht ...«

»Und dann sagte ich wohl, mein Vater sei am Tod meiner Mutter schuld ...«

»Ja, das sagten Sie.«

»Und dann benachrichtigte man die Gendarmerie,

und Vater sollte kommen und in meiner Gegenwart vernommen werden …«

»Ich gab Ihnen ein altes funkensprühendes Feuerzeug, um Sie ein wenig zu zerstreuen, aber Sie hatten bald genug davon.«

»Und wiederholte meine Lügen.«

»Sie waren an demselben Platz wie jetzt: ich weiß es noch genau. Unglückliche Kinder vergißt man nicht so leicht … Unglückliche Mütter – die gibt's haufenweise, da ist nichts weiter dran … Aber Kinder, die unglücklich sind und dabei nicht weinen, – die haben so ein komisches Gesicht … Und Sie – Sie weinten nicht. Ich wäre imstande gewesen, Sie zu schlagen, nur um Sie zum Weinen zu bringen – aber Sie weinten nicht, die Tränen rannen wohl nach innen. Und wenn Sie dann sprachen, hörte man's inwendig glucksen wie bei einem schlecht zugedrehten Wasserhahn.«

»Nicht wahr, es brannte Feuer im Kamin?«

»Im Kamin? Nein. Wir hatten einen kleinen Ofen eingeheizt und einen kupfernen Kessel drübergestellt, um heißes Wasser bereitzuhaben.«

»Ich kann mich gut an Sie erinnern. Sie waren sehr groß und hatten so einen dicken Haarknoten, der mir furchtbar imponierte; die ganze Zeit fürchtete ich, er könnte plötzlich aufgehen … Und außerdem hatten Sie diese quecksilbrigen Ohrringe …«

»Ich habe sie nicht mehr; das Gold nutzte sich ab, und eines Tages waren sie fort.«

François schloß die Augen; Schweiß stand auf seiner

Stirn; er tat einen tiefen Atemzug und stieß die Luft zwischen den Zähnen hervor.

Die Alte stand hinter ihm, den Arm auf seiner Stuhllehne, als wache sie über sein Geschick.

»Zuerst dachte ich, Sie seien wegen der Nichte von Monsieur Bordenave gekommen. Die Schlechtigkeit in Person, dieses Mädel …«

»Monsieur Bordenave? Wer ist das denn?«

»Der alte Lehrer, der Ihnen damals Obdach gewährt hat. Er sprach sich so gern mit Ihnen aus.«

Wenn du wüßtest, daß ich mich nicht mehr entsinnen kann, wann die Schlacht von Bouvines stattgefunden hat ... Und daß ich bei der Lösung der Rechenaufgabe ein bißchen unsicher war ... Und was die Diktate betrifft, so gibt es Fehler, von denen ich einfach nicht loskomme, die wie Kletten an mir hängen.« Jeden Morgen hatte er Lampenfieber, und unterwegs memorierte er, was er vorzutragen gedachte. »Erst lasse ich sie die Grammatiklektion hersagen, das kann mir auf keinen Fall schaden ...« Man machte sich über ihn lustig, weil er einen Kropf hatte. »Put, put, put!« schrie es von allen Seiten, als käme gerade eine besonders vorteilhaft bekropfte Henne zur Klassentür herein. Ich stellte mir vor, wie weh ihm das tat, ich litt an seiner Stelle. Was Vater anlangte, so mochte er gut noch eine Weile in meinem Lügengewebe hängenbleiben. Die Gendarmerie arbeitete langsam, gegen ihren Willen gleichsam. Vater hatte einen guten Ruf, sein schwarzer Anzug und seine ungewöhnlich weißen Hände verschafften ihm überall Respekt. Man lud ihn ein paarmal vor, brachte ihm bei dieser Gelegenheit die seiner Person gebührende Ehrerbietung entgegen und belästigte ihn schließlich nicht mehr. Abends sprach er beim Lehrer vor, aber ich empfand keinerlei Verlangen nach einem Wiedersehen. Bis dann eines Morgens mehrere Herren das Zimmer betraten, in dem ich schlief. Eine stumme Gruppe, zu der auch Vater gehörte. Man bot mir Zuckerwerk an, dem man es ansah, daß es wahllos zusammengekauft war: ich lehnte ab. Vater war ohne Krawatte, sein kahler, hagerer Hals stak aus dem offenen Hemdkragen hervor – ein unvergeßlicher Anblick. Auf dem Gesicht malte sich Reue, der Blick war ohne Kraft, schien auf all sein düsteres Gepränge verzichtet zu haben. Keinerlei Beschwerde über mich; er selbst nahm mich ins Verhör, mit einer Sanftheit, wie ich sie bei ihm noch nie erlebt hatte. Es war, als kehrte er aus einer anderen Welt zurück, in der er seine ganze eisige Kraft, alle seine Launen und Schrullen zurückgelassen hatte. Er ergriff meine Hand, als benötige er meinen Beistand, um eine Straße zu überqueren, irgendwelche gefährlichen Räume zu durchschreiten. Ich fühlte mich einsamer als je, einsam und hilflos, niedergeschlagen von der zudringlichen Zärtlichkeit dieses unerträglichen Vaters. Dieses Vertrauen suchende Schweigen, diese ruhigen, entwaffneten Augen, dieser befangene, unsichere Gang: ich war das keineswegs gewohnt. Er plünderte mich aus, er brachte mich um den Zorn, den er in mir geweckt hatte, er schöpfte mich leer. Ich wollte seine Hand drücken, aber im selben Augenblick zog er sie auch schon zurück, und ich erkannte, daß all das bloße Mache war und meine tollen Enthüllungen mich teuer zu stehen kommen sollten.

Alle wollten mich nun zum Sprechen bewegen, mir noch mehr entlocken, als ich bereits erdichtet hatte.

Überzuckerte, verfängliche Fragen, gegen die ich mich mit dem ganzen Ungestüm meiner Tränen zur Wehr setzte. Ich vergrub mein Gesicht in die Kissen und flehte dabei zu Gott – damals, ja, lebte ich noch mit Ihm –, er möchte mich zum Schweigen bringen, mich hinwegtragen aus diesem Raum, in dem die väterliche Liebe mir jetzt gefährlicher wurde als die gefährlichste Waffe. Während ich um Hilfe rief, wurde der alte Lehrer nicht müde, mir ins Ohr zu flüstern: »Ich bin bei dir, fürchte dich vor nichts, ich bin da.« Mir war, als dauerte diese Szene schon seit Stunden – ich schlief ein. Als ich erwachte, war eine Frau bei mir, ein warmer, treuer Schatten. Stumpf, verständnislos sah ich sie an, hörte, wie sie etwas sagte: »In diesem Augenblick vermag nichts mehr mich daran zu hindern, deine Mutter zu sein.«

»Waren Sie das?«

Die alte Frau lächelte.

»Ich habe einen Sohn. Er sieht dir ähnlich.«

Ihre Augen öffneten sich verzückt, wie in einem Traum verloren, der erst beim Anblick eines Knabengesichts zum Leben erwachte. Mit einemmal fand sie ihre Einsamkeit wieder, ihre zerfaserte Zärtlichkeit, fand sie in jedem beliebigen Blick einen geliebten Blick wieder. Ein verlorener, jederzeit wiedergefundener Sohn.

Nein, geh nicht fort. Alles, aber auch alles haben sie getan, damit ich dich nicht wiedererkenne … Du seist tot, sagten sie, im Kriege gefallen – aber der Krieg ist längst beendet. Wir haben doch Frieden, nicht wahr? Was besagt also dein Tod? Sogar schriftlich haben sie ihn mir mitgeteilt – welch eine Niederträchtigkeit, einer Mutter so etwas zu schreiben! Jede Mutter hätte daran sterben können. Natürlich, ein außereheliches Kind, das zählte nicht. Du standest nicht in den Matrikeln, infolgedessen konntest du verschwinden. Und so ein Dienstmädchen wie ich, mit einem Kind zwischen Speise- und Rumpelkammer, sowas gehört in den Mülleimer geworfen. Für so ein Kind gibt es keine Wiege; es hat kein Recht auf eine Familie. Neben dem Gemüse bist du groß geworden, neben der schwarzen Einkaufstasche und den Schürzen. Deine größte Freude war, mir zuzusehen, wenn ich das Parkett bohnerte, du klatschtest dann vor Vergnügen, du kleiner Faulpelz. Erinnerst du dich noch, wie du einmal eine ganze Handvoll roher Linsen vertilgt hast? Und wie du auf dem Kuchenteig eingeschlafen bist? Nein, du kannst nicht im Krieg umgekommen sein, du bist ja hier. Vor drei Monaten bist du bereits einmal hier gewesen und wieder gegangen – ich habe nichts gesagt, du tust, was dir paßt, ich will dir nicht den Weg vertreten, aber es war hart, dir zuzusehen, wie du kamst und wieder gingst. Wie du dich veränderst! Nein, nein, ich bin schon ganz richtig im Kopf ... Warum nur bleibst du nicht der, der du bist, weshalb suchst du mich zu verwirren? Was habe ich dir denn getan?

Du darfst niemandem erzählen, daß du mich gesehen hast. Sie dürfen nicht erfahren, daß du am Leben bist, sie würden es mir nie verzeihen. Sie lassen nicht locker, weißt du. Du bist fürs Vaterland gestorben – ja und? Für deine Mutter bist du nie gestorben. Laß sie nur gewähren, inzwischen haben wir unsere liebe Ruh. Wenn sie durchaus darauf bestehen, daß du tot bist, so wollen wir ihnen schon nicht widersprechen, sonst fühlen sie sich beleidigt. Mein Kind können sie mir nicht nehmen. Sie sind neidisch auf mein Glück – auf das Glück, meinen Sohn bei mir zu haben, sooft ich es will. Das hätte ihnen so passen können, daß ich ihnen zustimme und dich begrabe! Ich will dir etwas sagen, etwas, das du aber nicht weitersagen darfst: Es gibt nur zwei Lebende hier: dich und mich.

Haben Sie meinen Vater gekannt?«

Ein kleiner Funke irrlichterte durch ihre Pupille; dann lagerten sich wieder Schatten auf ihre Lider: ihr Warten, ihr altes, tagtägliches Warten bekundete sich von neuem. »Natürlich kannte ich ihn – wie das ganze Dorf ihn kannte. Er fiel auf – noch heute weicht man ihm aus, grüßt man ihn nur von weitem. Man antwortet ihm, aber man spricht ihn nie an. Wie kommt es, daß Sie jetzt nicht bei ihm sind?«

»Aus einem ganz einfachen und zugleich sehr komplizierten Grunde. Gestern abend, ich wollte gerade nach Hause, verlor ich den Weg. Man hat mir dann Obdach gewährt.«

»Immer wird Ihnen Obdach gewährt.«

»Vielleicht.«

François erhob sich.

»Gehen Sie bloß nicht ins Eßzimmer; es ist noch unaufgeräumt.«

Er tat es trotzdem. Auf dem massiven Tisch standen noch Gläser herum, Teller, ein Brotkorb, eine Käseglocke, eine Champagnerflasche.

»Hier.«

»Was hier?«

»Vater und ich. Wir waren bei Tisch, der alte Lehrer hatte uns allein gelassen. ›Warum lügst du so unverschämt? Da muß jemand dahinterstecken, der dich dazu angestiftet hat – wer? Antworte!‹«

Der Anblick der Überbleibsel dieses offensichtlich intimen Mahls war ihm nicht länger erträglich; behutsam stellte er die Käseglocke auf ein Tablett und kehrte zu der alten Frau zurück, deren Gesicht nicht die geringste Verwunderung ausdrückte. Offenbar waren solch familiäre und zugleich betretene Besucher wie er nichts Ungewöhnliches für sie.

»Ich war in einem derartigen Zustand, wissen Sie, daß er schließlich verstummte. Er setzte eine verdienstvolle Miene auf, kam mir zuvor – was sollte ich ihm antworten? Ich gab eine schlechte Figur ab vor meinem beginnenden Leben ...«

»Es stimmt schon, daß Ihr Leben hier erbebte ...«

»Ich log also drauflos; durch die Lüge verlieh ich meinem mir gegenüberstehenden Vater Wirklichkeit. Man muß lügen, wie man sich ins Wasser stürzt: ohne zu überlegen.«

»Denken Sie nicht mehr an all diese Geschichten. Setzen Sie einen Schlußstrich darunter, und gehen Sie dann. Ich habe jetzt Zeit genug verloren.«

Sie schien plötzlich eine andere geworden zu sein.

»Dieser Staub! Beißt einen in die Kehle!«

Sie griff nach ihrem Besen, entfernte sich. Mit glühenden Wangen stand er da, um die Erkenntnis einer so lange geheimgehaltenen Wahrheit ringend.

Ich sah Vater mit anderen Augen als sonst, ich beraubte ihn jeglicher Ähnlichkeit mit dem unnahbaren, leidgebeugten Mann, der er war. Er sollte mich endlich vor den Augen aller hassen, mich mit der Zustimmung aller verstoßen. Nicht stillschweigend wie bisher sollte er sich von mir lossagen, ich wollte, daß meine ganze Umgebung mir ihren Abscheu bekundete. Ein alberner Wunsch, gewiß. Aber diese Beklommenheit, dieses Getuschel, all das Unausgesprochene um mich her: konnte ich es denn noch länger ertragen? Ein Kind findet sich nie damit ab, von den Menschen seiner Umgebung übersehen zu werden. Ich wollte bemerkt, beachtet werden. Durch meine Lügen wurde ich zum Gegenstand der Gespräche, des Mitleids. Ich nötigte Tränen ab, ich setzte in Erstaunen. Man begann mich ernst zu nehmen. Ich war endlich lebendig, vorhanden, gefährlich: ich erhob Ansprüche, ich fiel auf, wurde gleichsam zum Wahnbild der Kindheit, gegen das die Erwachsenen nun Front machten. Unversehens war ich der Kindheit entwachsen, und niemand war vorbereitet auf diese furchteinflößende Erscheinung, auf diese Kampfansage von seiten der mißhandelten Unschuld. Ich zwang Vater und seine Verbündeten, mir auf ein Kampffeld zu folgen, wo selbst die harmlosesten Worte bedeutungsschwer wurden. Ich wandte alles auf: Mutter, ihr zartes, zerbrechliches Wesen, die Vergangenheit, Vaters Trauer, Gott – nur damit die Welt, in der ich leben wollte, endlich einbekannte, daß sie unfähig war, mich zu ertragen. Ich Ärmster! Ich übte mich im Bösen, ohne Maß und Ziel. Und abends vergrub ich mich dann in meinem Bett, das Fieber schüttelte mich, ich heulte in meine

Bettlaken hinein – und wartete, daß eine Hand sich auf meine Stirne legte ... Gab es jemand, der imstande war, zu mir zu kommen und mich von meinen Hilferufen und Anklagen zu befreien? Der mich darin zu unterweisen vermochte, wie ich Schlaf finden konnte inmitten des unaussprechlichen Zugegenseins der gramgebeugten Schattengestalt meiner Mutter? Ein Kind wie die andern sein: das war es, wonach ich mich sehnte. Ein Kind, das Schelte bekam, dem man zur Strafe seinen Nachtisch entzog, ein Kind mit einem Zuhause, das von ihm ausgefüllt wird. Meine ganze Haltung zeugte von dieser Sehnsucht. Wer vermochte daran vorbeizusehen, außer jenen, die wie ich in der Lüge verharrten? Nicht daß meine Falschheit mich fasziniert hätte; ich übertrieb, gewiß, ich schlug über die Stränge, aber ich handhabte sie schlecht, meine Heimtücke: die Wunden empfing ich selbst. Ich Ärmster! Nie sollte ich von dieser Lüge loskommen: ich brachte mein Leben damit zu, sie zu verbergen. Auch Juliette mußte das hinnehmen; ich betrog sie um meine Kindheit – wo man doch nur mit seinem ganzen Leben wirklich lieben kann! Und ich – ich enthielt ihr den zerrütteten Teil meiner Seele vor, die Stelle darin, die brandig war. Ein kleiner Schatten kauerte in meinem Innern, und durch diesen Schatten hindurch liebte ich sie ... Wie, wenn sie mir gleicht?

François fuhr mit der Hand durch sein Haar. Ein schmaler, trostspendender Sonnenstrahl säumte noch auf dem Fußboden; die festgehakten Fensterläden knarrten im Wind.

Höchste Zeit für mich, zu Vater zu gehen – zu meinem ursprünglichen Vater, zu dem, der sich jetzt wohl über all diese Erinnerungen beugt; zu einem Vater der Gnade, wie die Christen sagen würden, nicht zu jenem andern, der nur über seiner Höllenvision wachte. Er ist wieder mein Vater – nackt und bloß wie ich selbst. Bald werde ich vor ihn treten, ohne von ihm Rechenschaft zu fordern. Armer, unfreiwillig mörderischer Vater im Zwielicht meiner jetzt wiederkommenden, auf der Schwelle des Morgens zögernden Kindheit. Arme, unfreiwillig zum Opfer gewordene Mutter, unbeugsame, heftige Mutter, die in meiner Überspanntheit eine Stütze fand, die mich aber auch festhielt ... Vereint seid ihr jetzt in dieser zarten Helligkeit, die der Wind in den entblößten Bäumen weben läßt – ich grüße euch!

François empfand Beglückung. Die Müdigkeit war geschwunden. Ehrfurchtsvoll betrachtete er das Haus: es war seine letzte Rast gewesen vor dem Wiedersehen mit seinem Vater. Nun war er gerüstet, die Schwelle zu überschreiten und den Weg fortzusetzen. Er besaß wieder einen Vater, seinen Vater, frisch und guter Dinge, blankgeputzt vom Dunkel der Nacht, die er durchmessen hatte.

Er stand auf, wandte sich zur Haustür, öffnete sie. Es wußte zu viel von seinem Leben, dieses Haus, er hatte Eile, es zu verlassen. Die alte Aufwartefrau war im Garten; sie pflückte Zwergdahlien. Er ging auf sie zu, bat sie, sich um Claire zu kümmern.

»Sie braucht Ruhe, aber wenn Sie hören, daß sie sich rührt, sehen Sie bitte nach ihr.«

»Wann wird Herr Jean zurück sein?«

»Das weiß ich nicht, aber ich denke, er wird nicht lange ausbleiben.«

»Und du – wann kommst du wieder?«

»Ich weiß nicht.«

Sie begann wieder Blumen zu pflücken, ernst, ohne zu ihm aufzublicken. François durchschritt eine vernachlässigte Allee mit langstieligen, kokett wippenden Skabiosen, schloß das Gittertor hinter sich. Die Erde verschwendete ihren Geruch: ein Pflanzenduft, in dem nichts Herbes war. Er kam unter einem Kastanienbaum vorbei, von dem sich Blatt um Blatt ablöste, stieß mit dem Fuß die aufgeklafften, stacheligen Schalen vor sich her, fand plötzlich eine vergessene Geste seiner Knabenzeit wieder: er klemmte die Schale zwischen seine beiden Sohlen und drückte; glänzend, mit feinem, silbrigem Flaum bedeckt, kamen die Kastanien hervorgequollen. Er las sie auf, ließ sie in seine Tasche gleiten. Sich umwendend, sah er die Alte eine ungeschickte Hand zum Gruß emporheben – oder winkte sie ihn zurück?

Er beschleunigte seine Schritte und stieß hundert Meter weiter auf Simon, der auf ihn wartete.

»Na, junger Mann?«

»Claire ist da drin; sie schläft. Wir müssen warten, bis sie von selber erwacht.«

»Und ich bin inzwischen um den ganzen Teich herumgelaufen und habe zwei Angler ausgefragt … War ja ein ausgiebiger Besuch, den Sie da abgestattet haben …

Na, glücklicherweise scheinen Sie ja ehrlich zu sein, und bei diesen Lehrersleuten liegt der Schmuck ja auch nicht gerade auf den Möbeln herum ... Stellen Sie sich bloß vor: hat früher mal unserm lieben Toten gehört, das Haus da drüben. Ich habe mir sagen lassen, daß er daraus seinen Rendezvousort gemacht hat, so ähnlich wie Ludwig der Fünfzehnte mit seinem Hirschpark. Allerdings war er anspruchsloser: jeder Fraß war ihm willkommen. Schade, daß er's dann verkaufte, als seine Frau starb; heute hätte die Gemeinde ihm teures Geld dafür bezahlt. Hat sich langsam ruiniert, der arme Kerl, ohne selbst was zu merken; mal da ein Stückchen Feld, mal dort 'ne kleine Bude; schmilzt einem wie der Schnee weg, so'n Grundbesitz. So, jetzt gehn wir aber wieder heim und trinken ein Schälchen Kaffee, das richtet einen wieder auf. Und ich sage meiner Frau, daß sie mal hinübergeht und Claire holt, sowas ist Weiberarbeit. Was mich betrifft, so muß ich jetzt mal zu meiner Kundschaft. Richtig, zu wem wollten Sie eigentlich nach Chauvigny?«

François wollte ihm gerade antworten, als Paul auf sie zugelaufen kam.

»Man wartet auf Sie. Vater, Mutter sagt, ich soll von dir Geld verlangen und Zucker und Milch kaufen gehn. Und dann brauch' ich auch ein Schreibheft und einen Schutzumschlag ... Ich habe dich von weitem kommen sehen.«

»Ist das alles, was du mir zu sagen hast?«

»Habt ihr Claire gefunden?«

»Ja. Sie ist gut aufgehoben.«

»Wo ist sie?«

»Sie zieht sich um und kommt dann zurück. Ja richtig, wo ist das Hochzeitskleid?«

»Ich gehe es holen.«

Er fürchtete, Simon könnte ihm folgen, und begann zu laufen.

Paul schnupperte; seine Ohren waren über und über rot und hatten einen riesigen Saum, der von Frostschrunden herrühren mochte.

»Warum zieht sie sich nicht in ihrem Zimmer um?«

Simon stieß den Jungen vor sich her.

»Heb dir deine Neugierde für Montag auf, wenn du wieder in deinem Klassenzimmer sitzt. Und wenn du nicht unter den ersten bist, wird's heiß werden.«

»Was wird heiß werden?«

»Meine Hand. So, jetzt weißt du aber Bescheid.«

François kam zurück, das Kleid über den Arm gelegt; die Tüllschleppe hatte er zu einer riesigen Kugel zusammengerollt; ein Zipfel flatterte im Wind.

Sie schritten auf das Haus zu; Simon schien ganz aufgeräumt; François wollte liebenswürdig sein.

»Sie müssen mir Ihre Adresse geben.«

»Kennen Sie sie denn nicht?«

»Nein.«

Simon lachte auf; sein Gesicht bekam eine rosige Farbe. »Stimmt, Sie hatten sich ja verirrt ...«

Eine behäbige, glutfarbene Sonne schwamm hinter dem reglosen Geäst empor, das leichte, schwarze Mistelbälle und die dornigen Nester einer schreienden Rabenbrut entblößte.

Die Kälte stachelte den Hunger, zwang François und Simon, schneller zu gehen. Die Felder ließen sich Zeit mit ihrem Erwachen, der Sommer hatte sie offenbar erschöpft, die Untätigkeit ringsherum schien sie nicht wunderzunehmen. Nur die Holzleser waren unterwegs; den Blick auf den Boden geheftet, schoben sie die Karren vor sich her, in denen sie unter einem nachlässig hingeworfenen Zelttuch ihre Reisigbündel untergebracht hatten. Fettbäuchige Vögel flügelten zankend und unbekümmert von Scholle zu Scholle, von Hecke zu Hecke. Die Erde war noch fahler als sonst: sie war nicht umgepflügt worden. Die Bauern ließen sie ausruhen und ihr Unkraut nähren: Portulak und Löwenzahn. Es war ein nutzloses Grünen, aber man ließ sie gewähren, man gönnte ihr diese Pause, ehe man daranging, sie ein letztes Mal zu pflügen.

Der Weg dauerte nicht lange. Die Entfernung, die François so groß erschienen war, machte bei Tageslicht höchstens ein paar hundert Meter aus. Das Dach des Hauses war deutlich zu sehen, und dahinter, in einem Kessel, zeigte sich das ängstlich um seinen Kirchturm gekauerte Chauvigny mit seinen wie Fischschuppen glänzenden Schieferdächern. Kein Laub mehr, das dem Blick im Wege stand. Ein riesiges Stück Landschaft lag vor ihm ausgebreitet, auf dem die Wälder fahlrote Flekken bildeten. Eine gesammelte, ungezwungene, vertraute Landschaft, aus der alle Beklommenheit geschwunden war. Ein letzter Nebelgürtel um Chauvigny – auch er zerfaserte jetzt. Eine Glocke begann herzhaft zu läuten.

Mit Freuden nahm er die große Schale Milchkaffee, ohne sich weiter um die Haut zu kümmern, die er nicht mochte. Köstlich, dieses Brot; die Butter hatte den Geschmack einer Blattknospe. Jetzt blieb nichts übrig, als sich zu verabschieden. Er verließ die Küche, um die Schneiderin zu suchen, und entdeckte sie schließlich in dem Zimmer, in dem er geschlafen hatte: den Kopf auf die Stuhllehne gestützt, hockte sie da und weinte. Er wagte es nicht, sich dieser abgehärmten, bebenden Gestalt zu nähern, aber sie hob den Kopf.

»Sie gehen?«

Ihre Stimme klang gepreßt, ungewohnt. Sie änderte den Ton:

»Sie müssen jetzt wohl gehen, man könnte um Sie besorgt sein.«

François wich aus:

»Ich wollte Ihnen danken für …«

»Welch eine Nacht für Sie! Sie werden an sie zurückdenken. Aber urteilen Sie nicht zu hart: das Beste, das wir haben, ist der Schmerz. Wir haben ihn Ihnen angeboten, und ich versichere Sie, daß er nicht log. Auch ich danke Ihnen: für Claire, für das Kleid. Wenn Sie fort sind, gehe ich zu Claire. Wollen Sie nicht noch etwas essen?«

»Ich danke Ihnen, es war überreichlich.«

Sie holte ein großes, steifes Taschentuch hervor, schneuzte sich, fuhr sich kräftig über die Augen, als wolle sie alle Spuren ihres Kummers tilgen.

»Im Grunde kommt es ja gar nicht darauf an, daß wir unsere Namen erfahren. Sie werden vergessen, daß Sie hier Station gemacht haben. Nicht jedermann macht hier Station. Ich weiß, man könnte sich über uns wundern, vielleicht sogar mit uns ins Gericht gehen … Aber nicht wahr, man kann ja gar nicht mit uns ins Gericht gehen … Gehen Sie jetzt.«

François knöpfte seine Jacke zu, trat vor den Spiegel, kämmte sich, bat um Entschuldigung.

»Sind Sie immer noch in Sorge wegen Mademoiselle Claire?«

»Es gibt nur eine Dummheit, die sie begehen kann: nicht mehr zu lieben. Man heiratet nicht, um allein zu sein. Ich mißtraue der Erfahrung; Erfahrungen haben noch nie einen Menschen geändert. Ich hielt Sie für älter, aber heute morgen sind Sie wie ein Kind, wie ein strenges Kind. Diese böse Nacht – stellen Sie sich vor, Sie hätten sie im Traum erlebt.«

Plötzlich hörte er draußen vor der Tür ein Gefährt anhalten: ein Pferdehuf schlug melancholisch gegen den Prellstein.

Raymonde wurde blaß, griff sich nach dem Hals.

»Sie holen ihn.«

François antwortete nicht.

»Man bringt ihn nach Hause. Die Beerdigung wird

erst Montag stattfinden, denke ich ... Mag er jetzt in sein altes, einsames Bett zurückkehren!«

Marthe kam auf ihre Schwester zugestürzt:

»Sie sind da. Sie brauchen noch jemand, der ihnen beim Hinaustragen hilft.«

François trat vor:

»Vor dem Weggehen ...«

»Ich weiß schon, das ist nichts für junge Leute ... Sie müssen entschuldigen.«

Marthe war ihm schnell vorausgetrippelt. Auf der Straße gab es jetzt Getöse: ein Wanderzirkus, der vorbeizog. Dickbäuchige Ponys mit dürftigem, kurzgeschorenem Haar folgten einem grün angestrichenen Lastwagen. Durch die offene Tür kam eine Frau herein und bot aus Zeitungspapier hergestellte Wundertüten an. Die Anwesenden blieben stumm, und die Frau entfernte sich wieder mit ihrem Korb.

»Entschuldigen Sie, ich wußte nicht ...«

Paul sah vom Fenster auf den kleinen Zug mit seinen schreienden Farben. Als ein gesichteschneidender Affe vorbeiturnte, klatschte er Beifall.

Langsam, mit zugeschnürter Kehle, war François vor die Tür des Sterbezimmers getreten.

In höchstens einer halben Stunde bin ich bei Vater. Im Eßzimmer, in dem es immer nach alter Brotrinde riecht, wird der Tisch gedeckt sein. Ich werde ans Fenster gehen und vorsichtig die Läden öffnen.

Als er die Tür aufstieß, überkam ihn dasselbe Zittern wie früher, als Vater, ein Finanzblatt in der Hand und die Brille auf die Stirn gerückt, in seinem Arbeitszimmer auf ihn wartete.

Und es war in der Tat sein Vater, der ihn auf dem Bett erwartete: mit unter bläulichen, dünnen Lidern zusammengepreßtem Blick. Sein toter, in alle Ewigkeit erstarrter Vater.

»Vater!«

Ein schwarzgekleideter, frischrasierter Bauer trat auf ihn zu:

»Mein armer Herr François. Erkennen Sie mich noch? Ich bin Jerôme. Ich wußte nicht, daß Sie schon da sind. Sie werden ihn jetzt ganz sacht an den Schultern fassen. Die Arme werden schon nicht herabfallen, die Hände sind ja gefaltet.«

Wortlos hob François den Körper seines Vaters in die Höhe, trug ihn zur Fuhre, ließ ihn auf den mit einer Decke verkleideten Bretterboden hinabgleiten. Dann wurde ein Laken drübergebreitet – unter dem steifen Weiß wurde der Körper plötzlich zur Leiche. François stieg zum Kutscher auf den Bock; hinter seinen geschlossenen Lidern blickten die Augen auf ein glühendes Bild, das zu verkohlen begann, zu Asche wurde. Er weinte, ohne sich nach der stummen, erstarrten Gruppe umzuwenden. Der Himmel war jetzt wolkenlos, von hauchartigem, wie ausgeglühtem Blau. Man hörte den heiseren Schrei der Häher und den monotonen Singsang des Hasenfellhändlers, der, sein über und über mit verwitterten Fellen behangenes Fahrrad vor sich herstoßend, seine Runde von Gehöft zu Gehöft machte.

»Sie haben einen schweren Tag vor sich, mein armer Herr François. Dafür werden wir auf dem Weg zum Friedhof nicht naß zu werden brauchen: das Wetter hält bestimmt bis Montag an.«

Ursula Hennigfeld
Nachwort

Jean Cayrol zählt zu den großen Unbekannten der französischen Literatur. Obgleich er ein sehr bewegtes Leben geführt hat, in der Résistance kämpfte, das KZ Mauthausen überlebte, lange Jahre Verleger des berühmten Pariser Verlages *Éditions du Seuil* war, Autoren wie Roland Barthes und Philippe Sollers entdeckte und über 30 Romane, Erzählungen, Essays, Gedichtbände und Filmdrehbücher hinterlassen hat, ist er doch fast in Vergessenheit geraten und selbst in Fachkreisen nur wenig bekannt. Die Quellenlage ist äußerst dürftig: Zu fast allen Stationen seines Lebens finden sich widersprüchliche Zeitangaben.[1] Es handelt sich um einen der seltenen Fälle, in denen der Übersetzer Paul Celan bekannter ist als der Autor selbst – das gilt nicht nur für den deutschen Sprachraum, sondern auch für Frankreich. Auch wenn der Roman etliche Bezüge zu Camus, Sartre und surrealistischen Autoren enthält, sich psychoanalytisch deuten, als Kommentar zur französischen Erinnerungspolitik jener Zeit lesen lässt oder als Vorläufer des *Nouveau Roman* gelten kann, soll im Folgenden der Fokus auf den Verbindungslinien zwischen Cayrol und Celan sowie auf Cayrols Schreiben im Kontext der Shoah-Literatur liegen.

1. Jean Cayrols Leben und Werk

Jean Cayrol, der mit vollständigem Namen Jean Raphaël Marie Noël Cayrol heißt, wird am 6. Juni 1911 als Sohn eines Arztes in Bordeaux geboren. Schon früh entdeckt er seine Liebe zur Literatur, schreibt von Arthur Rimbaud inspirierte Gedichte, entdeckt die surrealistische Literatur und gründet mit einem Freund die Literaturzeitschrift

1 Auffällig ist z. B., wie sehr die Jahresangaben zu wichtigen Stationen seines Lebens in den Quellen variieren. So liest man, er sei 1939, 1940 oder 1941 in die Résistance eingetreten, auch zu seiner Tätigkeit bei Seuil finden sich verschiedene Jahresangaben. Selbst sein Todesjahr wird nicht immer mit 2005, sondern bisweilen auch mit 2004 angegeben.

Abeilles et pensées. Sein erstes Gedichtbuch veröffentlicht er im Alter von 24 Jahren. In Bordeaux studiert er Jura und Philologie und arbeitet nach dem Studium zunächst als Bibliothekar der Handelskammer von Bordeaux.

Als Frankreich sich auf den Krieg gegen Nazi-Deutschland vorbereitet, kommt er zum Geheimdienst der Marine und wird Mitglied eines Spionagenetzwerks. Bei Kriegsausbruch versucht er zunächst, nach London zu gelangen. Als dies scheitert, schließt er sich wie sein Bruder der Résistance an. Zweimal wird Cayrol denunziert und festgenommen. Während er beim ersten Mal glücklich wieder freikommt, wird er beim zweiten Mal in das südöstlich von Paris gelegene Gefängnis von Fresnes gebracht. Von dort aus wird er im März 1943 in das Konzentrationslager Mauthausen-Gusen deportiert. Später wird er berichten, dass er schon während der Fahrt nach Mauthausen das Gefühl hatte, das Bewusstsein und die eigene Identität zu verlieren. »Nacht«, »unmenschliche Dunkelheit« und »Verdunkelung der Persönlichkeit« sind die Worte, mit denen er seinen Zustand beschreibt und die für sein gesamtes Schaffen zentrale Metaphern darstellen werden. Er habe sich wie eine Planke gefühlt, die auf schwarzem Wasser treibt – ein Bild, das auch die Hilflosigkeit desjenigen zeigt, der keinen Einfluss mehr auf sein Schicksal hat.

Im Konzentrationslager Mauthausen-Gusen muss Cayrol schwere körperliche Arbeit im Steinbruch und Straßenbau verrichten. Als er eines Tages völlig entkräftet und dem Tode nahe ist, entschließen sich einige Mithäftlinge um den Priester Johannes Gruber zu einer ungewöhnlichen Geste der Solidarität: Eine Zeit lang gibt jeder der Häftlinge Cayrol einen Löffel von seiner Suppe ab, so dass er wieder einigermaßen zu Kräften kommt und überlebt. Der Priester Gruber, dem sich Cayrol durch diese Rettungsaktion sehr verbunden fühlte, stirbt 1944 in Mauthausen-Gusen. Auch Cayrols Bruder wird im selben Konzentrationslager ermordet. Cayrol trägt den Mitgefangenen Gedichte von Racine und Rimbaud vor und erhält dafür etwas zu essen von ihnen. Als ihm keine neuen Gedichte mehr einfallen, denkt er sich selbst Lyrik aus, die er französischen Dichtern zuschreibt. In den Arbeitspausen schreibt er eigene Gedichte. Diese Texte gehen nach der Befreiung zunächst verloren, werden ihm aber zehn Jahre später anonym zugeschickt. Erst 1997 erscheinen sie unter dem Titel *Schattenalarm* (*Alerte aux ombres*). Die ebenso poetische wie schreckenerregende Metaphorik weist Ähnlichkeiten zu Paul Celans Dichtung auf.

In den *Gedichten der Nacht und des Nebels* (*Poèmes de la nuit et du brouillard*, 1945), die noch im KZ entstehen und gleich nach der Befreiung veröffentlicht werden, versucht Cayrol für das Erlebte eine poetische Ausdrucksweise zu finden. Zwischen 1947 und 1950 veröffentlicht er die Romantrilogie *Ich werde die Liebe der anderen leben* (*Je vivrai l'amour des autres*). Für den zweiten Band *Die ersten Tage* (*Les premiers jours*, 1947) erhält er den renommierten französischen *Prix Renaudot* und wird damit ein auch international bekannter Schriftsteller. In seinem Aufsatz *Lazarus unter uns* (*Lazare parmi nous*, 1950) beschreibt er den KZ-Überlebenden als Wiedergänger nach dem Vorbild des biblischen Lazarus, der von den Toten zurückkehrt. Der Roman *Im Bereich einer Nacht* (*L'espace d'une nuit*) erscheint zum ersten Mal 1954 und wird 1961 von Paul Celan ins Deutsche übersetzt.

Seit 1949 ist Cayrol Mitglied des Verlagskomitees bei den *Éditions du Seuil*. Als Verleger entdeckt Cayrol viele junge, noch unbekannte Autoren und verhilft ihnen zum Durchbruch, so z. B. Philippe Sollers, Roland Barthes, Erik Orsenna oder Kateb Yacine. Ab 1956 gibt er die Zeitschrift *Écrire* heraus, in der Werke junger Autoren vorgestellt werden. Er schreibt auch für die 1960 von Sollers gegründete Zeitschrift *Tel Quel*, in der die wichtigsten Werke von Michel Foucault, Jacques Derrida, Roland Barthes, Gérard Genette und Julia Kristeva erscheinen. 1973 wird Cayrol die besondere Ehre zuteil, in die *Académie Goncourt*, die den gleichnamigen Preis vergibt, aufgenommen zu werden. Am 10. Februar 2005 stirbt Cayrol in seiner Heimatstadt Bordeaux.

Sein Schreiben kreist um die Erfahrung des Konzentrationslagers, das gleichsam der Fluchtpunkt ist, in dem sich alle Linien treffen. Cayrol schreibt gegen das Vergessen, Verdrängen und Verstummen an. Dies wird an seinem Ausspruch »Ich schreibe, also bin ich« (»J'écris, donc je suis«) deutlich, den er als Kapitelüberschrift für seine autobiographische Schrift *Es war einmal ein Mann Jean Cayrol* (*Il était une fois Jean Cayrol*, 1982) wählt. Solange er schreibt, kann er als Zeuge noch die Stimme erheben. Er ist jedoch einer der ersten Überlebenden der Konzentrationslager, der nicht versucht, einen realistischen Bericht über die Lager abzulegen.

2. Der Roman *Im Bereich einer Nacht*

Der französische Titel des Romans *L'espace d'une nuit* ist mehrdeutig: »Espace« (von lat. »spatium«) kann einerseits räumliche Bedeutung haben, den Abstand zwischen zwei Punkten oder eine Distanz markieren. Aber »espace« kann auch im Sinne von »leerer Raum« verwendet werden, kann »Weg« oder »Lebensraum« (»espace vital«), sogar »Himmelsraum« (»regarder dans l'espace«) bedeuten. Der Raum zwischen zwei Wörtern, das Leerzeichen also, heißt im Französischen ebenfalls »espace«. In diesem Sinne geht es also auch um die Leerstelle, um das Verschwiegene, Verdrängte, Nichtgesagte oder vielleicht sogar Unsagbare. Andererseits impliziert »espace« auch eine zeitliche Dimension oder Zeitspanne. Im übertragenen Sinne meint »espace« etwa das Gesichtsfeld (»espace visuel«) oder den Bereich der Literatur (»espace littéraire«).

Die Nacht, die schon im Titel genannt wird, ist von tiefer mythischer und symbolischer Bedeutung: Die Nacht ist für den Menschen gefährlich, ihm drohen feindliche Mächte. Nach christlicher Vorstellung ist die Nacht der Bereich der Gottesferne (*Mt* 8,12). Im Gegensatz zum Licht, das für Leben, Erkenntnis und Wahrheit steht (*Gen* 1,3; *Joh* 8,12 ff.), gehört die Nacht zum Reich des Bösen. Insofern ist der Titel *Im Bereich einer Nacht* nicht nur als Umschreibung einer bestimmten Zeitspanne, sondern auch metaphorisch zu verstehen. Der Protagonist betritt eine unheimliche, feindliche, böse Welt.

Cayrol verwendet hier nicht zufällig die Metaphorik von Tag und Nacht, Licht und Finsternis gemäß der christlichen Symbolik von Gut und Böse. Die personifizierte Nacht ist böse, grausam und unberechenbar, wird als wütend und rasend beschrieben: »War nicht alles von ihr zu gewärtigen, von dieser Nacht, die wie eine Faust auf alle Wesen und Dinge niederfuhr?« (60)[2] Die Nacht ist aber auch der Be-

2 Die in Klammern gesetzten Seitenangaben beziehen sich hier und im Folgenden auf den vorliegenden Band.

reich der Erinnerung an die traumatische Kindheit. Die Empfindungen, die François in dieser Nacht verspürt, sind Kälte, Hunger, Schmerz und große Angst. – Der Tag, der hereinbricht, bringt auch das Licht der Erkenntnis mit sich: François erkennt, dass der Tote sein eigener Vater ist. Er erkennt aber auch, dass die Schrecken seiner Kindheit und die grausamen Erlebnisse für immer ein Teil von ihm sein werden.

Der Roman besteht aus 14 nicht nummerierten Kapiteln, deren Länge variiert. Die Handlung spielt – der Auskunft zufolge, die François am Ende des Romans dem Mädchen Claire gibt – an einem Samstag, dem 29. September. Das Jahr bleibt ungenannt. Die Datumsbestimmung passt aber nicht zur geschilderten Winterlandschaft und dem »Novembergezweig« (107). Bei Einbruch der Dämmerung betritt François den Wald, in dem er sich verirren wird. Als er die alte Frau trifft, ist es Tag geworden. Er ist auf dem Weg nach Sainte-Veyres, das seine Gesprächspartner aber nur unter dem Namen Chauvigny kennen. Chauvigny ist ein real existierender Ort in der Region Poitou-Charentes östlich von Poitiers. Auch Forges, wo Simon herkommt, liegt im Bezirk Charente-Maritime. Dennoch stellen die Zeit- und Ortsangaben im Roman zwar einzelne Referenzpunkte, aber keine echten Orientierungshilfen dar.

Auch die Handlung ist überaus verwirrend: François ist mit dem Zug angekommen und vom Bahnhof aus in den Wald gelaufen. Er will seinen Vater besuchen. Gleich zu Beginn verliert François die Orientierung und kann die Uhrzeit nicht mehr entziffern. Eine Orientierung anhand der äußeren Umwelt wird dadurch erschwert, dass die Dämmerung hereinbricht. Während er zuerst noch Umrisse von Hügeln erkennen kann, verdichtet sich eine Baumgruppe zu »Undurchdringlichem«, eine Vogelstimme verstummt, und es heißt lapidar: »dann nichts mehr«. Dass diese Umgebung feindselig ist, wird z. B. daran deutlich, dass das Abendrot als »böse« bezeichnet wird. Die Welt, in die er sich begibt, hat keine Kohärenz mehr mit der Vergangenheit und dem Bekannten. Die Rahmenbedingungen der Sinneswahrnehmung und Interpretation haben sich offensichtlich verändert. Als er den Wald betritt, wechselt die Erzählperspektive von der dritten in die erste Person: »Ich betrat eine Welt des Todes« (12).

Kälte, Nässe und Dunkelheit charakterisieren diese Welt. François wird in dieser Nacht die merkwürdigsten Dinge erleben, ohne sich zu wundern. In seiner *impassibilité* gleicht er Meursault, dem Protagonisten aus Camus' *Der Fremde* (*L'étranger*, 1942).

Dem Leser fällt – ebenso wie dem im Wald herumirrenden François – die Orientierung zunehmend schwerer. Die Außen- und Innensicht von François alternieren: Einmal wird François aus der Sicht eines auktorialen Erzählers beschrieben, dann wieder wechselt die Erzählung in die Ich-Form. Die mysteriösen Erlebnisse aus der Kindheit sowie die Empfindungen von Kälte, Hunger, Schmerz, Angst und Einsamkeit werden in der Ich-Form geschildert. Hinzu kommen innere Monologe von François, aber auch von seiner Mutter oder Juliette, seiner Verlobten. Dialoge – z. B. zwischen den Eltern oder Juliette und ihrem Ex-Freund Fernand – unterbrechen wiederholt den Erzählfluss. Die Identität des Erzählers verschwimmt und löst sich so zunehmend auf. Nicht immer ist es dem Leser möglich, aus dem Kontext darauf zu schließen, aus wessen Sicht gerade erzählt wird.

François wird im Wald von bösartig wirkenden schwarzen Hunden und Katzen verfolgt, die ihm bedrohlich erscheinen – Tiere, die zur Ikonographie von Höllendarstellungen gehören. Er kommt zu einem Gehöft, wo ein Mann namens Galoche ihn zunächst als Brandstifter denunzieren will, ihm dann jedoch den Weg weist. François läuft weiter, hält ein vorbeifahrendes Auto an und steigt ein. Die Fahrerin ist eine unheimliche Frau, die ein Bündel Banknoten sowie ein Paket mit blutigen Innereien dabeihat – nicht von Menschen, wie sie betont. Sie drängt François, mit in ihr Haus zu gehen, wo er ihre Tochter Alice kennen lernt, die mit einem gewissen Jean zwangsverheiratet werden soll. François ergreift die Flucht, trifft noch einmal auf den Landstreicher Galoche (dessen Name auf die Holzpantinen der KZ-Häftlinge verweist). Auf seinem Weg stößt François auf ein weiteres Haus, das ihn wie magisch anzieht, da es seine Hoffnung auf Leben und Licht weckt. Aber auch dieses Haus – eigentlich Ort des Schutzes und der Zuflucht – erweist sich als Falle: Ein kleiner Junge öffnet ihm die Tür und erzählt, dass ein Toter im Haus aufgebahrt liege. Dennoch beschließt François, die Nacht in dem Haus zu verbringen. So lernt er die Schneiderin Raymonde kennen, die noch in derselben Nacht ein

Brautkleid anfertigen muss, ferner ihre mürrische, missgünstige Schwägerin Marthe, die unglückliche Tochter Claire und den Mann Simon.

Marthe eröffnet François, dass sie schon auf ihn gewartet habe. Hat er sich also doch nicht verirrt, war sein Weg vielmehr schon vorbestimmt? François möchte jedoch mit dem in diesem Haus Gehörten und Gesehenen nichts zu tun haben, will die ihm von Marthe zugedachte Rolle des Zeugen nicht spielen. Aber sie insistiert: »Doch, es geht Sie schon etwas an. Vielleicht sind Sie von Gott geschickt worden, um Zeuge zu sein. Wir können dieses Leben nicht für uns alleine behalten. Es kommt ein Augenblick, da alles aufplatzen muß, da ein Mensch zum Zeugen unserer Niedertracht wird, ob wir es wollen oder nicht. [...] Sie müssen einwilligen, alles mit anzusehen. Es genügt, wenn ein einziger weiß, aber er muß auch wirklich wissen« (160). François hat keine Wahl, unfreiwillig wird er zum Zeugen der Geschehnisse.

Nach einem Streit mit Simon nimmt Claire in dem Hochzeitskleid, das sie für die Näharbeit der Mutter anprobieren sollte, Reißaus. Simon und François machen sich auf die Suche nach ihr, vor allem um das Kleid unbeschadet zurückzubringen. Simon erzählt auf der Suche, dass er während des Krieges mit den Deutschen kollaboriert habe. Seine opportunistische Lebensmaxime lautet: »Was mich betrifft, so bin ich fürs Hoffen. Man mauert seine alte Bude zu und beginnt von vorn« (190). Daher hat er auch kaltherzig und mitleidslos reagiert, als seine Frau Raymonde ihm mitteilt, dass sie erblinden wird. Längst hat er eine Geliebte, mit der er sich ein neues Leben aufbauen will.

Als der Tag anbricht, gewinnt François die Orientierung wieder, kann die Tageszeit und seine Pariser Adresse benennen. Er erinnert sich an das Haus ebenso wie an die alte Frau, die plötzlich auftaucht. Die alte Putzfrau hat ein Kriegstrauma, denn im Krieg ist ihr uneheliches Kind verschwunden. François verlässt das Haus und kehrt noch einmal bei der Schneiderin Raymonde ein, wo er ein Frühstück erhält. Die Schneiderin rät ihm, sich vorzustellen, das alles, was er in der Nacht erlebt hat, nur ein Traum gewesen ist. Auch dass ein Wanderzirkus mit Ponys an dem Haus vorbeizieht, sorgt weder bei François noch bei Raymonde für Verwunderung. Schließlich erscheint ein Bauer, um den aufgebahrten Toten abzuholen. Da erst erkennt François, dass der Tote sein eigener Vater ist, zu dem er unterwegs war. Damit wird klar, dass der Geliebte von Raymonde, über den in der Nacht gesprochen wurde, sein eigener Vater war.

Der Leser erfährt zwar im Verlauf des Romans viel über François, aber es fügt sich zu keinem kohärenten Lebenslauf: Er lebt mit Juliette, die er in einem Jahr heiraten will, in ärmlichen Verhältnissen in Paris. Juliette wurde einmal von einem Radfahrer angefahren und war zuvor mit Fernand, einem Maler, liiert, von dem sie schwanger wurde. Das Kind starb jedoch, und Fernand verließ sie. François ist auf dem Weg zu seinem Vater, von dem er einen Brief erhalten hat. In diesem Brief hat der Vater verlangt, dass François ihn besuchen soll. François wird genau an seinem 30. Geburtstag beim Vater eintreffen.

Die Eltern, Léon und Germaine, hatten sich durch den Krieg entfremdet, die Mutter wollte sich von ihrem Mann trennen. Nach ihrem Tod scheint der Vater eine merkwürdige Art der Erinnerung an die Tote zu pflegen, hat den Kindern das Lachen verboten und Fotos von der Mutter weggenommen. Er duldet nicht, dass die Kinder ihre eigene Erinnerung an die Mutter haben. Dies lässt sich als Anspielung auf die Erinnerungspolitik des französischen Staates lesen, der eine bestimmte Art der Erinnerung an den Zweiten Weltkrieg vorschreibt (Mythos der *France résistante*) und andere Facetten (Kollaboration, Vichy-Regierung) zu unterdrücken versucht. Deutet man den Roman psychoanalytisch im Sinne Jacques Lacans, so könnte man sagen, dass der Vater die Rolle des Gesetzes verkörpert, die symbolische Herrschaftsordnung, die durch Gebote und Verbote das Subjekt unterwirft. In diesem Sinne wäre der Roman nicht nur als Wanderung durch einen finsteren Wald, sondern als Abstieg in die Seeleninnenwelt und das Unterbewusste des Protagonisten lesbar.

Ob François' Vater die Mutter getötet hat, bleibt offen. Immerhin scheint François den Vater mit dieser Anschuldigung bei der Polizei denunziert zu haben – wie er selber zugibt, vor allem um Aufmerksamkeit zu bekommen. Im Roman wird angedeutet, dass François einmal versucht hat, seine Schwester zu erwürgen. Mord- oder Selbstmordversuche stellen die Gemeinsamkeit zwischen den Familienmitgliedern her. Das Verhalten von François seinen Mitmenschen gegenüber ist von emotionaler Kälte geprägt: Als Kind hat er in der Schule einen Mitschüler blutig geschlagen, der Selbstmordversuch seiner Schwester berührt ihn nicht, das Schicksal von Alice, die den ungeliebten Jean heiraten soll, lässt ihn völlig kalt. Aber auch die anderen Figuren des Romans sind zu keiner Empathie fähig: Simon zeigt kein Mitleid mit seiner erblindenden Frau, diese wiederum sorgt sich mehr um das Hochzeitskleid als um ihre Tochter. François' Beziehung zu seiner Freundin Juliette verspricht ebenfalls keine glückliche zu werden: »Wir liegen nebeneinander wie Schiffbrüchige auf einem Notfloß, dessen Stunden gezählt sind« (64).

Die Schrecken der Vergangenheit – nach eigener Aussage hat François immer nur hinter verschlossenen Türen gelebt – kehren immer wieder in Albträumen zurück; er hat das Gefühl, auf Kosten von Toten zu leben. Sein Wunsch, ohnmächtig zu werden oder einzuschlafen, kann als Todessehnsucht gedeutet werden. Er versucht, die Vergangenheit zu verdrängen, ängstigt sich aber davor, dass das Verdrängte ihn heimsuchen wird: »Man lebt sozusagen bei geschlossenem Schalter. Ich weiß, eines Tages passiert etwas, das alle unsere Türen sprengt, aber ich will es nicht wahrhaben, ich weise es von mir; ich wende mich ab von der Welt, die imstande ist, sich einer anderen, gefährlicheren, entgegenzuwerfen wie ein Fluß dem Meer. [...] Sie haben noch lange nicht aufgehört, mich zu beunruhigen, all diese Dinge« (96).

Zu den beunruhigenden Dingen gehören unter anderem die Erlebnisse und Traumata vergangener Kriege, unter denen verschiedene Romanfiguren leiden. Zwar werden auch der Erste Weltkrieg und der Indochina-Krieg erwähnt; aber vor allem der Zweite Weltkrieg kommt sowohl explizit als auch implizit mehrfach vor. Explizit wird der Einmarsch deutscher Truppen oder die Gestapo genannt. Darüber hinaus gibt es einige Ortsangaben, die implizit auf den Zweiten Weltkrieg verweisen: Der Vater von François behauptet im Roman, Bayonne sei kein gefährdeter Ort gewesen. Tatsächlich aber ist Bayonne 1933/34 Schauplatz der sog. Stavisky-Affäre gewesen. Der Skandal um den Hochstapler und Millionenbetrüger Stavisky hat die Dritte Republik schwer erschüttert. Der Regisseur Alain Resnais, mit dem Cayrol für den Film *Nacht und Nebel* zusammenarbeitete, hat über dieses Thema einen Film mit Jean-Paul Belmondo in der Rolle des Stavisky gedreht, Georges Simenon in Reportagen darüber geschrieben. Am 21. August 1944 sprengen die deutschen Truppen bei Rückzugsgefechten im Hafen von Bayonne 20 Schiffe in die Luft. – Simon behauptet, fünf Wochen in der Kaserne Saint-Quentin inhaftiert gewesen zu sein. Es handelt sich um eine Festung in der Nähe von Metz, die Teil der Maginot-Linie war und die beim Kampf um Metz zwischen Wehrmacht und US-Armee eine zentrale Rolle spielte.

Cayrols Roman verunsichert den Leser, verlangt eine langsame, wiederholte Lektüre und versperrt sich unmittelbarer Sinnstiftung. Auf diese Weise wird der Leser mit der Erfahrung radikaler Alterität und Orientierungslosigkeit konfrontiert. Die Versuche, die Handlung zu entwirren und die Identität der Figuren zu ergründen, scheitern immer wieder. Damit setzt Cayrol den Leser einer Erfahrung aus, die sich der »konzentrierten« Erfahrung des Lagers anzunähern versucht.

3. Celan als Übersetzer Cayrols

Paul Celan wird als Paul Antschel 1890 in Czernowitz in der Bukowina (heute Ukraine) als Sohn einer deutschsprachigen jüdischen Familie geboren. Czernowitz ist ein »multikultureller« Ort, so dass Celan seit seiner Kindheit mit Mehrsprachigkeit und Übersetzung konfrontiert ist. Schon in Czernowitz, später auch in Bukarest und Wien, übersetzt er Lyrik von Paul Verlaine, Paul Éluard und anderen französischen Surrealisten. Jedoch sind nur wenige Übersetzungen aus dieser Zeit erhalten. Während Cayrol zunächst Jura studiert, beginnt Celan auf Wunsch der Eltern ein Medizinstudium in Tours. Als Juden das Medizinstudium verboten wird, schreibt er sich für Romanistik mit dem Schwerpunkt Französisch ein. 1941 wird er von sowjetischen Truppen nach Sibirien deportiert und muss nach dem Einmarsch deutscher Sondereinheiten in einem rumänischen Arbeitslager Zwangsarbeit im Straßenbau leisten – auch hier eine biographische Parallele zu Cayrol.

1948 kommt Celan nach Paris, wo er bis zu seinem Tod bleiben wird. Er verdient seinen Lebensunterhalt mit Deutschkursen und Übersetzungen. Sein Studium der Germanistik und Allgemeinen Sprachwissenschaft schließt er 1950 mit der *Licence* ab. Im selben Jahr veröffentlicht er in der Wiener Zeitschrift *Surrealistische Publikationen* übersetzte Texte von André Breton, Aimé Césaire, Michel Pastoureau und Benjamin Péret.

Die Übersetzungen machen mehr als die Hälfte des gesamten Werkes von Celan aus. Zunächst überträgt er surrealistische Lyrik, später auch Prosa von Breton, Césaire, Pastoureau, Péret, Cocteau, Goll, Apollinaire, Cioran, Picasso, Simenon, Char, Bazaine, Rimbaud, Valéry und anderen. Während er zuerst noch um größere Nähe zum Original bemüht ist, entwickelt er in den späten 1950er und 1960er Jahren eine zunehmend eigenständigere Poetik und eigene Sprachbilder. Rasch wird er ein bekannter, gefragter und gut bezahlter Übersetzer. 1956 übernimmt Celan eine Vertretungsstelle als Deutsch-Lektor an der Elitehochschule *École Normale Supérieure* in Paris. Die Übersetzungen bleiben aber seine wichtigste Einnahmequelle. Bevorzugt übernimmt er solche Übersetzungen, die einen Bezug zu seinem eigenen dichterischen Schaffen haben. Auch in den Texten von Jean Cayrol wird er diese Nähe zu seinem eigenen Werk gesehen haben. Beide haben die Erfahrung von Deportation und Zwangsarbeit gemacht; beide hatten das Gefühl, in der Welt nicht mehr heimisch werden zu können. Bei beiden stellt die Metaphorik der Nacht eine Konstante in ihrem Schaffen dar; beide kreisen in ihren Schriften immer wieder um die Shoah und suchen eine angemessene Form ihrer Darstellung. Schreiben bedeutet für sie, den ewigen Kampf gegen das Verstummen der Opfer aufzunehmen. Dies wird auch anhand des Films *Nacht und Nebel* (*Nuit et brouillard*, 1955) deutlich, an dem beide mitarbeiten und für dessen Ausstrahlung sie sich gegen Widerstände sehr nachdrücklich engagieren.

Der bekannte *Nouvelle Vague*-Regisseur Alain Resnais dreht Mitte der 1950er Jahre diesen Dokumentarfilm über den Genozid in den nationalsozialistischen Konzentrationslagern. Dafür mischt er farbiges Nachkriegsmaterial des verfallenden Konzentrationslagers Auschwitz-Birkenau mit dokumentarischem Schwarz-Weiß-Material. Jean Cayrol schreibt das Drehbuch zum Film und schlägt Paul Celan als Übersetzer für die deutsche Fassung vor. Beide kennen sich seit 1954 (vgl. van der Knaap 2008). Der Titel des Films spielt auf den sogenannten »Nacht-und-Nebel-Erlaß« Hitlers von 1941 an, der besagt, dass Menschen, denen man eine Straftat gegen das »Dritte Reich« vorwarf, heimlich festzunehmen, zu entführen und in Konzentrationslager zu deportieren seien, um sie dort spurlos verschwinden zu lassen. Auf diesem Wege sollte verhindert werden, dass sie als Märtyrer gefeiert werden. Diese KZ-Häftlinge tragen auf ihrer Kleidung die Abkürzung »NN«. Der Film von Resnais soll deutlich machen, dass das »Dritte Reich« und die Konzentrationslager keiner abgeschlossenen Episode der Vergangenheit angehören, sondern dass die Täter noch leben und die Folgen auch die gegenwärtige Gesellschaft prägen. Der Film endet in der französischen Version mit den Worten »nous qui feignons de croire que tout cela est d'un seul temps et d'un seul pays, et qui ne pensons pas à regarder autour de nous et qui n'entendons pas qu'on crie sans fin«. Celan behält in seiner Übersetzung die Botschaft bei, gibt dem Text jedoch eine Versform:

»als glaubten wir wirklich, daß all das nur
einer Zeit und *einem* Land angehört,
uns, die wir vorbeisehen an den Dingen neben uns
und nicht hören, daß der Schrei nicht verstummt.«
(zitiert nach van der Knaap 2008: 204)

Der Film führt zu einem der größten Skandale der Filmgeschichte, als er 1956 für die Filmfestspiele von Cannes nominiert wird. Der deutsche Botschafter in Frankreich protestiert im Auftrag der Bundesregierung gegen den Film und sorgt dafür, dass er aus dem Programm genommen wird. Der Film schade dem Ansehen der Bundesrepublik und gefährde die Versöhnung zwischen Deutschland und Frankreich. Daraufhin wirft Cayrol Frankreich vor, sich abermals der Kollaboration schuldig zu machen und den Opfern das Wort abzuschneiden. Auch deutsche Schriftsteller wie Alfred Andersch, Heinrich Böll, Hans Werner Richter u. a. pflichten bei. Letzten Endes wird der Film gezeigt, läuft aber außer Konkurrenz.

Seit Frühjahr 1955 arbeitet Celan an der Übersetzung von *L'espace d'une nuit*. Das Original war 1954 erschienen, die Übersetzung wird 1961 zum ersten Mal im Walter Verlag in Olten veröffentlicht. Ebenso wie Cayrol wird Celan immer das Gefühl haben, fremd, einsam und ausgegrenzt zu sein. Anders als bei Cayrol ist die Erfahrung der Fremdheit und Ausgrenzung bei Celan auch durch die Goll-Affäre –

die Witwe von Yvan Goll bezichtigt Celan des Plagiats –, durch antisemitische Vorfälle und gravierende Eheprobleme verstärkt worden. Ab 1961 leidet Celan unter schweren Depressionen und unternimmt 1967 einen ersten Suizidversuch. Seine Frau Gisèle Lestrange versucht er mit einem Messer zu töten. In der Nacht vom 19. auf den 20. April 1970 nimmt er sich das Leben.

Wie frei Celan den Romantext von Cayrol mitunter übersetzt hat, soll an einigen Beispielen deutlich gemacht werden: Als es zu Beginn des Roman um die heraufziehende Dämmerung geht, schreibt Cayrol von »l'approche du crépuscule«, dem Nahen der Dämmerung. Celan übersetzt diese Stelle mit »Die Dämmerung rückte näher und fraß sich [...]« So verleiht er der Dämmerung etwas Bedrohliches. Bei Cayrol haben die Blätter eine rötliche Färbung (roux); Celan schreibt »Falbes meldete sich darin«, ersetzt den kräftigen Rotton durch einen gelb- bis graubraunen Ton. Während Cayrols lethargischer Protagonist »Pourquoi se plaindre?« fragt, also eher die Frage nach dem Nutzen stellt, übersetzt Celan dies mit »Durfte er klagen?« und fragt somit nach der Berechtigung zu klagen angesichts der Tatsache, dass der Protagonist die Reise auf eigenen Wunsch angetreten hat.

Mitunter greift er auch deutlicher in den Text ein: Am Ende des Romans tritt François an die Tür des Sterbezimmers. Das nun Folgende wird im französischen Text aus der Außensicht, mit dem auktorialen »il« und dem unpersönlichen »on« beschrieben: »*Il* songeait que, dans une demi-heure au plus, *il* serait dans la maison paternelle. [...] *On* ouvrirait les volets avec précaution«. Celan jedoch verwendet die Ich-Perspektive: »In höchstens einer halben Stunde bin *ich* bei Vater. [...] *Ich* werde ans Fenster gehen und vorsichtig die Läden öffnen«. Damit verstärkt er die dramatische Wirkung der Wiedererkennungsszene.

Als François den Körper seines Vaters auf die Bahre legt, wird im Französischen der »corps« zum »cadavre«. Nicht nur lautmalerisch, sondern auch durch das zusätzliche Adverb »brutalement« unterstreicht Cayrol die gewaltsame Verwandlung. Obwohl es auch im Deutschen diese Möglichkeit der lautlichen Ähnlichkeit von Körper und Kadaver gegeben hätte, übersetzt Celan »unter dem steifen Weiß wurde der Körper plötzlich zur Leiche«. Den Satz »Il faisait beau«, der bei Cayrol der Schilderung des wolkenlosen Himmels vorausgeht, lässt Celan ganz aus. Damit wird deutlich, dass es Celan nicht um größtmögliche Nähe zum Original geht. Seine Übersetzung ist gleichzeitig Kommentar, interpretierende Anverwandlung, aktualisierende Fortschreibung.

4. Von Lazarus und anderen Wiedergängern: Cayrol und die Literatur der Shoah

Die Literatur von Überlebenden der Shoah ist von einem Paradox geprägt: Einerseits empfinden sie gegenüber denen, die nicht überlebt haben, die Verpflichtung, Zeugnis abzulegen und stellvertretend für die Toten zu sprechen. Andererseits stellt sich die Frage, wie man mit den Mitteln sprachlicher Kommunikation das schlechthin Unvorstellbare, das ihre Erlebnisse im Konzentrationslager ausmacht, vermitteln kann. Wie Hannah Arendt in *Elemente und Ursprünge totaler Herrschaft* schreibt, haftet der Literatur von Überlebenden prinzipiell das *Odium der Unglaubwürdigkeit* an. Dieses Problem der Sagbarkeit und der Zeugenschaft wird von fast allen Überlebenden thematisiert.

Der ehemalige Auschwitz-Häftling Primo Levi vertritt die These, dass die Überlebenden nicht die wirklichen Zeugen seien, da sie den tiefsten Grund des Abgrunds nicht berührt hätten. Er nennt sie »die Geretteten« (*i salvati*) im Unterschied zu den »Untergegangenen« (*i sommersi*). Die wahren Zeugen seien tot oder verstummt. Mit Hilfe von Metaphern und mythischen Figuren wie der Gorgo Medusa, aber auch mit Anspielungen auf Dantes *Göttliche Komödie* versucht Primo Levi das Unsagbare zu umkreisen. In seinem autobiographischen Bericht *Ist das ein Mensch?* (*Se questo è un uomo*), den er 1947 veröffentlicht, untersucht er die Entmenschlichung der KZ-Inhaftierten. Sein letztes Buch, *Die Untergegangenen und die Geretteten* (*I sommersi e i salvati*, 1986), handelt von der Grauzone zwischen Tätern und Opfern und dem Schamgefühl der Überlebenden gegenüber den Toten. Kurz nach Abschluss dieses Buches begeht Primo Levi Selbstmord.

Für den Buchenwald-Überlebenden Robert Antelme, dessen autobiographischen Roman *Das Menschengeschlecht* (*L'espèce humaine*, 1947) Cayrol kannte und schätzte, liegt die grundlegende Schwierigkeit darin, dass das Leiden die Vorstellungskraft übersteigt. Selbst der

Überlebende kann es sich im Nachhinein nicht mehr vorstellen, es daher nicht verarbeiten, auch wenn sein Körper immer noch die Spuren der KZ-Haft trägt. Sprache und Erfahrung können nicht mehr in Übereinstimmung gebracht werden: »Wir wollten sprechen, endlich angehört werden. Man sagte uns, unser physischer Zustand allein sei schon beredt genug. [...] Und doch schien es uns vom ersten Tag an unmöglich, die uns bewußt gewordene Kluft zwischen der Sprache, über die wir verfügten, und jener Erfahrung, die wir größtenteils noch am eigenen Leib spürten, auszufüllen. [...] Kaum begannen wir zu erzählen, verschlug es uns schon die Sprache. Was wir zu sagen hatten, begann uns nun selber *unvorstellbar* zu werden« (Antelme 1987: 7).

Jorge Semprún, der ebenfalls im KZ Buchenwald inhaftiert war, vertritt eine andere Position: Seiner Ansicht nach ist das Zeugnis weder sprachlich unmöglich noch unvorstellbar. Das Problem liege vielmehr auf Seiten der Zuhörer, die nicht alles anhören können oder wollen: »Aber kann man auch alles hören, sich alles vorstellen? Wird man es können? Werden sie die Geduld, die Leidenschaft, das Mitgefühl und die Strenge aufbringen, die dazu nötig sind?« (Semprún 1995: 24) Erst im Medium der Fiktion sei die Essenz des Erlebten zu vermitteln. Der Leser müsse emotional berührt werden, damit er bereitwillig in einen Dialog eintritt.

Semprún sieht sich selbst nicht als Überlebenden, sondern als Wiedergänger (*revenant*). Damit macht er deutlich, welchen Stellenwert die Literatur für die Erinnerung an die Shoah einnimmt; denn auch der Wiedergänger ist eine literarische Figur, die wir z. B. aus Shakespeares *Hamlet* oder Ibsens *Gespenster* (in der französischen Übersetzung *Les revenants*) kennen. Semprún schildert in seinem autobiographischen Roman *Schreiben oder Leben* (*L'écriture ou la vie*, 1994) die Begegnung mit amerikanischen Soldaten, die das KZ Buchenwald befreien und ihn erschreckt anblicken: »Ich habe plötzlich begriffen, daß diese Soldaten recht hatten zu erschrecken, meinem Blick auszuweichen. Denn ich hatte den Tod nicht wirklich überlebt, ich war ihm nicht ausgewichen. Ich war ihm nicht entgangen. Vielmehr hatte ich ihn durchlaufen, von einem Ende zum andern. Ich hatte seine Wege durchlaufen, hatte mich darin verloren und wiedergefunden, ungeheurer Landstrich, durch den die Abwesenheit rinnt. Kurz, ich war ein Wiedergänger. Und Wiedergänger jagen immer Angst ein« (Semprún 1994: 24 f.). Als Wiedergänger hat er den Fluss Styx, der nach der antiken Mythologie die Lebenden von der Unterwelt trennt und der Fluss des Vergessens ist, durchquert. Dem Wiedergänger erscheint das Leben nach dem KZ als Traum, aus dem er jederzeit wieder aufwachen kann. Er kann nach der Erfahrung des Konzentrationslagers in der Welt nicht mehr heimisch werden.

Nicht nur Theodor W. Adorno und Maurice Blanchot haben sich mit der Frage beschäftigt, was Auschwitz für die Literatur bedeutet. Auch die KZ-Überlebenden selbst haben hierzu Stellung bezogen. Primo Levi, Robert Antelme, Jorge Semprún und viele andere teilen mit Cayrol das Gefühl, das Konzentrationslager nie verlassen zu haben. Sie sind für immer von der schrecklichen Erfahrung gezeichnet und daher von allen anderen Menschen verschieden. Die Wiedergänger sind in der Welt der Toten gewesen und haben dieses Erlebnis in die Welt der Lebenden mitgebracht. Damit ist auch etwas von diesem Tod in die Welt der Lebenden eingesickert und hat sie für immer verändert.

Cayrol drückt diese Erfahrung aus, indem er die biblische Figur des Lazarus auf den Kontext der Konzentrationslager überträgt. Lazarus nennt er den, der der Hölle der Konzentrationslager entkommen ist. Er ist eigentlich schon tot, kehrt aber noch einmal in die Welt der Lebenden zurück. Jedoch bleibt er für immer fremd und isoliert. In *Lazarus unter uns* (*Lazare parmi nous*, 1950) betont er, dass das Staunen, die Überraschung, das Unerhörte im lazarenischen Lebensbereich nicht existieren. Lazarus lebt, ohne sich Fragen zu stellen. Er ist gleichgültig gegenüber seiner Umwelt, wie hypnotisiert wandelt er durch das Leben.

Das Konzentrationslager ist für Cayrol kein abgeschlossenes Universum jenseits von Raum und Zeit, sondern es dringt auch in die normale Welt ein. Cayrols Protagonist François stellt im Roman die Frage, welche Erinnerungen man den Mitmenschen zumuten darf: »Darf man den andern denn Dinge aufbürden, die man selbst nicht mehr erträgt? Sollte man vielleicht die Alpträume weiterträumen, die man endlich hinter sich hat? Unsere Vergangenheit liegt vor uns« (50). Der letzte Satz macht deutlich, dass die Vergangenheit kein beendetes

Kapitel darstellt, sondern dass ihre Auswirkungen die Gegenwart entscheidend prägen und auch die Zukunft beeinflussen werden. An anderer Stelle im Roman heißt es: »Sie haben etwas Maßloses, diese Erinnerungen, ich könnte sie bestimmt nicht weitererzählen. Wer soll sie mir auch abnehmen wollen, so wie sie sind, eisig und brennend zugleich?« (108)[3] Cayrol sieht folgende Gefahr: Die realistischen Zeugenberichte, die dem Leser das Grauen im Medium der Autobiographie nahebringen wollen, führen dazu, dass der Leser abzustumpfen beginnt. Daher wählt er für sein eigenes Werk den schon beschriebenen indirekten Zugang.

Das Schreiben über die Konzentrationslager und aus der Erfahrung der Konzentrationslager heraus verweist immer wieder auf den Tod und stellt so die Existenz des Schreibenden selbst in Frage. François sagt im Roman über die Schriftsteller, dass sie mit ihrer Feder an den Tod rührten. Jean Améry, Primo Levi und Paul Celan haben über das Erlebte geschrieben und sich umgebracht. Jorge Semprún betont, er habe nur überleben können, weil er seine Romanfigur Juan Larrea in *Der weiße Berg* (*La Montagne blanche*, 1986) an seiner statt Selbstmord begehen ließ. Schon der Titel seines autobiographischen Romans *Schreiben oder Leben* (*L'écriture ou la vie*, 1994) verweist auf die Nähe von Tod und Schreiben: »Ich hatte meine Kräfte überschätzt. Ich hatte gedacht, daß ich ins Leben zurückkehren, im Alltag des Lebens die Jahre in Buchenwald vergessen könnte, sie in meinen Gesprächen, meinen Freundschaften nicht mehr zu berücksichtigen bräuchte und dennoch den Plan zu schreiben ausführen könnte, der mir am Herzen lag. Ich war hochmütig genug gewesen zu meinen, daß ich mit dieser Schizophrenie umgehen könnte. Aber es stellte sich heraus, daß das

3 Mit der Frage nach der Vermittlung und Zumutbarkeit der KZ-Berichte positioniert sich Cayrol in einer Debatte, die in Frankreich in der Nachkriegszeit unter Beteiligung zahlreicher Intellektueller geführt wird: U. a. hatte sich Jean-Paul Sartre in seiner 1944 entstandenen, aber erst 1946 veröffentlichten Schrift *Überlegungen zur Judenfrage (Reflexions sur la question juive)* mit der Ermordung der europäischen Juden auseinandergesetzt. In dieser sehr umstrittenen Schrift versucht er, den Antisemitismus genau zu analysieren; er deckt auch Widersprüche in der Demokratie selbst auf, die den Ausschluss der Juden erst ermöglichen.

Schreiben in gewisser Weise bedeutete, das Leben zu verweigern« (Semprún 1995: 267 f.).

Imre Kertész hat seinem Roman *Kaddisch für ein nicht geborenes Kind* einige Verse aus Paul Celans *Todesfuge* vorangestellt. Auch ihn verweist das Schreiben auf den Tod, auch er hat die Erfahrung radikaler Alterität gemacht: »Es zeigte sich, daß über das Leben schreiben soviel ist wie das Leben in Frage stellen, sein eigenes Leben aber stellt nur der in Frage, der an den eigenen Lebenselementen erstickt oder irgendwie widernatürlich darin verkehrt. [...] Wie auch hätte ich meiner Frau erklären sollen, daß mein Kugelschreiber mein Spaten ist? Daß ich nur schreibe, weil ich schreiben muß, und daß ich schreiben muß, weil ich Tag für Tag hervorgepfiffen werde, damit ich den Spaten tiefer steche, damit ich die Geige dunkler streiche und süßer spiele den Tod?« (Kertész 1992: 110 f.) Damit ist Schreiben zwar einerseits Kampf gegen den Tod und das Verstummen, verweist aber paradoxerweise immer wieder genau darauf zurück. Jean Cayrol erweist sich in diesem Zusammenhang als ein wichtiger Zeuge und Autor, den es wiederzuentdecken und aufs Neue zu lesen gilt.

Quellen und weiterführende Literatur

Antelme, Robert: *Das Menschengeschlecht*. Deutsch von Eugen Helmlé. München: Carl Hanser Verlag 1987.

Cayrol, Jean: *Il était une fois Jean Cayrol*. Paris: Éditions du Seuil 1982.

Cayrol, Jean: *Lazare parmi nous*. Paris: Éditions du Seuil 1950.

Fritz, Walter Helmut: »Jean Cayrol«, in: Domsch, Sebastian et al. (Hrsg.): *Kritisches Lexikon zur fremdsprachigen Gegenwartsliteratur* (KLfG), Bd. 2, München: Richard Boorberg Verlag 1984, S. 1–7.

Gellhaus, Axel (Hrsg.): *»Fremde Nähe«. Celan als Übersetzer*. Eine Ausstellung des Deutschen Literaturarchivs in Verbindung mit dem Präsidialdepartement der Stadt Zürich im Schiller-Nationalmuseum Marbach am Neckar und im Stadthaus Zürich. Marbach am Neckar: Deutsche Schillergesellschaft 1997.

May, Markus/Goßens, Peter/Lehmann, Jürgen (Hrsg.): *Celan Handbuch. Leben – Werk – Wirkung*. Stuttgart, Weimar: Metzler 2008.

Kertész, Imre: *Ich – ein anderer*. Aus dem Ungarischen von Ilma Rakusa. Reinbek bei Hamburg: Rowohlt 1999.

Kertész, Imre: *Kaddisch für ein nicht geborenes Kind*. Aus dem Ungarischen von György Buda und Kristin Schwamm. Berlin: Rowohlt 1992.

Kuon, Peter (Hrsg.): *»Les mots sont aussi des demeures«. Poétique de Jean Cayrol*. Bordeaux: Presses Universitaires de Bordeaux 2009.

Oster, Daniel: *Jean Cayrol et son œuvre*. Paris: Éditions du Seuil 1967.

Segler-Messner, Silke: *Archive der Erinnerung. Literarische Zeugnisse des Überlebens nach der Shoah in Frankreich*. Köln u. a.: Böhlau 2005.

Semprún, Jorge: *Schreiben oder Leben*. Aus dem Französischen von Eva Moldenhauer. Frankfurt am Main: Suhrkamp 1995.

Van der Knaap, Ewout: *»Nacht und Nebel«. Gedächtnis des Holocaust und internationale Wirkungsgeschichte*. Göttingen: Wallstein Verlag 2008.